Inhaltsverzeichnis

1. Kapitel:	Autorin zum Anfassen	7
2. Kapitel:	Der Stalker	18
3. Kapitel:	Bei Ankunft *Krimihotel*	22
4. Kapitel:	Der Blutrausch	31
5. Kapitel:	Der falsche Prinz	46
6. Kapitel:	Klara Fall	55
7. Kapitel:	Der Fehltritt	67
8. Kapitel:	Die Giftpflanze	73
9. Kapitel:	Der unschuldige Bruder	80
10. Kapitel:	TeaTime-Crime	87
11. Kapitel:	Eins, eins, zwei, Polizei	94
12. Kapitel:	Der unverhoffte Abschied	101
13. Kapitel:	Keine Hoffnung mehr	107
14. Kapitel:	Das mörderische Menü	110
15. Kapitel:	Sitting Dead	116
16. Kapitel:	Das Tattoo	122
17. Kapitel:	Der Abschiedsbrief	129
18. Kapitel:	Feuer frei	136
19. Kapitel:	Kein schöner Anblick	140
20. Kapitel:	Wie konnte das passieren?	144
21. Kapitel:	Die tödliche Suppe	149
22. Kapitel:	Zur eigenen Sicherheit	156
23. Kapitel:	Tödliche Erinnerungen	160

24. Kapitel:	Die Letzte macht die Tür zu	166
25. Kapitel:	Der Fünfziger	170
26. Kapitel:	Wo bin ich? Was soll das?	177
27. Kapitel:	*Café Sherlock*	180
28. Kapitel:	Du bist der Nächste	184
29. Kapitel:	Die heiße Spur	190
30. Kapitel:	Amüsiert ihr euch?	195
31. Kapitel:	Das Spiegelei	202
32. Kapitel:	Ich bereue nichts!	206
33. Kapitel:	Das Versöhnungseis	212
34. Kapitel:	WC-Weisheiten	218
35. Kapitel:	Hier spricht der Tätowierer!	222
36. Kapitel:	Die bittere Pille	228
37. Kapitel:	Zu spät!	232
38. Kapitel:	Alle Mann aufs Bett!	239
39. Kapitel:	Du musst nichts befürchten!	242
40. Kapitel:	Das große Kribbeln	247
41. Kapitel:	Der unheimliche Anrufer	253
42. Kapitel:	Die Wiederholungstäterin	257

Nachtrag	266
Epilog	268
Danksagung	270

1. Autorin zum Anfassen

Lea Schein war kein Pseudonym, sondern ihr echter Name. Leider bringt es nicht immer etwas, wenn man einen so wohlklingenden Namen hat, aber das stellte sie erst sehr viel später fest.

Sie nahm sich vor, mit diesem Namen groß rauszukommen und Karriere zu machen. Das sei sie sich, aber auch den Eltern schuldig, meinte sie an ihrem neunundzwanzigsten Geburtstag, den sie – wie all die Jahre zuvor – in ihrem Elternhaus gefeiert hatte. Diesmal jedoch ohne Freunde, denn die waren ihr auf dem Lebensweg abhandengekommen, weil sie ihr nicht geglaubt, nicht an sie geglaubt hatten. Was jedoch das Schlimmste war: Sie hatten ihr kein Geld mehr leihen wollen.

Lea öffnete freudestrahlend den Geburtstagskartenumschlag, der sich prall anfühlte und ihr sicher finanzielle Möglichkeiten für ein schönes Sommer-Outfit bescherte. Sie sah in den Umschlag und errötete, die Mundwinkel entglitten ihr nach unten. Schweiß sammelte sich auf der Stirn, tropfte vereinzelt auf das Schreiben und die Broschüre vom Jobcenter, dessen Mitarbeiterin ihr zum Geburtstag gratulierte und nächsten Montag einen Überraschungstermin für sie hatte.

Jobcenter. Nach langem Suchen im Computerprogramm und vielen Eignungstests bescheinigte die Arbeitende der Arbeitslosen mit peinlich berührter Stimme durchaus eine gewisse Intelligenz, sie wisse nur noch nicht, in welcher Kategorie. Lea könne weder richtig rechnen noch sei sie ein Organisationstalent, habe keine handwerklichen Fähigkeiten, und das Kreative beschränke sich auf ihre rege Fantasie, die aufgrund ihrer zurückhaltenden Art nirgendwo einsetzbar sei und schon gar nicht reiche, um damit Geld zu verdienen.

Lea strahlte und nickte zugleich. Ganz ihre Meinung. Bis auf das mit dem Geld. Das hatte sie bitter nötig.

Es war ja nicht so, dass sie noch nie gearbeitet hatte. Nein, sie war keinesfalls faul, sondern stets bemüht. Hatte sogar studiert, mehrmals, mehrere Semester. Das war mehr wie nix! Wie man nur mundartlich korrekt sagte.

»Und was ist mit Schriftstellerin?«, fragte Lea fast hysterisch, in einer Sekunde der Erleuchtung.

Die Vermittlerin der über tausend Jobs schlug die Hände über dem Kopf zusammen. »Das haben schon so viele versucht, damit reich zu werden. Ist nur in den seltensten Fällen gelungen. Da bin ich raus.« Sie langte nach dem Papierstapel auf ihrem Schreibtisch und gab ihr einen Flyer mit Zimmernummer und Ansprechpartner für besonders schwierige Fälle.

Beim Hinausgehen drückte Lea einem der vielen Wartenden den Zettel in die Hand. Der drehte ihn mehrmals nach allen Seiten um, so als suche er Fotos darauf.

Sechs Jahre später hatte sich eine Menge getan. Lea hatte stark an sich gearbeitet, es gelernt, mehr aus sich herauszukommen und auch mal auf die Leute zuzugehen. Sie strahlte Fröhlichkeit und Unbeschwertheit aus. Nur tief drinnen blieb sie traurig, weil sie mit fünfunddreißig Jahren immer noch arbeitslos und Single war.

Doch es dauerte nicht lange, da lernte sie tatsächlich jemanden kennen, der sie um ihrer selbst willen liebte, nicht nur wegen des schönen Namens. Er mochte ihre langen dunklen Haare, die grünen Augen, die vollen Lippen und ihren großen schlanken Körper. Seine ständigen Komplimente darüber waren ihr nicht unangenehm und vielleicht mit ein Grund, warum er ihr Freund wurde. Da musste er nicht gut aussehen. Im Grunde war nur eines wichtig: dass sie jemanden an ihrer Seite hatte, der einen wertvollen Charakter besaß und sich zu benehmen wusste. Ein letzter Zweifel an ihrer Männerwahl war jedoch geblieben.

Es war Mitternacht, als sie ein wenig beschwipst beim Privatsender anrief. In ihrer Verzweiflung wollte sie endlich wissen, wie es in ihrem Leben und mit ihrem schön gedachten Mann weiterging. Würden sie jemals heiraten und Kinder bekommen? Wenn ja, wie viele? Wenn nein, warum nicht?

Prompt folgte die Ernüchterung.

Gelangweilt mischte die Schnappatmende die Karten für Lea. Kopf und Busen wackelten dabei. Fast sah es so aus, als verneine sie ihr Gemurmel. Sie tippte mit den fleischigen Fingern auf die bunten Bilder. Beinahe vorwurfsvoll tutete sie: »Du wirst glücklich mit ihm. Er wohnt in deiner Nähe, wenn er nicht in der Ferne lebt. Hier ...«, sie tippte auf eine für Lea verdeckte Tarotkarte. »Hier steht es! Eindeutig! Aber ... du musst dich auch in Acht nehmen ... darfst nicht leichtgläubig sein ... also, nur was deinen Mann angeht. Mir kannst du natürlich glauben.«

»Werden wir Kinder bekommen?«

Sie räusperte sich verlegen. »Vielen Dank für den Anruf. Das war unsere Runde mit dem Schnelldurchlauf. Jeder hat nur eine Frage. Ruf einfach noch mal an. Vielleicht hast du ja Glück und kommst durch.« Sie drückte auf eine Taste hinter dem Buddha.

Danach hatte Lea nie wieder bei einer Kartenlegerin angerufen, sondern sich dafür entschieden, ihr Schicksal künftig selbst in die Hand zu nehmen. Sie kaufte sich Tarotkarten, übte, übte und übte und wurde beim TV-Sender sofort angenommen. Mehr noch, Lea war Monate später die bestbezahlte Kartenlegerin in der Wunschdenken-Szene. Meist riefen Männer an, die sich sonst eher zurückhielten. Sexy und geheimnisvoll sei sie, mit ihren grünen Augen, den dunklen Haaren und der fast flüsternden Stimme, und die Frauen schätzten ihre fantastischen Weissagungen.

Alles lief glatt. Auch mit ihrem Freund. Sie war so glücklich – kurz vor der Hochzeit zur Besinnung gekommen zu sein, gemerkt zu haben, dass er nur auf ihre Kosten leben wollte. Sie hatte ihn kurzerhand aus der Wohnung geworfen und seine Klamotten aus dem Fenster. Auch seine Zeitungen flogen hinterher, bis auf eine, die mit der äußerst interessanten Werbeanzeige auf der Rückseite. Die durfte bleiben.

Lea meldete sich auf der Akademie für Kreatives Schreiben an und schrieb und schrieb, wenn sie nicht gerade

Karten legte und orakelte und orakelte. Dabei kam es ihr manchmal so vor, als sei das Kartenlegen ihr Hobby und das Schreiben ihr Beruf. Ihre Berufung war es allemal.

Nach der ersten eingereichten Kurzgeschichte bekam sie das Feedback des Kursleiters. Er bescheinigte ihr ein großes Talent im Fantasieren – jetzt hatte sie es sogar schriftlich. Lea zog kurz in Erwägung, ihren Job hinzuschmeißen und sich als Autorin selbstständig zu machen. Dafür müsste sie aber mehr Geschichten vorzuweisen haben, und deshalb hielt sie sich erst einmal mit ihrem großen Auftritt als Schriftstellerin zurück. Erst einmal.

Nach sehr vielen Anläufen und circa tausend Blatt ausgedrucktem Papier, wovon hundert brauchbar waren, brachte sie es auf eine stolze Kriminalgeschichte. Das war der beste Beweis, dass sie schreiben konnte. Das Geld für den Schreibkurs konnte sie sich also sparen und in Visitenkarten, eine eigene Website und einen neuen Laptop investieren. Der alte schrieb ihr nicht schnell genug.

… und wie das so ist, wenn sich die Interessen verlagern, machte es ihr keine Freude mehr, Karten zu legen, war sie mit ihren Gedanken nicht bei den Anrufern, sondern beim Schreiben.

»Hallo, wen habe ich in der Leitung?«

»Ist das nicht die anonyme Runde?«

»Ach ja, natürlich. Entschuldigung, Frau Höckskes. Noch da? Sagen Sie doch was …«

»Hallo? Hallo! Sind das meine Karten?«, klang es aus dem Off. »Ich möchte wissen, ob ein Geldsegen ins Haus steht.«

Lea mischte die Karten, pratschte sie laut auf den Tisch und murmelte dabei, wie sie es gelernt hatte. »Hm … ja, Ihnen steht eine große Karriere bevor. Sie werden noch in diesem Jahr Ihr erstes Buch veröffentlichen, und man wird Sie zur Frankfurter Buchmesse einladen, wo ...«

»Aber ich bin doch Erzieherin, keine Autorin.«

»Wie? Ach so, ja ... ja, das macht nichts. Sehen Sie hier das brennende Herz und das Buch mit den sieben Siegeln? Daneben der Grabstein? Sie sollten Krimis schreiben, ja ... das steht hier.«

»Aber ich mag keine Krimis, nur Liebesromane ... Hilfe, hoffentlich bedeutet der Grabstein nichts Unangenehmes ...«

»Nicht, wenn Sie ... Bitte, wie war Ihre Frage?«

Da sich die Fälle häuften, in denen die Anrufer sich über sie beschwerten, kam es, wie es kommen musste.

Ihr letzter Arbeitstag verlief eher ruhig. Also, nur für Lea, denn ihre Kolleginnen und Kollegen ließen die Sektkorken knallen, weil sie ihre schärfste Konkurrenz endlich losgeworden waren.

Die plötzlich gewonnene Freizeit nahm Lea zum Anlass, ihre Kriminalgeschichte unaufgefordert bei Verlagen einzureichen. Danach hatte sie täglich, und das wochenlang, dem Briefträger aufgelauert und ihm die Post aus der Hand gerissen, zudem minütlich in ihrem Posteingang die Mails abgerufen. Jedes Mal, wenn tatsächlich mal ein Verlag geantwortet hatte, war die Enttäuschung groß gewesen, weil es meist Absagen waren. Sie begannen alle mit: »Haben Ihren Text mit großem Interesse gelesen ...«, aber dann, »... passt leider nicht in unser Programm.« Was wohl übersetzt hieß: Wir wollen deinen Müll nicht. Das redete sie sich zumindest ein. Aber nein, sie wollte nicht jammern, sondern ausführlichere Absagen als konstruktive Kritik ansehen. Wusste sie doch von berühmten Schriftstellern, dass ihre Erstlinge Jahrzehnte gebraucht hatten, um veröffentlicht zu werden. J.K. Rowling mit ihrem *Harry Potter* war ein gutes Beispiel dafür. Was hatte die Frau kämpfen müssen ... Nur, so viel Zeit hatte Lea nicht. Die Miete musste regelmäßig bezahlt werden. Von ihrer Mutter konnte sie keine Unterstützung mehr erwarten. Die hatte den Kontakt abgebrochen und war irgendwohin ausgewandert.

Lea haderte mit ihrem Schicksal. Sie musste auf eigenen Beinen stehen. Die Verlagsabsagen hatten jedoch auch etwas Positives. Sie wusste nun, was verlangt wird. Einhundert Seiten sind für einen Roman zu wenig, und für eine Kriminalkurzgeschichte sollten es zehn bis fünfzehn Seiten sein. Sie zog Fachbücher zurate und versuchte es noch einmal mit einer Geschichte, die ihr beim Fensterputzen eingefallen war.

Die Arbeit hatte sich gelohnt. Das Glückwunschschreiben zur Aufnahme in eine Anthologie und ihren ersten Vertrag rahmte sie sich ein. Ihr Belegexemplar stellte sie später auf die Kommode darunter.

Doch anstatt sich über den Durchbruch zu freuen und mit Kurzkrimis weiterzumachen, wollte Lea es als Nächstes lieber mit einem vollständigen Roman versuchen. Ja, das war ihr wesentlich sympathischer, länger bei ihren erfundenen Figuren bleiben zu können. Das Gefühl, damit endlich groß rauszukommen, stieg von Seite zu Seite, bis sie nach einhundertachtzig Seiten ein ENDE daruntersetzte. Auserzählt. Oh je! Da musste sie noch mal ran.

Da Lea keine Nachteule war, bevorzugte sie es, in den frühen Morgenstunden zu schreiben. So saß sie auch diesen Morgen wieder um sechs Uhr in ihrem Sleepshirt auf dem Relaxsessel und zog den Servierwagen zu sich heran, auf dem der Laptop stand. Sie fuhr alle Systeme hoch. Für den Laptop bedurfte es einen Knopfdruck auf »on«, für sie einen starken Kaffee. Den Frühstückstoast ließ sie weg, weil sie erst gestern mühsam die Tastatur gereinigt hatte, nachdem vier Tasten klemmten.

Nur langsam erschien ein Icon nach dem anderen auf dem Desktop, danach folgten Backup- und Update-Aufforderungen, Virusmeldungen – die aber save sein sollten – und einundfünfzig Mails, davon fünfzig Spams von Betrügern, Besserwissern und Produktwerbern. Am liebsten hätte sie auf *Steuerung* und *A* gedrückt und *alle* Mails in ihrem Posteingang auf einmal gelöscht. Doch das wäre fatal gewesen, weil sie so ihre Beweismittel gelöscht hätte: die mindestens vierzig Mails des Stalkers, dem sie zum ersten Mal auf Facebook begegnet war. Leichtsinnigerweise hatte sie ihm ihre private Mailadresse mitgeteilt und damit angegeben, dass sie eine erfolgreiche Krimiautorin sei, die an ihrem neuen Romanprojekt für einen großen Verlag arbeite. Titel und Erscheinungstag seien noch geheim.

Von da an hatte er ihr jeden Tag geschrieben und viel Erfolg gewünscht, gebettelt, sie möge ihm als treuem Fan doch zumindest eine Andeutung dazu machen, damit er ja nichts verpasse. Tat sie natürlich nicht. Er gab keine Ruhe. Sein wiederholtes Drängen ließ sie aufhorchen und endlich vorsichtig sein. Außerdem konnte sie sich sehr schnell in ihrem Fantasienetz verfangen, wenn sie die Rolle der erfolgreichen Autorin so weiterspielte.

Mr. Z., wie sie ihn heimlich nannte, weil er seine Mail immer nur mit dem Kürzel P.B.Z unterschrieb, gab nicht auf. Er begann, ihr Liebesgedichte zu schreiben, und schickte ein Foto von sich. Die unendliche Neugier ließ sie auf *Datei öffnen* klicken. Nun gut. Er war absolut nicht ihr Typ, obwohl sein Gesicht und seine Ausstrahlung okay waren. Nur mit seinem Outfit sah er so gar nicht modern aus, sondern so, als habe er sich seit 1959 keine neuen Klamotten mehr gekauft. Ob er sich in seinem Alter noch umstylen ließ? Ach, warum machte sie sich Gedanken darüber? Sie hatte mit der Männerwelt abgeschlossen, musste aus zwingendem Interesse an ihrer Karriere als Autorin basteln. Wieder einmal bekam sie beim Löschen der Spams einen Krampf im Mittelfinger, und fast hätte sie diese eine Mail, diese alles entscheidende Mail, gelöscht:

Sehr geehrte Frau Schein,

gerne möchten wir Sie als Autorin und Gastgeberin zu einem unserer Krimiwochenenden Autorin zum Anfassen einladen. Bitte tragen Sie in unserem Doodle-Kalender maximal zwei mögliche Termine ein, an denen Sie uns in Hillesheim besuchen und lesen möchten. Wir melden uns umgehend zwecks konkreter Terminabstimmung bei Ihnen. Senden Sie uns ... Unser Programm läuft wie folgt ab: ...

Mit freundlichen Grüßen
aus der Krimihauptstadt
Ihre Veranstaltungsleiterin
Sarah Staehler

Lea war platt. Sie sollte eine Autorenlesung geben, obwohl sie nur eine Kurzgeschichte veröffentlicht hatte? Von ihrem unveröffentlichten Roman, der eigentlich vollständig erzählt war, aber viel zu wenige Seiten besaß, konnte diese Veranstaltungsleiterin ja nichts wissen. Handelte es sich bei der Einladung etwa um eine Verwechslung?

Nachdem sie sich das *Krimihotel* online angesehen hatte und wusste, dass diese Mail echt war, trug sie umgehend ihre Wunschtermine in den Kalender ein. Anfang oder Ende September wäre ihr sehr recht. Flott noch ein Foto für das Plakat und die Tagespost des Hotels gemacht. Noch eins, noch eins, nee, lieber noch eins. Sie konnte sich nicht entscheiden, welches wohl besser aussah. Mal steckte sie die langen Haare hoch, mal trug sie die Mähne offen, schminkte sich die Lippen rot und wieder ab. Alles blöd! Halt! Es lag an der Kleidung. Vor dem weit geöffneten Kleiderschrank stehend, war das Chaos – nicht nur in ihrem Kopf – perfekt. Was zog man für solche Fotos an? Tiefer Ausschnitt oder hochgeschlossen? Welche Mimik machte man – als Krimiautorin? Ernst, böse, fröhlich? Zu allem Übel musste sie nun ihr Make-up erneuern, es glänzte fürchterlich. Nein, eitel war sie nicht. Nur aufgeregt.

Es ging um alles. Es galt Sympathien zu wecken, damit möglichst viele das Arrangement mit ihr buchten, weil es sonst nicht stattfinden konnte. So hatte sie es zumindest aus den Konditionen interpretiert.

Kaum hatte sie auf »Senden« geklickt, las sie sich den Anhang mit dem Verlauf der Veranstaltung noch einmal gründlich durch.

Freitag, 18:00 Uhr
Vorstellung der Autorin bei einem Blutrausch im Clubzimmer.

Bei Lea kamen erste Zweifel auf. Wenn sie an zwei Tagen lesen musste, durfte sie nicht ein und dieselbe Story vortragen. Ihre Gäste erwarteten sicherlich etwas mehr Abwechslung. Sie könnte zusätzlich ihren Roman vortragen, doch dann sollte sie ihn vorher veröffentlicht haben. Sie hatte mal von einer *Self-Publishing*-Plattform gehört. Hoffentlich war es nicht zu kompliziert, ihn selbst einzustellen.

Und danach? Sie wusste noch nicht einmal, wie lange sie vorlesen musste und ob eine Pause nötig war. Ach, wäre sie doch nur selbst mal zu einer Lesung gegangen und hätte es sich von den anderen Autoren abgeschaut.

Lea atmete tief durch, was nur kurz Entspannung brachte. War sie überhaupt bekannt genug, um als *Autorin zum Anfassen* gebucht zu werden? Worauf ließ sie sich da genau ein?

Schluss mit der Fragerei. Taten mussten folgen, nein, Stoff. Krimistoff. Sie könnte eine weitere Kurzgeschichte schreiben. Worüber? Mord im Hotel? Mord im Zug? Mord im Flugzeug? Für wann hatte sie sich noch mal in den *Krimihotel*-Kalender eingetragen?

2. Der Stalker

Sie war mitten in ihrer neuen Kriminalkurzgeschichte, als das Telefon klingelte.

»Ja, hallo? Lea Schein hier.«

»Ah, wie schön, dass ich Sie direkt am Apparat habe und nicht Ihre Agentin«, sprach die überaus freundliche Männerstimme.

Lea setzte sich wieder an ihren Platz, legte die Beine auf den Hocker. »Was kann ich für Sie tun?«, fragte sie und lauschte seinen Seufzern.

»Ach, ich hatte mir so gewünscht, dass Sie zumindest eine von meinen einundvierzig Mails beantwortet hätten. Aber nun darf ich Sie persönlich sprechen. Noch besser.«

Leas Kinnlade fiel nach unten. »Woher haben Sie meine Telefonnummer?« Hoffentlich hörte es sich nicht ängstlich an, dachte sie kurz, wohl wissend, dass das jetzt auch keine Rolle mehr spielte.

»Von Ihrer Website. Nur wollte ich nicht sofort bei Ihnen anrufen, hatte gehofft, Sie melden sich freiwillig. Freundlicherweise standen die Kontaktangaben unter Impressum.«

»Freundlicherweise wäre zu viel behauptet«, sagte Lea. »Es ist Pflicht, die Angaben zu machen.« Das hatte sie mal von einem Anwalt gehört, der sich darauf spezialisiert hatte, fehlende Angaben aufzuspüren. Sie war damals mit dem Schrecken davon gekommen.

»Mein Glück!«, rief er aus, als habe er ein Nugget geschürft, »aber das Glück wäre erst vollkommen, wenn ich ein Treffen mit Ihnen bekäme. Ich habe Ihnen so viel zu erzählen und bin mir sicher, es geht Ihnen ebenso ...«

»Sie ...«

»Sie haben doch sonst niemanden – wie ich ... und da könnten wir uns zusammentun.«

»Ich ...«

»Ich interessiere mich auch für Krimis ... und ich könnte Ihnen eine wahre Krimigeschichte erzählen ...«

»... und?«

»... und wir könnten gemeinsam viel Spaß haben.«

»Wie meinen Sie das?« Endlich war sie vollständig zu Wort gekommen.

»Harmlos! Wirklich harmlos! Das garantiere ich mit meinem Namen.«

»Apropos! Mit wem spreche ich? Ich habe den Eindruck, dass die Mailabsender *Engelchen54*, *DerEinsame*, *Lonesome13* und *Princeofheart* zu ein und derselben Person gehören, weil die Inhalte sich so gleichen. Kann das sein? Da hätten Sie wirklich geschickter vorgehen müssen.«

»Oh Moment! Ich melde mich gleich wieder! Muss mich schnell um etwas kümmern!«

Lea sah auf das Display. Nichts zu sehen!

Im Bett liegend, kreisten ihre Gedanken. Genau genommen war es nur einer: ihr bevorstehender Lesungstermin in der Eifel, im *Krimihotel*. Würde sich ihre spontane Anmeldung bald rächen? Auf der anderen Seite, wie sollte sie sonst ihre Erfahrungen sammeln, wie es war, vor einem großen Publikum zu lesen? Ob es im Hotel eine Mikrofonanlage gab? Ihre Stimme war nur besonders kräftig, wenn sie schrie, ansonsten sprach sie eher leise. Aber ihre Gäste – ... *ihre* Gäste! ... wie wundervoll sich das anhörte! – durfte sie unmöglich neunzig Minuten lang anschreien. Gleich morgen wollte sie sich nach der Tontechnik erkundigen.

Sie sah mit bleischweren Lidern auf den Wecker, stellte ihn auf sechs Uhr und seufzte. Es gab so viel zu tun ... so viel ...

Ein gellender Pfiff in der Dunkelheit! Ihr Handy!

Sie reckte sich danach und nahm an.

»Hallo! Lea?«

»Hallo? Ja, am Apparat. Wer ist da?«

»Ihr größter Fan!«

»Wo haben Sie denn jetzt um Himmels willen meine Handynummer her?«

»Immer noch von Ihrer Website.« Er lachte.

Lea schnaubte. »Haben Sie mal auf die Uhr geschaut?«

»Jede Minute. Bis ich den Entschluss gefasst hatte. Ich musste Sie unbedingt noch einmal sprechen.«

Wäre seine Stimme nur nicht so nett. Sie liebte diese tiefen Stimmen, die so sanft und warm waren. Radiosprecher waren oft damit gesegnet.

»Sind Sie Radiosprecher?«

»Nein, wieso?«

»Weil Sie so viel reden.«

»Ach«, seufzte er, »es geht mir ja nur darum, Sie näher kennenzulernen.«

»Da haben Sie einen ungünstigen Zeitpunkt erwischt.« Lea verabschiedete sich schroff, drückte auf den Aus-Knopf und stellte sofort das Handy auf lautlos.

Was würde er sich als Nächstes einfallen lassen? Sie mochte nicht daran denken.

3. Bei Ankunft *Krimihotel*

Bis zum Morgen der Veranstaltung hatte sie an ihren Kurzkrimis gestrickt, ohne Nadel, aber mit rotem Faden. Zwischendurch verhedderte sie sich. Viele Knoten ließen sich nicht mehr lösen. Dafür setzte sie einen roten Hering aus. So nannte man unter Autoren eine falsche Fährte. Ob das half? Bei der Überarbeitung war ihr aufgefallen, wie tiefgründig einige Figuren waren. Sie eigneten sich eher für einen Roman. Also schrieb sie rasch deren Lebensläufe auf und schickte sie in den Ordner für ein neues Projekt. Auch eine Schauplatzbeschreibung von Bad Münstereifel war ihr eingefallen, wo sie vor fünfzehn Jahren einmal gewesen war. Zwei Klicks im Internet, und sie stellte mit Schrecken fest, dass sich seitdem viel verändert hatte. Aus dem *Tod im Heino-Café* müsste sie nun ein *Tod im Outlet-Center* machen. Doch waren die Kleiderhaken in der Umkleidekabine stabil genug? Wäre ein Mord während des Publikumsverkehrs überhaupt möglich? Nur nicht den Namen des Geschäfts nennen. Das würde Ärger geben.

Stopp! Lea durfte sich nicht verzetteln. Sie brach ihr Vorhaben ab, auf die Schnelle die Geschichte zu Ende zu schreiben. Das schaffte sie nicht mehr. Hauptsache, ihr Roman war eingestellt, als eBook und Printversion. ›Geht in Kürze online‹ stand auf der Website. Immerhin!

Lea packte emsig ihre fünf Sachen zusammen: Laptop, Notizbuch, USB-Stick, Buch und Koffer mit Klamotten.
High Noon. Sie war bereit.
Nach einer beschaulichen Fahrt über Berg und Tal und durch Eifeldörfer fuhr Lea den abschüssigen Weg entlang, direkt auf *Das Krimihotel* zu. Ein imposantes altes Eckgebäude mit spitzen Giebeln und kunstvoll verlegtem rötlichen Stein im unteren Bereich. Die Eingangstür aus massivem Holz mit Glaseinsatz war mit auffallend schöner Kunstschmiedearbeit verziert. Weiter oben sah Lea gelbe Backsteine, in denen die schmalen Erkerfenster besonders gut zur Geltung kamen. Alles in allem eine filmreife Krimikulisse. Alfred Hitchcock hätte seine wahre Freude daran gehabt.
Lea bog nach rechts ab und wieder scharf links auf den hoteleigenen Parkplatz. Bäume beschatteten die großzügig angelegten Parkbuchten. Gut so, bei *der* Septembersonne. Etwas weniger Hitze hätte es auch getan. Aber sie wollte nicht undankbar sein.
Freudig raffte sie die Taschen zusammen, warf einen Blick in die Laptoptasche, weil sie nicht mehr wusste, wohin sie das ausgedruckte Romanmanuskript gesteckt hatte. Hierhin schon mal nicht, und dann fiel es ihr während eines aufkommenden Schwindelanfalls wieder ein: Es lag zu Hause! Da es erst später im Netz stehen würde und sie noch kein Exemplar bekommen hatte, musste Plan B her. Zur Not musste sie den Schluss der beiden neuen Kurzgeschichten während

des Lesens dazu erfinden. Sie könnte ein Ratespiel daraus machen. Besser nicht. Auch dann würde sie das Ende schuldig bleiben und gezwungen sein, Rede und Antwort zu stehen.

Der kürzeste Weg vom Parkplatz ins Hotel führte zum Hintereingang. Lea rollte den Koffer durch den Flur, vorbei an der Wand mit sechs Schwarz-Weiß-Fotos bekannter Verbrecher aus vergangenen Zeiten. Darüber befand sich eine riesige Leinwand mit vielen auf Postkartengröße verkleinerten Plakaten alter James-Bond-Filme. Lea blieb kurz stehen und erinnerte sich an einige Kinobesuche. Es machte ›Pling‹, während sich die Aufzugtür links neben ihr öffnete. Ein tätowierter Riese setzte sich in Bewegung. Er sah ihre schreckgeweiteten Augen, hob die dürren Arme in die Luft und bewegte sich wie ein Zombie auf sie zu.

Lea schrie kurz auf.

Es war nicht immer lustig, wenn Menschen meinten, Humor zu haben.

Eine Frau mit Kurzhaarfrisur und rotem Poloshirt mit langer Schürze über der Hose kam aufgeregt um die Ecke gelaufen und fragte, was passiert sei. Nach der Entwarnung war sie sichtlich erleichtert und entschuldigte sich damit, dass man es in einem Krimihotel ja nie wisse ... Sie stockte. »Sie sind die Autorin, richtig?«

Lea lächelte zustimmend.

»Wunderbar! Ich bin Romy vom Service-Team. Wir freuen uns auf Sie und wünschen Ihnen einen angenehmen Aufenthalt im *Krimihotel*. Wenn Sie Fragen haben, fragen Sie einfach.«

Lea sah dorthin, wo eben noch der Zombie gestanden hatte, doch der war wohl auf der Suche nach seinem nächsten Blutopfer.

»Ihren Zimmerschlüssel bekommen Sie drüben im *Hotel Augustiner Kloster*, vor dem Haupteingang rechts, circa fünfzig Meter von hier entfernt. Dort können Sie sich anmelden und erfahren alles Weitere. Ich erwarte Sie dann heute Abend zum Blutrausch im Clubraum.«

Blutrausch – Zombie. Ja, sicher. Lea bedankte sich für die freundliche Begrüßung und machte sich auf den Weg.

Romy rief ihr hinterher: »Lassen Sie den Koffer ruhig hier stehen. Hier kommt nichts weg.«

Das moderne Tagungs-, Golf- und Wellnesshotel fand Lea sofort. Der Name deutete wohl an, dass es früher tatsächlich ein Kloster gewesen war. Von der kompakten Bauweise her könnte es stimmen. Die Empfangshalle war gigantisch mit ihren hohen Decken. Auf dem Boden befanden sich große quadratische rosafarbene Marmorplatten, die wiederum mit schwarzem Marmor umrandet waren. Der großzügig bemessene Empfangstresen, mit schwarzem Leder bespannt, bot reichlich Platz für das Check-in und Check-out der Gäste.

Lea stellte sich dem smarten Hotelangestellten im schwarzen Anzug vor. Sie sagte, dass sie zum Anfassen sei, also die *Autorin zum Anfassen*. Die anderen zwei Rezeptionistinnen nickten wissend und sahen kurz auf. Der Dunkelhaarige mit den perfekt gegelten Haaren lächelte, tippte auf seiner Tastatur herum und sah zwischendurch immer wieder auf den Monitor. »Das

Alfred-Hitchcock-Zimmer steht für Sie bereit. Bitte sehr.«
Er überreichte ihr einen Schlüsselbund mit ovalem Messinganhänger, wie ihn Kriminalkommissare mit sich führten, um sich auszuweisen. Nur mit dem Unterschied, dass auf ihrem die Zimmernummer und nicht die Dienstnummer stand. Schnell den Zettel ausfüllen, fertig.

»Moment bitte noch.« Er griff zum Telefonhörer und bat eine Frau ..., den Namen verstand Lea nicht, weil er so leise gesprochen war, sie möge bitte mal kommen. Es sei so weit.

Lea war sich keiner Schuld bewusst und wartete gelassen ab.

Da kam sie auch schon, die Veranstaltungsleiterin. Auf ihrem Namensschild stand Sarah Staehler. Sie hatte ihr die Suppe eingebrockt ... aber nein, sie durfte nicht ungerecht sein. Sehr gerne hätte Lea sie gefragt, ob eine Verwechslung mit einer anderen Autorin vorläge, aber als Profi ging man lächelnd darüber hinweg. Die wussten hier schon, was sie taten.

»Ich freue mich, Sie nun persönlich begrüßen zu dürfen. Haben Sie gut hierhergefunden?« Ihre Stimme war angenehm und nicht übertrieben freundlich. Sie zeigte auf eine Ecke am Empfang, wo sie ungestört mit ihr reden wollte.

»Ja, das Hierherfinden war nicht das Problem, dafür habe ich mir eine Navigatorin mit Orientierungssinn besorgt. Es gab da nur ... aber jetzt ist alles gut.« Lea beendete den Satz lieber vorzeitig. Sie wollte sich nicht verplappern und sagen, dass sie nur drei Geschichten im Gepäck hatte, wovon zwei unvollendet waren.

Ihr Gegenüber hakte glücklicherweise nicht nach. »Einige der Gäste haben bereits die Zimmer bezogen. Es ist ein bunt gemischtes Publikum. Aber das kennen Sie ja.«

Lea nickte zaghaft. Sie freute sich nach außen, nach innen wurde ihr mulmig zumute. »Wie viele sind es denn insgesamt?«, fragte sie leise.

Nun räusperte sich die Veranstaltungsleiterin. »Sicher, wir hatten mit mehr gerechnet. Aber da steckt man nicht drin. Normalerweise sind alle Zimmer ausgebucht. So dreißig, vierzig Gäste …«

»… und diesmal?« Lea schluckte.

»Diesmal sind es neun, ach, was sage ich: zehn Gäste. Eine gemütliche Runde. Ich wünsche Ihnen jedenfalls viel Spaß mit Ihrem Publikum. Hier ist der Ablaufplan.« Sie reichte Lea mehrere Zettel, einige Stellen waren gelb markiert. »Es wäre gut, wenn Sie sich an die Zeiten halten könnten, damit unser Koch und der Service beim Ablauf der Menüs nicht in Bedrängnis kommen. Es kommt immer gut an, wenn die Autoren sich am Blutrausch-Abend ausführlich vorstellen – zur Einstimmung sozusagen. Am Samstag bleibt genügend Zeit für die Lesungen und Ihre vielen Geschichten und Bücher.«

In diesem Moment bereute Lea es, auf ihrer Website so dick aufgetragen zu haben. Sie hatte einen Beitrag nach dem anderen geschrieben und sich viele Inhaltsangaben für ihre Storys ausgedacht. Dass die erst noch geschrieben werden mussten, stand natürlich nicht dabei. Es waren über dreißig.

»Steht eine Mikrofonanlage bereit?«, fragte sie und fand, es klang sehr professionell.

»Die wird wohl nicht nötig sein. Aufgrund der geringen Teilnehmeranzahl finden die Menülesungen im Clubraum statt. Dort, wo heute Abend der Blutrausch-Empfang ist. Ich habe dem Service-Team Bescheid gegeben, dass es Ihnen einen Tisch für Ihre Bücher bereitstellt, die Sie selbstverständlich in eigener Regie verkaufen können.«

Lea nickte. »Fein.« Können könnte, fügte sie gedanklich hinzu.

»Wenn Sie noch Fragen haben, wir stehen Ihnen jederzeit zur Verfügung.«

Lea bedankte sich artig und wollte nur noch auf ihr Zimmer gehen, sich beim Duschen sammeln. Zeit, den Schluss mindestens einer Geschichte zu schreiben, blieb ihr nicht mehr. Shit! Sie hätte die Blätter danach kopieren und heften ... und dann hätte sie doch noch können können und vielleicht über den Verleger, die Druckerei oder die Lektorin schimpfen, dass die es nicht rechtzeitig geschafft hätten und sie nun leider, leider ... mal schauen.

Diesmal nahm Lea den Vordereingang des *Krimihotels*. Sie stemmte sich gegen die hohe Türe aus schwerem Holz und stolperte in den Flur, als diese von der anderen Seite aufgerissen wurde.

»Entschuldigung«, stammelte eine grau-braun-blonde Frau mit hochrotem Kopf, den sie schon vorher gehabt haben musste, so sehr glühte er. Lag es an der Hitze oder an ihren zu engen Sachen, die ihr die Luft wegnahmen? Vermutlich an beidem.

Sie zwängten sich aneinander vorbei. Lea winkte ab. »Sie müssen sich nicht entschuldigen. Ich hätte besser aufpassen sollen«, sagte sie, »sind Sie ein Übernachtungsgast – übers Wochenende, wenn ich fragen darf?«

»Warum wollen Sie das wissen?«, kam es schroff zurück.

Lea zog den Kopf ein. Nun wurde sie rot. »Nur so, ich meine, ich lese am Wochenende hier und dachte, Sie wären mein Gast, und da hätte ich mich Ihnen gleich …«

Ihr Gegenüber verzog das Gesicht, was ungefähr so aussah wie das Lächeln eines Gruselclowns. Doch dann: »Ach, Sie sind das! Wieso habe ich Sie nicht sofort erkannt? Draußen hängt doch Ihr Plakat! In natura sehen Sie viel besser aus.« Sie reichte Lea versöhnlich die Hand. »Mein Name ist Natascha Klein, obwohl ich es nicht bin.«

Lea legte ein paar Fragezeichen auf ihre Stirn.

»Na, ich bin ja nicht klein, sondern groß«, antwortete sie. »Sie ja auch.«

Lea sah zu ihr herunter. Noch nie war ihr eine Frau begegnet, die so voller Gegensätze war. Da passte der Name wunderbar ins Bild. Sie sagte Sätze, die man fröhlich fühlen konnte, die sie aber traurig oder wütend aussprach.

Nun griff Natascha Klein ihr an den Arm und zog sie beiseite, weil die Tür sich mit einem Schwung öffnete. Weitere Gäste trafen ein und hatten nur Augen für das Ambiente.

Lea verabschiedete sich, wollte auf ihr Zimmer gehen.

»Moment! Warten Sie! Ich muss Sie dringend sprechen. Das ist auch der Grund, warum ich das Wochenende gebucht habe. Sie müssen mir helfen! Es ist eine lange Geschichte.«

Lea sah auf die Uhr. Zwanzig Minuten vor sechs. »Tut mir leid, aber das geht jetzt nicht. Ich muss mich auf meine Vorstellung vorbereiten und vorher ein wenig frisch machen.«

»Aber ... aber später. Versprechen Sie es mir!« Sie lächelte, schien jedoch bestürzt zu sein, denn ihre Mimik wechselte ins Schmerzverzerrte.

»Jaja, sicher. Wir unterhalten uns später darüber.« Die Neugierde hatte gesiegt. »Ich muss jetzt ... bis gleich.«

4. Der Blutrausch

Viel Zeit war ihr nicht mehr geblieben, alles geregelt zu bekommen. Außer Atem raffte sie – mit noch feuchten Haaren – ihre Notizen, das Buch und ein paar Autogrammkarten zusammen, die sie vor zwei Jahren hatte machen lassen.

Nein, die ließ sie doch lieber liegen. Darauf hatte sie noch halblange Haare gehabt und sah naturgemäß jünger aus als jetzt mit siebenunddreißig. Das warf ein schlechtes Licht auf sie. Das wirkte so, als würde sie nicht zu ihrem Alter und Aussehen stehen. Dabei hatte sie sich damals auch schon als zu alt und unattraktiv und die Fotos davor als schöner empfunden. Wann hörte das endlich mal auf? Vermutlich erst, wenn sie für immer die Augen schloss und sich gar nicht mehr sehen konnte.

Beim Hinausgehen aus ihrem *Alfred-Hitchcock-Zimmer* verabschiedete sie sich mit einem letzten Blick vom großen Meister der Spannungsfilme, der großformatig über dem Doppelbett hing. Das Motto-Zimmer hatte sie nicht enttäuscht. Es war im Großen und Ganzen authentisch eingerichtet, wenn man mal von unverzichtbaren modernen Elementen absah. Selbst im Bad begegnete ihr Psycho Norman Bates mit seinen Schattenhänden am

Duschvorhang. Mittlerweile zuckte sie nicht mehr so heftig zusammen, wenn sie zur Tür hereinkam.

Im düsteren Flur, von dem mehrere Türen abgingen, stand eine halbhohe Büchervitrine mit Kriminalromanen, neben der ein Zimmermädchen gerade abstaubte. Tot war ihr Gesichtsausdruck, so wie nur Schaufensterpuppen schauen konnten. Daran und an die vielen Polizistenpuppen, die in fast jeder Ecke standen, musste sie sich erst gewöhnen. Auch dass sie einen Gang weiter plötzlich Derrick oder Miss Marple von der Wand anstarrten.

Auf dem Weg nach unten hörte sie Stimmengewirr und Gelächter. Das Rote-Blitz-Service-Team lief mit gefüllten Getränke-Tabletts in den Clubraum. In den Sektgläsern befand sich eine blutrote Flüssigkeit. Daher der Name Blutrausch!

Auch Lea hatte einen Blutrausch – in den Ohren. Dünnes Blut mit Adrenalin gesättigt.

Sie betrat den Raum, in dem ein künstlicher Kamin in die Wand eingelassen war. Links und rechts Kerzenständer mit Hitchcock-Vögeln darauf, die auf ihr Opfer lauerten, so wie die Gäste auf sie. Plötzlich wurde es mucksmäuschenstill auf den Oxblood-Chesterfield-Couchen und -Sesseln, wo die Gäste bereits Platz genommen hatten und sicher erste Kennenlerngespräche führten. Jemand räusperte sich und zischte: »Psssssst. Sie ist da!«

Lea tutete ein freundliches »Guten Abend!« in den Raum. Es schallte zurück. Alle Augen waren auf sie gerichtet. So musste es sich anfühlen, wenn man zum Rededuell der Präsidentschaftswahl auf die Bühne ging.

Romy vom Service-Team lockerte Leas Anspannung auf und stellte sich neben sie. »Einen wunderschönen Guten Abend und herzlich willkommen zu unserem Krimiwochenende *Autoren zum Anfassen*. Bis Sonntag werden Sie mit der Autorin Lea Schein«, ... sie deutete mit beiden Händen auf sie, »... zusammen sein und spannend-schaurige Geschichten aus ihren Büchern hören und ansonsten auch sehr viel über die Person erfahren. Viel Vergnügen! Ich hoffe, Sie haben alle noch etwas zu trinken. Wenn nicht, melden Sie sich bitte mit einem Handzeichen. Und nun übergebe ich das Wort an die Krimiautorin Lea Schein.«

Applaus ertönte und ein »Huhuhu« von einer Jüngeren.

Lea hätte gar kein Rouge auflegen müssen. Sie fühlte sich auch so gut durchblutet. Das nannte man also Lampenfieber. Sollte sie sagen, dass es ihr erster offizieller Auftritt war? Nein, besser nicht. »Herzlichen Dank«, begann sie und räusperte sich. »Tja, wir sind nun drei Tage und zwei Nächte zusammen ...«

Ein anerkennender Pfiff durch die Zähne eines männlichen Gastes erklang. Lea sah zu dem winkenden Mann im Fünfziger-Jahre-Anzug, in Hellgrau gehalten und aus feinem Tuch. Er hatte, trotz der Hitze, einen schmalen Seidenschal um den Hals gebunden. Das Halstuch, fiel Lea spontan dazu ein. »... und sollten uns vertragen«, fügte sie schnell hinzu.

Gelächter.

»Meinen Namen haben Sie ja bereits gehört. Ich komme aus Krefeld und schreibe seit ... einigen Jahren hauptberuflich – Krimikurzgeschichten und Romane ...« Mist. Das hatte sie nicht sagen wollen. Eine Nachfrage wäre peinlich.

Einige nickten anerkennend.

Leas Blick ging wieder zu dem Pfeifer. Es schien so, als sei er frisch von einem pedantischen Friseur gekommen. In den blonden Haaren war der Seitenscheitel mit dem Lineal gezogen und die etwas längeren Koteletten wie mit Schablone geschnitten worden. Fassonschnitt, nannte man es wohl früher. Egal, es passte zum Outfit.

Lea setzte sich auf den freigehaltenen Platz am Kamin. »Von meinen Veröffentlichungen habe ich Ihnen eine ... einige mitgebracht«, sagte sie. »Aber bevor wir dazu kommen, sollten Sie mich zunächst einmal kennenlernen, außerdem will ich unbedingt wissen, mit wem *ich* es zu tun habe.« Sie sah wieder zum Fünfziger. Die anderen hatten es mitbekommen. Ihre Blicke gingen hin und her.

Die Augen. Lea gefielen seine stechenden Augen nicht, die sie förmlich auszogen. Oder bildete sie sich das nur ein? Was sie aber mit Gewissheit sagen konnte, war, dass er einen befriedigten Eindruck machte, so als habe er sein Ziel erreicht.

»Mein Leben als Autorin ist nicht so einfach, wie Sie es sich vielleicht denken. Jeden Tag beschäftige ich mich mit Kriminellen, muss mich mit Waffen aller Art und Giftmorden auskennen, viel recherchieren, und das Schreiben selbst kann manchmal eine fürchterliche Knochenarbeit sein.« Sie vermied es, den Fünfziger weiter anzusehen. Ihr immer langsamer werdender Pulsschlag ermöglichte es ihr nun, intensiver in die Runde zu schauen. Ganz in ihrer Nähe saß die kräftige Frau, mit der sie heute Mittag zusammengestoßen war und die Lea unbedingt hatte sprechen wollen. Diese fing Leas Blick auf, beugte sich vor und legte ihr unauffällig einen Zettel auf den Schoß. Den konnte sie jetzt unmöglich lesen, um nicht unhöflich zu wirken. Später vielleicht. Sie durfte den Faden nicht verlieren.

»Also, das mit der Knochenarbeit habe ich nur gesagt, damit Sie nicht denken, wir Schriftsteller sitzen den ganzen Tag nur gemütlich auf der Couch und tippen hier und da mal etwas in den Laptop.«

»Haben Sie schon mal daran gedacht, Liebesromane zu schreiben?«, rief eine Frau dazwischen, die Lea am liebsten gefragt hätte, ob sie schon jemals einen gelesen habe, dann hätte sie die Frage nicht stellen müssen. Sie wollte nicht frech sein, außerdem hatte sie größten Respekt vor Liebesroman-Autoren. Das musste man erst einmal zustande bringen. Aber nein, sie wollte ihr Publikum nicht vergraulen. Nicht auszudenken, wenn direkt am ersten Abend die ersten Gäste wutentbrannt wieder nach Hause fuhren oder sich womöglich über sie beschwerten. Lea hatte sich fest vorgenommen wiederzukommen, sobald ihr erster Roman bei einem Verlag erschienen war. Also antwortete sie, etwas zeitverzögert, lieber so: »Nein, Liebesromane sind nichts für mich. Das Genre ist mir zu unrealistisch.«

Gelächter.

»Können Sie vom Schreiben leben?«, kam es aus der Menge.

Lea brauchte Zeit für die Antwort, tat so, als suche sie nach dem Fragesteller. Sollte sie sagen, dass nur die nächsten drei Mieten gesichert waren und sie mit dem Geld vom Sparbuch noch höchstens ein halbes Jahr Miete bezahlen konnte, bevor sie sich wieder einen einigermaßen bezahlten Job suchen müsste? Stattdessen: »Bin ich nicht der beste Beweis?« Sie zeigte auf sich.

Gelächter.

»Sind Sie verheiratet?«, fragte der Fünfziger. »Was sagt Ihr Mann dazu, dass Sie die Männer vergiften?«

»Kann er noch was sagen?«, warf der auffällig Tätowierte ein, der sie am Aufzug erschreckt hatte.

Gelächter.

»Mein Mann sagt nichts mehr.«

Betroffenes Schweigen.

»Ich habe keinen Mann.«

Nur wenige lachten. Der Fünfziger freute sich.

»Kennen wir uns nicht?«, platzte es aus Lea heraus.

»Ja!«, sagte er stolz.

»Woher?«

»Lassen Sie uns später darüber reden. Bei einem Wein.«

»Huhuhu!«, machte die junge Frau wieder, höchstens achtzehn, dann widmete sie sich ihrer Porzellantasse, die sie umdrehte und mit dem Handy fotografierte.

Lea erzählte eine Viertelstunde all das, was sie auf ihrem Zettel stehen hatte. Es war eine Kopie des Website-Textes – ihre Wunschgedanken, ihre Träume und Ziele als Autorin. Dabei tat sie so, als sei das alles schon eingetroffen. Es war eben alles eine Formulierungssache. Sie konnte nichts dafür. Ihre Fantasie war es, die sich manchmal, also öfters, als Realität aufspielte. Das steckte in ihr, und das kam einfach so raus.

Was wollte sie mehr? Ihre Gäste waren begeistert, welch prominente Persönlichkeit sie vor sich sitzen hatten. Erste Fragen nach Autogrammkarten kamen auf, und jemand fragte, wie ihr allererster Roman hieß. Er wollte alle Bücher von ihr – der Reihe nach – lesen.

Die Fragen beantwortete sie alle mit einem geheimnisvoll wirkenden »Später«.

»Jetzt erzählen Sie aber mal von sich«, lenkte Lea ab und hatte gerade noch die Kurve bekommen. »Stellen Sie sich doch bitte einzeln vor. Ich will versuchen, mir Ihre Namen zu merken, so lernen wir uns alle besser kennen. Sie gestatten, dass ich mir kurze Notizen dazu mache.« Das Okay wartete sie nicht ab. »Teilen Sie uns am besten Ihren Namen mit, woher Sie kommen, warum Sie dieses Wochenende mit mir gebucht haben und in welchem Zimmer Sie untergebracht sind. Bitteschön!« Lea zeigte auf die Person, die links von ihr saß.

Diese ruckelte hin und her, wollte sich wohl aufsetzen, rutschte aber noch tiefer in die weichen Lederkissen. Bevor sie ganz darin versank, japste sie: »Ich heiße Amelie, komme aus Koblenz, das Wochenende ist mein Abigeschenk, das ich mir selbst gemacht habe.«

Einige brachten ein mitleidiges »Ooohhh« heraus, andere klatschten.

»Danke. Danke«, fuhr sie fort. »Ich bin ein James-Bond-Girl, also solange wie ich in dem Zimmer schlafe.«

Lea schrieb in ihr Notizheft: Amelie, jung, rot gefärbte Haare, niedlich. Dreht Tassen um und fotografiert sie. Warum wohl?

Der Nächste bitte.

»Mein Name ist Gisela Stur.«

»Das ist sie manchmal auch!«, rief der Mann neben ihr, der es scheinbar genau wusste und nun einen Rippenstoß bekam, der ihn aufschreien ließ.

»Nennt mich Gisela!«, sagte sie mit einem Blick zu dem Mann. »Ich, nein, wir, kommen aus Mönchengladbach. Das Wochenende ist ein gespendetes Geschenk aus der ... aus der Haushaltskasse.« Sie ging in Deckung. »Ich bin ein absoluter Krimifan! Wäre gerne zu Klaus Stickelbroeck gegangen, aber das Wochenende war ausverkauft.«

Lea schluckte schwer, was ihre Konkurrenz anging. Den Autor kannte sie auch. Der war an Humor kaum zu toppen. Ein wahrer Entertainer.

Gisela Stur sprach schnell weiter: »Wir sind im *Miss-Marple-Zimmer* untergebracht. Wunderschön!«

Lea notierte das Aussehen von Gisela – zum Wiedererkennen: circa einen Meter siebzig groß, pummelig, blaue Augen, weiß melierte Haare, Knollennase.

Gisela schlug ihrem Mann aufs Knie. »Los! Sag doch was. Du bist dran!«

Er brummte. »Wünsch es dir nicht.«

»Nur Mut!« Lea seufzte.

»Meine Frau hat mich hierhergeschleppt. Ich mag keine Krimis. Hätte ich gewusst, dass sie diesen Quatsch von unserem Geld bezahlt hat, ich hätte mich geweigert. Aber nun bin ich ja einmal hier und hoffe, dass wenigstens das Essen schmeckt. Ach so, Stur mein Name. Der Vorname tut nichts zur Sache. Pah, wunderschönes Zimmer! Über unserem Bett hängt so eine alte Schrapnell und guckt so irre. Als wenn ich es nicht schon schlimm genug angetroffen hätte.«

»Man nennt ihn auch die Spaßbremse«, ergänzte Gisela. »Die anderen Spitznamen werdet ihr bald selbst herausfinden. Ich freue mich jedenfalls sehr und bin auf die Geschichten gespannt. Lesen Sie heute Abend schon etwas vor?«

Lea überlegte: Wenn sie heute Abend nichts vorlas, dann hätte sie die Geschichte schon mal für morgen aufgespart. Sie sagte: »Mal schauen, wie viel Zeit uns bleibt. Das dauert, bis sich alle vorgestellt haben, und das Drei-Gang-Menü wartet auf uns. Wir müssen pünktlich Schluss machen.« Sie notierte: Stur, Mann von Gisela, dicker Bauch, um die ein Meter achtzig, fusseliger rotblonder Vollbart, grau-blonde kurze Haare, schmale Lippen, große Nase, Spaßbremse.

»Schnell, der Nächste!«, rief Gisela, der auch die Zeit davonrannte.

»Tom Will!«, rief der circa dreißigjährige Mann mit dem Uppercut und der blonden Tolle in den Raum. Er saß ihr gegenüber auf der Dreiercouch. Er hob die Hand, in der er sein Handy hielt, und grüßte damit in die Runde. Tom Will – was für ein fordernder Name – hatte zwar die Reihenfolge nicht eingehalten, aber das war jetzt auch egal. »Ich bin Handyhändler«, sagte er. Es klang ein gewisser Stolz in der Stimme mit. »Wenn jemand mal ... ich meine ja nur. Ich komme aus Köllln – mit drei L. Das Krimiwochenende ist ein Hochzeitsgeschenk von Freunden.«

Ein entzücktes »Ooooh« ging durch die Menge.

»Das hier ist Anton, mein Mann.« Der Smarte zeigte auf den Typ Holzfäller, dem das irgendwie peinlich zu sein schien. Jetzt gab er ihm auch noch einen Kuss mitten auf den Mund.

»Baah«, rief Herr Stur. »Was man sich hier alles ansehen muss.«

»Wie meinen Sie das?« Tom sprang auf. Anton hielt ihn zurück und zischte: »Lass ihn!«

Das sagte auch Gisela, einen Zacken schärfer – aber zu ihrem Mann.

Sollte Lea Messer verteilen? Besser nicht.

Anton, sein Ehemann, wischte mit der Hand, was wohl »Weiter!« bedeuten sollte, doch dann: »Ach so, wir sind im *Toto-und-Harry-Zimmer*. Sonst ist alles gesagt worden.« Er nahm das bestellte Glas heiße Milch entgegen, das ihm Romy vom Service-Team brachte. Genüsslich packte er den dazugehörigen Keks aus und ließ ihn mit zwei Fingern bewusst vor sich auf den Boden fallen.

Lea notierte alles. Wo war sie hier nur reingeraten?

Ein dunkles Bellen erklang. Alle schraken zusammen. Es klang nach dem Hund von Baskerville. Die arbeiteten hier mit allen Gimmicks.

Doch unter dem Tisch kam nun ein winziger Hund zum Vorschein, der anscheinend nur aus Stimme bestand.

»Taxi!«, rief Jean der Tätowierte.

Alle drehten sich zur Tür um.

»Der Hund macht nur Ärger!«, sagte Marie. »Taxi, geh zu Herrchen!«

Taxi schien taub auf seinen riesengroßen Ohren zu sein. Mit dem Keks im Maul lief er auf seinen kurzen Beinchen zu Gisela, die ebenfalls ihren Keks auspackte, der neben der Cappuccinotasse gelegen hatte.

»Hau ab!«, rief Herr Stur und machte mit dem rechten Fuß eine kurze Trittbewegung, traf den Hund aber glücklicherweise nicht.

»Henri!!!«, rief Gisela. »Lass das sofort sein!«

Hund und Henri knurrten. Gisela warf Henri den Keks zu.

Lea blätterte zügig im Notizheft um und kam mit dem Schreiben kaum nach.

»Stille. Carmen Stille«, sagte Carmen in die Stille. »Ich komme aus Düsseldorf, bin Friseurmeisterin und habe einen eigenen Salon.«

»Auf der Kö?«, fragte Amelie, das Küken der Runde.

»In Oberbilk.«

»Suchen Sie noch eine Produkttesterin?«

»Alle Produkte sind vorher getestet worden, bevor ich sie verwende«, antwortete Carmen und drehte an ihrem Armreif, der sich jedoch auf ihrem fleischigen Arm keinen Millimeter bewegen ließ. »Da kommen wir leider nicht zusammen.«

Amelie unterdrückte ein Lachen, gab aber keine Erklärung dafür ab.

Die Figurbetonte fuhr sich mit den rot lackierten Fingernägeln vorsichtig über das perfekt gelegte und glänzende Haar. Ihr dunkler kurzer Bob hätte auch gemalt sein können. Der gepflegte Teint war blass. Sie näselte, weil ihre tief sitzende Lesebrille die dick gepuderten Nasenflügel zusammendrückte. Die getesteten Friseurprodukte konnte Lea bis hierhin riechen. Jedes Einzelne.

Carmen Stille hatte sich wieder gefangen. »Das Wochenende habe ich von meinen Rommé-Schwestern geschenkt bekommen, die eigentlich mitfahren wollten, aber dann kränkelte eine nach der anderen, Übelkeit und so weiter. Schade.« Sie rührte den Kamillentee um.

»Welches Zimmer?«, fragte Henri Stur die Hairstylistin.

»Henri!!!«, rief Gisela.

»Was denn? Hier soll doch jeder sagen, welches Motto-Zimmer er hat. Also, welches Zimmer?« Der Unschuldsengel grinste.

Carmen hauchte in seine Richtung: »*Jacqueeee Bern... dorf ... Zim... mer.*«

Henri rieb sich die Hände an den Hosenbeinen trocken.

»Sind wir bald durch?«, fragte Lea. Vor Hunger war ihr schwindelig geworden. Die Standuhr hätte bereits siebenmal schlagen müssen. Schlug sie überhaupt?

Nun meldete sich die Rothaarige der Runde und zog dabei ihre Jacke aus. Zum Vorschein kamen, zum sonst zierlichen Körper, zwei muskulöse Arme. Lea tippte auf Altenpflegerin oder Krankenschwester. Sie musste sie nachher unbedingt fragen.

»Mein Name ist Marie. Marie Fox.« Sie zeigte auf ihre roten Haare. »Kann man sich gut merken. Ich bin Physiotherapeutin und mit Jean befreundet.« Sie zeigte auf den großen Hageren neben sich, den Tätowierer. Er hatte bereits seine Jacke ausgezogen, sodass man nun sein komplettes Bilderbuch auf den Armen sehen konnte.

»Hi«, sagte der nur und malte weiter auf einem Zettel herum, schaute zwischendurch immer wieder an die Stuckdecke.

Marie fuhr fort: »Wir kommen aus Hannover und haben das *Magnum-Zimmer* von unseren Eltern geschenkt bekommen – also die Übernachtung.« Sie rollte mit ihren hellbraunen Augen.

»Dann sag auch, warum«, forderte er sie auf.

»Nein, das geht zu weit!«

»Taxi! Hierher!«, rief Jean seinen Hund zurück, der nun an dem Bein des Fünfzigers schnupperte.

»Kein Problem«, sagte der. »Ich kenne die Rasse. Die sind harmlos.«

»Okay, dann mache ich weiter«, sagte Jean. »Ich bin Tätowierer. »Taxi! Platz!«

Marie rümpfte die Nase und rückte vom Hund ab.

Jean ignorierte es und fuhr fort: »Habe mein Handwerkszeug immer dabei. Nur für den Fall der Fälle. Ihr wisst Bescheid.«

»Interessant«, meinte Lea. »Ich schlage vor, dass wir uns alle duzen. Das erleichtert vieles. Ist jemand dagegen?«

Henri Stur hob die Hand, grinste dann aber breit. »Von mir aus.«

»Prima«, sagte Lea. »Ich heiße Lea, wie ihr wisst. Eure Namen merke ich mir noch. Wer ist jetzt dran?« Es war keine gute Idee, alles aufschreiben zu wollen. Schon gar nicht mit der Hand.

»Bleibe nur noch ich. Ich mache es kurz«, sagte die Grau-Blonde.

Da sah Romy um die Ecke, tippte in Richtung Lea auf ihre Uhr und machte ein »Essen«-Zeichen mit zwei Fingern und schnellen Bewegungen.

»Ich komme aus Andernach, habe das Wochenende selbst bezahlt und bin im *Columbo-Zimmer* untergebracht. Mein Name ist Klein, ach so, Natascha.«

Lea erinnerte sich an den Zettel, den Natascha ihr zugeschoben hatte. Die Gelegenheit. Sie las: »Bin im Columbo-Zimmer. *Bitte kommen Sie nach dem Menü zu mir! Es ist sehr wichtig – lebenswichtig.*«

Lea hatte allein durch die Vorstellung ihrer Gruppe genügend Inspiration für die nächsten zwei Romane bekommen. Sie wischte sich über die feuchte Stirn und stand auf. »Gut. Ich denke, wir haben nun alle unser Menü verdient. Ich wünsche Ihnen – euch – einen guten Appe...«

»Und ich?«, fragte der Fünfziger.

Huch, den hatte Lea glatt übersehen.

»Oh, sorry. Ja bitte – in Stichworten.« Sie setzte sich wieder.

»Ich bin Bernfried Eginhard von und zu Hoff, sechsundfünfzig Jahre alt. Nennt mich Friedo. Das ist einfacher. Ich komme aus gutem Hause, woher, sage ich nicht. Man hat mir das *Derrick-Zimmer* gegeben. Wir kennen uns übrigens aus dem Internet und vom Telefon her. Er verstellte seine Stimme eine Oktave tiefer. »Erinnerst du dich jetzt, Lea?«

Blitzartig, wie nach einem Startschuss, löste sich die Runde auf. Die Gäste gingen ein paar Schritte weiter, setzten sich an die lange Tafel, wo bereits eingedeckt war.

Taxi legte sich auf Giselas Füße und zitterte.

Nur Lea war nach draußen auf den Flur gegangen. Sie musste den Service-Kräften mit den beladenen Tellern ausweichen, um zur Treppe nach unten, Richtung Toiletten, zu kommen.

Schritte folgten ihr. Sie drehte sich um.

»Keine Angst. Ich bin's, Friedo. Bin so froh, dich endlich einmal persönlich kennenlernen zu dürfen. Gut, dass ich dein angekündigtes Wochenende auf Facebook mitbekommen habe. Hätte es sonst verpasst. Du machst deine Sache sehr gut. Musst also nicht mehr aufgeregt sein.« Er legte ihr tröstend eine Hand auf die Schulter.

Lea drehte sich aus der Umarmung heraus und verschwand hinter der Tür mit dem messingfarbenen Schild *Damen*.

5. Der falsche Prinz

Lea hielt ihre Pulsadern unter fließend kaltes Wasser. Sie mahnte sich zur Vernunft. Was sollte ihr schon passieren? Rings um sie herum waren Menschen, die jederzeit eingriffen, wenn man ihr zu nahe rückte – hoffentlich. Sollte er sie weiterhin belästigen, würde sie es laut und deutlich herausschreien, und dann war Schluss mit seinen Nachstellungen.

Oberkörper straffen, Kinn hoch und los!

Sie öffnete die Tür.

»Da bist du ja. Alles gut?« Friedo kam von rechts und holte aus, um an ihrer Stirn zu fühlen.

Lea ging an ihm vorbei und rechnete innerlich damit, dass er sie festhielt. Wie sollte sie sich zur Wehr setzen? Ihm in die Ei... ei... ei... das brachte sie nicht fertig. Was sollte sie rufen? Hilfe! Lass das! Halte deine Hände bei dir! Nicht effektiv genug. Feuer! Ja, Feuer war gut. Darauf reagierten die meisten sofort. Fragte sich nur, was sie dann machten. Womöglich rannten alle nach draußen, um ihre eigene Haut zu retten.

Friedo sah ihr hinterher, rührte sich nicht.

Sie lief die Stufen nach oben, direkt in den Clubraum. In Gesellschaft fühlte sie sich wieder wohler, und auf das leckere Essen wollte sie wiederum nicht verzichten, sonst kippte sie sofort um.

Leas Namensschild stand am Kopf der langen Tafel. Recht so.

»Guten Appetit!«, sagte sie und nahm Platz.

Nun betrat auch Friedo den Raum. Er setzte sich an die Ecke, links von ihr, und flüsterte kaum hörbar: »Du bist so schön!«

Lea packte sich an die Schultern, zog den Ausschnitt ihres schwarzen T-Shirts etwas höher, was nun wiederum an der Bauchgegend nackte Haut aufblitzen ließ. Er heftete seinen Blick daran fest. Bemerkten die anderen Gäste denn nicht, wie er sie belästigte? Sie sah zu ihnen. Nein, machten sie nicht. Sie waren mit den gefüllten Tellern beschäftigt, unterhielten sich kreuz und quer über die Tafel, tuschelten mit dem Nachbarn oder schauten in die Menükarte.

Letzteres war eine gute Idee. Lea hielt sie vor ihren Ausschnitt und las sich leise vor:

Vorspeise: »*Das letzte Süppchen*« *– Kresseschaumsuppe mit Eismeershrimps.*

Hauptspeise: »*Die verdächtige Spur*« *– Saftiges Rinderhüftsteak mit frischen Kräutern an Pfeffersauce, dazu Grilltomate und Folienkartoffeln, wahlweise Rotbarbe.*

»*Süße Verführung*« *– Mascarpone …*

Romy servierte nun auch ihr das Süppchen, das hoffentlich nicht das letzte war.

Nachdem nur noch das Dessert »Süße Verführung« offenstand – eine Mascarpone-Eierlikör-Creme mit Kirschen –, besann man sich wieder des Anlasses und dass man eine wahrhaftige Krimiautorin am Tisch sitzen hatte.

»Wie sind Sie eigentlich zum Schreiben gekommen?«, fragte Carmen in die plötzliche Stille und legte ihre abgeknutschte Serviette hin.

Lea verschluckte sich am Wasser. »Ach, das ist eine lange Geschichte. Ich wollte immer schon schreiben. Konnte es nicht erwarten, bis ich in die Schule kam. Wenn andere Kinder im Kindergarten malten, schrieb ich. Ins Heft, auf den Tisch, an die Wand … später, in der Schule schrieb ich die längsten Aufsätze mit den schlechtesten Noten, weil sie immer am Thema vorbei waren. Die Lehrer teilten meine Fantasie leider nicht. So mit dreißig hatte ich mal gehört, dass man sein Erlebtes wunderbar in Geschichten verarbeiten kann. Da kam mir der Krimi sehr gelegen. Mein allererster Roman war ein blutrünstiger Thriller, der in einem Gymnasium spielte. Leider wurde er von den Krimiverlagen nicht genommen, weil sie meinten, er wäre eher dem Horror-Genre zuzuordnen, aber denen war es wiederum nicht gruselig genug. Sie meinten, aufgespießte Augen und ausgelöffelte eitrige Wunden seien nicht spektakulär genug.«

Romy brachte freudestrahlend das Dessert. Alle, die Leas Ausführungen gelauscht hatten, ließen es stehen. Nur Friedo schlang die süße Versuchung in sich hinein und schaute gierig zu den anderen Tellern.

»Passiert heute noch was?«, fragte Henri, die Spaßbremse.

»Wie meinen Sie das?« Lea schreckte auf.

»Na, lesen Sie gleich noch etwas vor?«

»Nein, heute Abend nicht mehr. Dafür ist es zu spät. Morgen, morgen lese ich zur Five o'Clock TeaTime meine, äh, eine Kurzgeschichte vor.«

»Gut. Gute Nacht. Komm, Gisela. Wir gehen zur Schrapnell mit dem Nudelholz.« Er schlenkerte mit einer halb vollen Flasche Wein in der Hand herum.

Gisela sah sich um. »Aber ... ich ... habe noch so viele Fragen an Lea ...«

»Frag mich. Außerdem ist morgen auch noch ein Tag. Du hast es doch gehört. Die will auch mal Feierabend haben.«

Gisela zockelte ihrem Pascha hinterher und wischte sich die Augenwinkel. Taxi kam unter dem Tisch hervorgesprungen und folgte ihr. Sie bückte sich und streichelte ihn. Traurig sagte sie: »Du kannst nicht mit, Öhrchen.«

»Taxi! Hierher!«

»Öhrchen, der Name wäre passender«, sagte Gisela.

»Ja, wirklich. Toller Name«, antwortete Jean.

»Nervensäge würde es treffen«, meinte Marie.

Natascha nutzte die Gelegenheit und rückte am Tisch auf. Sie saß nun Fricdo direkt gegenüber. Lea fühlte sich mehr als verfolgt – verfolgt, verfolgt.

»Wann kann ich dich mal sprechen?«, fragten beide zugleich.

Lea spielte die Ahnungslose. »Ah, dann lasse ich euch besser alleine, damit ihr die Gelegenheit dazu bekommt.«

Sie ließ die verdutzten Gäste sitzen und sprintete nach oben, in den ersten Stock bis ans Ende des Flurs – links –, wo sich ihr *Hitchcock-Zimmer* befand, Nummer 16. Doch bevor sie den Zimmerschlüssel aus einer ihrer vielen Taschen hervorkramen konnte, öffnete sich der Aufzug mit einem ›Pling‹. Unmittelbar danach ging das

Flurlicht an. Lea versteckte sich hinter der halbhohen Vitrine. Dumm nur, dass diese auf hohen Beinen stand und man auch ihre sah.

»Lea? Lea!« Lachen. »*Da* bist du! Warum versteckst du dich vor mir? Flöße ich dir so viel Angst ein? Das will ich nicht! Ich komme in guter Absicht, auch wenn ich kein Außerirdischer bin.«

»Du verhältst dich aber so«, sagte Lea. »Hör auf mir nachzurennen wie ein … ein Öhrchen.« Sie kam hinter dem Schrank hervor und stellte sich breitbeinig vor Friedo, dann schloss sie die Beine lieber wieder.

Er kam näher und hob die Hände, als ergebe er sich. Das war ihr nicht genug. Sie zischte: »Was willst du von mir?«

»Deine Bekanntschaft! Nein, Freundschaft! Deine Hand!«

Lea kreischte. »Meine Hand?«

»Für dich wird es sich komisch anhören, und ich weiß, dass ich mich damit lächerlich mache, weil wir uns noch nicht richtig kennen, aber ich bin mir meiner Sache so sicher, dass wir füreinander bestimmt sind. Kennst du so etwas? Du siehst jemanden und weißt, den oder – in meinem Fall die – wirst du mal heiraten? Ich möchte dich nicht mehr gehen lassen. Bitte, lass es uns versuchen. Du wirst es nicht bereuen. Ich habe Geld, Lea, viel Geld. Ich könnte dich glücklich machen.«

»Mit Geld?«, fragte sie nach.

»Jeder ist glücklich mit viel Geld, oder etwa nicht?«

»Hauptsache gesund«, sagte sie.

»Wie wäre es mit gesund, glücklich und reich? Das kann ich dir bieten!«

»Soso, nein danke. Ich möchte nicht länger von dir belästigt werden. Hör auf mir nachzurennen! Mit uns wird das nichts! Keine Mails, keine Telefonate – sonst werde ich mal telefonieren: – mit der Polizei.«

»Was willst du denen sagen?«

»Das muss ich dir nicht erklären.«

»Bitte!« Er breitete die Arme aus wie zum Segen, machte dabei ein unschuldiges Gesicht. »Versuche dein Glück. Du wirst kein Gehör finden. Was habe ich denn gemacht? Habe ich dich unsittlich berührt?«

Trotz allem musste sie grinsen. Verdammt, sie durfte nicht lieb und nett zu ihm sein, dann würde sie ihn überhaupt nicht mehr loswerden. Wenn er wirklich so reich war, dann konnte er doch tausend andere haben. Warum wollte er ausgerechnet sie? Kannte er wirklich keine andere Frau, die für ihn infrage käme? Eine, die ihm mal sagte, wie man sich moderner kleidete und ihm mal über das Köpfchen streichelte? Das ungute Gefühl in seiner Nähe war in Mitleid umgeschlagen.

»Bitte bleib fair. Habe ich mich nicht immer anständig benommen und höflich angefragt?« Seine Stimme klang verzweifelt.

Lea nickte und lächelte ihn dabei an.

Er umarmte sie, drückte ihr einen flüchtigen Kuss auf die Wange.

Sie brummte: »Du hast nichts verstanden!«

»Doch. Du willst das nicht ... aber ich werde dich davon überzeugen, dass ich der Richtige für dich bin. Du wirst meine Qualitäten noch erkennen.«

»Sag das den Polizisten. Wenn du so weitermachst, bekommst du Besuch von denen.«

»Das solltest du dir vorher gründlich überlegen! Es könnte ein fataler Fehler sein.« Friedo wurde wieder versöhnlicher: »Schlaf gut. Bis morgen. Bin sehr gespannt auf deine Lesungen.« Er rührte sich nicht von der Stelle.

Lea ließ ihn im Flur stehen. Sie zog es vor, wieder in den Clubraum zu gehen, denn würde sie nun ihre Zimmertür aufschließen, folgte er ihr womöglich in seinem Liebeswahn.

Lea nahm einen offenen Rotwein, den sie sich in der Bierstube geholt hatte, mit in den Clubraum. Auf der Chesterfield lümmelten Marie und Jean herum.

»Kannst du auch nicht schlafen?«, fragte Marie und prostete ihr zu. Jean ließ sich nicht stören. Er zeichnete Krähen, Pistolen, Messer und einen Erstochenen in das ausliegende Gästebuch. Selbst Name, Adresse und Telefonnummer sahen aus wie ein Tattoo mit den vielen nachgezeichneten Stuckelementen von der Decke.

»Möchtest du eine Massage?«, fragte Marie, die in ihrem Beruf anscheinend völlig aufging.

Bevor Lea »Oh ja, das wäre toll!« sagen konnte, hüpfte Marie zu ihr auf die Couchrückenlehne und stellte die Beine links und rechts neben Leas Brustkorb. Sie schob ihr das tief ausgeschnittene T-Shirt über die Schultern.

Reaktionsschnell verhinderte Lea das völlige Herunterrutschen an den Armen. Jean hätte es sicher nicht bemerkt, aber es konnte jeden Moment jemand um die Ecke kommen. Wer wusste schon, wer noch alles schlaflos im *Krimihotel* war.

Wohlige *Aaahs* und *Oohs* schnurrten aus Leas Kehle. Sie wand sich unter Maries Händen. Was machte sie da nur mit ihr?

Maries massierende Finger glitten vom Nacken zu den Schultern hinunter zu den Schulterblättern, den Rücken entlang und ... Moment mal ... sie knetete nun im vorderen Brustbereich. Nicht unangenehm, aber irgendwie wurde sie da bisher nur von einem Mann ... und das nur beim ...

Friedo kam um die Ecke. Das Stöhnen hatte ihn wohl angelockt. »Ach, so ist das!«, rief er und verschwand wieder.

Auch Marie verabschiedete sich nun plötzlich.

Dafür betrat Gisela den Raum.

Als Theaterstück hätte Lea der schnelle Personenwechsel gefallen, aber so und zu so später Stunde wurde es ihr zu hektisch.

»Ich kann nicht schlafen!«, sagte Gisela und sah aus, als habe sie Zahnschmerzen. Ihre linke Wange war geschwollen. Sie schob ihr Halstuch davor, nachdem sie Leas forschenden Blick bemerkt hatte, und nahm neben ihr Platz, zeigte sich von der anderen Seite.

Lea reichte es für heute Abend. Sie betrat ausnahmsweise den Aufzug nach oben. Kurz bevor sich die Türen schlossen, schlüpfte die kreidebleiche Natascha zu ihr. »Gut, dass ich dich hier erwische. Hast du einen Moment Zeit?«

»Tut mir leid. Ich bin hundemüde, und mir ist ...«

Natascha hielt sich ruckartig die Hände vor den Mund.

Lea schickte ein Stoßgebet gegen den Fahrstuhlhimmel: »Lass es einen Schluckauf sein!« Nur nicht zum Reden animieren, dachte sie und sagte: »Komm, ich bringe dich auf dein Zimmer. *Columbo*? Richtig?

Natascha nickte nur und hielt ihr den Schlüssel hin.

Kaum hatte Lea aufgeschlossen, sauste Natascha an ihr vorbei ins Bad. Lea schlich sich nach draußen. Irgendwann schlief sie – mit einem schlechten Gewissen – unter Alfred Hitchcocks strengem Blick ein.

6. Klara Fall

Die gestrige Nacht schien nicht nur für Lea anstrengend gewesen zu sein. Ihre Gäste kamen nach und nach zum Frühstück. Einige von ihnen sahen reichlich verkatert aus.

In einem Zimmer zwischen Clubraum und Restaurant stand auf mehreren Tischen das reichhaltige Büfett.

Romy vom Service-Team begrüßte fröhlich jeden Hinzukommenden. Sie stand seitlich der Eingangstür und überschaute die lukullische Tafel, sah sofort, was noch benötigt wurde. Die Kollegin mit dem dunkelblonden Pferdeschwanz, die sie mit »Michaela« ansprach, half ihr dabei.

Lea lud sich deftige Kleinigkeiten auf den Teller. Lachs und Rührei, ein knackiges Brötchen dazu und fertig – erst einmal. Sie ging ins Restaurant, das zum Frühstücksraum umfunktioniert worden war, und setzte sich direkt an den ersten Tisch rechts. Natascha saß mit Amelie, Gisela und Carmen am Tisch gegenüber. Die Männer lagen wohl noch in den Betten oder rauchten vor der Tür. Ohne Henri war die Stimmung gleich viel lustiger im Raum.

Natascha sprang auf, schnappte sich ihre Kaffeetasse und kam zu Lea an den Tisch. Ab diesem Zeitpunkt wehrte sie jeden weiteren Bewerber ab, der sich zu ihnen setzen wollte.

»Das geht aber nicht!«, meinte Lea. »Die anderen haben auch das Recht …«

»Nicht, wenn ich dich alleine sprechen muss. Benötige dringend deine Hilfe. Du bist meine letzte Rettung.«

»Ich höre!«, sagte Lea. Sie streckte sich.

Natascha rückte noch ein Stück näher heran. Ihre Schultern berührten sich. »Es ist so: Du kennst dich doch bestens mit Kriminellen aus. Du musst für deine Krimis immer viel recherchieren, führst Gespräche mit Polizisten, Kommissaren und Anwälten und hast sogar Jura studiert.«

Lea wurde rot. »Woher weißt du das?«

»Von deiner Website – Rubrik ›Über mich‹.«

Sie musste auch dringend den Text der Kategorien überarbeiten. Genau genommen war sie nur einmal zu einer öffentlichen Vorlesung eines Staatsanwaltes gegangen, und ein Bekannter der Eltern ihres damaligen Freundes war Rechtsanwalt und hatte sie einmal als angebliche Gehilfin mit ins Gefängnis zu einem Mörder genommen. Ach ja, und dass Wasserleichen aufgeschwemmt waren und wachsfarben aussahen, wusste sie, weil ihr ein Kriminalkommissar für die Recherche ihres zukünftigen Bestsellers einen Ordner voll mit Farbfotos der verschiedensten Rheinleichen gezeigt hatte. Der Kommissar hatte müde gelächelt, als sie ihm sagte, warum sie gekommen war, und hatte ihr dann das wahre Leben gezeigt. Wohl nur, um sie zu schocken. War ihm gelungen.

»Besetzt!«, rief Natascha Henri Stur zu, der den Raum mit zwei hoch bepackten Tellern in den Händen betrat. Er blickte sich nach einem anderen Platz um, registrierte missbilligend, dass seine Frau Gisela sich nun bestens mit Amelie, Carmen und den beiden Schwulen amüsierte. Obwohl noch ein Platz frei gewesen wäre, setzte er sich beleidigt an den Tisch zu Marie Fox und ihren Freund Jean, den Tätowierer. Der malte mit dem Messer Muster in die zartgelbe Tischdecke.

Lea wurde aus ihren Beobachtungen gerissen.

»... ich brauche dringend deine kompetente Hilfe«, führte Natascha aus.

»Kannst du bitte mal zur Sache kommen? Wir haben nicht mehr viel Zeit. Um elf Uhr beginnt die Krimiführung mit Klara Fall. Ich will vorher noch mal aufs Zimmer, mir die Zähne putzen und etwas Kühleres anziehen. Heute soll es wieder sehr heiß werden – und das im September! Verrückte Welt.«

Natascha schlug sich auf den Mund. »Stimmt ja! Die Wanderung! Habe ich völlig vergessen. Ich weiß noch nicht, ob ich bei den Temperaturen mitgehen kann. Möchte unterwegs nicht zusammenklappen.«

»Iss lieber was, das hält den Kreislauf stabil. Kaffee ist keine Lösung«, empfahl Lea.

Natascha flüsterte: »Das kann ich erst, wenn ich es losgeworden bin. Es geht um meinen Bruder, der sitzt seit fünf Jahren im Gefängnis. Unschuldig! Er soll meinen – unseren – Onkel umgebracht haben. Hat er aber nicht. Doch niemand hat ihm geglaubt. Ungünstigerweise hatte er bei der ersten Vernehmung – vermutlich immer noch unter Schock – gestanden, es getan zu haben. Da hatte es ihm nichts genützt, es hinterher zu widerrufen.«

»Du warst dabei, als der Onkel starb?«

Natascha nickte.

»Du hättest zugunsten deines Bruders aussagen können«, sagte Lea, »wenn er es wirklich nicht gewesen war.« Solche Geschichten interessierten Lea durchaus. Aber, ob sie überhaupt helfen konnte?

»Habe ich gemacht, man hat mir nicht geglaubt. Es muss wohl an meinen gefühlten zwei Promille im Blut gelegen haben. An diesem … diesem besagten Abend war ich sehr … impulsiv. Ich möchte den Fall wieder aufrollen lassen. Du musst mir Tipps geben, wie ich das am besten machen kann, oder sagen, was ich übersehen habe. Es muss doch eine Mög…«

»Suche dir einen neuen Anwalt, einen, der wirklich was kann. Er soll sich die Akten kommen lassen und gründlich auf Fakten und Formfehler durchforsten. Ist natürlich keine preiswerte Angelegenheit. Denke nicht, dass das in der Rechtsschutzversicherung inbegriffen ist, falls du eine haben solltest.«

»Weiß ich. Habe ich nicht. Deshalb möchte ich mit *dir* alles durchgehen. Du hast sicher ein anderes Gespür dafür, siehst es als Krimiautorin von einer völlig anderen Seite und reitest nicht auf Paragrafen herum. Mein Bruder ist total verzweifelt. Er will nicht länger leben. Der bringt es fertig und erhängt sich in der Zelle!«

»Womit denn?«, fragte Lea. »Alle gefährlichen Gegenstände, wie ein Gürtel oder die Schnürsenkel, werden den Gefangenen abgenommen.«

»Mit dem T-Shirt! Das wäre nicht der erste Fall.«

Stimmt. Lea erinnerte sich. Der Suizid war durch die Presse gegangen. Bestens geeignet für Nachahmer. Jetzt wurde auch sie hektisch: »Ruf sofort dort an und sage denen, dass er selbstmordgefährdet ist.«

Natascha winkte ab. »Das wissen die! Sie haben mich nur ausgelacht, gemeint, dass er keine Sonderbehandlung bekommt und eine vierundzwanzigstündige Überwachung viel zu teuer sei. Bestimmt denken da nicht alle so, aber die, auf die es ankommt. Das ist ja das Schlimme! Du musst meinem Bruder und mir helfen! Du bist die letzte Rettung! Wir müssen ihn da rausholen!«

»Das geht nicht. Ich kenne die Gerichtsakten nicht. Habe viel zu wenig Hintergrundinformationen.«

»Kein Problem, ich habe was dabei. Ist auf meinem Zimmer. *Columbo-Zimmer.*«

Lea war das alles zu viel, zu heiß, und gleich die Tour ... und dann das ... und nachher die Lesungen.

»Kommt ihr?«, rief Gisela, die das Kommando übernommen hatte. »Die Ersten sind vorgegangen. Wir treffen uns vor der Tourist-Info, bei der Post, Am Markt 1.«

Was machte Gisela eigentlich beruflich? Lea tippte auf Lehrerin oder Erzieherin, jedenfalls irgendwas Pädagogisches.

»Ich weiß, wo das ist«, sagte Lea, die vorher auf die Karte gesehen hatte, »vom *Krimihotel*-Haupteingang immer geradeaus – auf der rechten Seite.«

Natascha ging nun doch widerwillig mit, sie wollte Lea wohl nie mehr aus den Augen lassen.

Da stand sie bereits, die Hillesheimer Krimiführerin Klara Fall. Im schicken Outdoor-Outfit mit wasserfestem Hut wartete sie auf ihre Gruppe. Neben ihr stand der pralle Rucksack. Deutete das etwa auf eine Tageswanderung hin? Sie sah zum Himmel. Die anderen folgten ihrem Blick. Kein einziges Wölkchen zu sehen. Die Sonne brannte.

Ächzend und stöhnend kamen nun auch die Letzten an. Endlich waren sie vollzählig und mussten nicht länger herumstehen.

Eine weitere Touristengruppe kam an ihnen vorbei. Sie sahen geschafft aus. Nur die Anführerin, eine Frau mit langen dunklen Haaren, winkte ihnen fröhlich zu.

»Klarer Fall«, scherzte Klara Fall, »das ist meine Krimikollegin Hella Blick. Ich sage nur: Die Idylle trügt. Verbrechen im Grünen. Sie wandern durchs Bolsdorfer Tälchen zu den ›grünen‹ Schauplätzen. Aber erst einmal herzlich willkommen zu *unserer* Krimiführung.

Liebe Eifelgäste, liebe Krimifreunde,
ob Mann, ob Frau, ob groß, ob klein,
ich lade alle herzlich ein,
von hier bis hin zum Krimihaus,
geht »Klara Fall« mit euch hinaus.
Meine Tarnung ist perfekt,
denn ich ermittle verdeckt.
Ihr erfahrt so allerhand
von Verbrechen und Mord
im Hillesheimer Land.

Doch zuallererst möchte ich überprüfen, ob ihr ehrlich bis auf die Knochen seid, und dafür brauche ich erst einmal eure Karten.«

Zunächst sammelte Klara Fall die Teilnehmerkarten ein. Mist. Lea hatte ihre auf dem Bett liegen lassen, was sofort bestraft wurde. Die zierliche Krimiführerin zückte ihre Pistole und drückte ab. Ein Glück, dass nur Wasser herausspritzte. Einige steckten schnell ihre Karten wieder zurück.

Nun bückte Klara Fall sich und kramte Klemmbretter hervor, auf die jeweils ein Zettel geklemmt war. »So ganz ungeschoren kommt ihr mir nicht davon, denn unterwegs werde ich euch die ein oder andere kriminell gute Frage stellen. *Drum die Ohren gespitzt und aufgepasst, macht euch auf manches Rätsel gefasst.* Bildet jetzt bitte, so ganz freiwillig, ein Vierer- und zwei Dreier-Teams.« Sie reichte jeweils einem der Teams einen Zettel. »Vielleicht bekommt ihr unterwegs das Lösungswort heraus, aber das wird euch wohl nicht viel nützen, denn bei mir kommt das dicke Ende ganz am Schluss. Übrigens: Die Anzahl der leeren Kästchen auf den Zetteln entspricht den Buchstaben der Lösungswörter.«

»Das ist ja einfach!«, sagte Henri, in dessen Gruppe Lea rutschte, weil die anderen sich hinter ihrem Rücken zusammengetan hatten.

Auch das noch. Selbst Friedo war ihr untreu geworden. Er machte gemeinsame Sache mit Carmen und Gisela. So was nannte sich Stalker.

»Wie lange dauert die Tour?«, fragte Natascha, die deutlich an Farbe im Gesicht verloren hatte. Sie sah ängstlich auf Klara Falls Rucksack.

»Nicht lange«, antwortete diese, »zwei Stunden. Das ist auszuhalten.«

Die Gruppe wollte gerade in die Burgstraße abbiegen, als ein voll besetzter Bus an ihnen vorbeifuhr. Der Fahrer hupte emsig. Auf der Beifahrerseite winkte eine Frau mit Brille und mittellangen hellbraunen Haaren. Sie strahlte über das ganze Gesicht.

Klara Fall blieb stehen und wedelte mit dem Hut zurück. Sie erklärte: »Wir machen die Krimiführungen zu dritt. Wir haben uns gesucht und gefunden. Mit Dane Spur und Hella Blick denken wir uns immer wieder neue kriminelle Schauplätze in Hillesheim und Umgebung aus, wohin wir unsere Gruppen führen können. Heute ist mal wieder Dane Spur mit dem Krimibus unterwegs.«

Carmen seufzte. »Die haben es gut! Die sitzen im klimatisierten Bus.«

»Na ja, sie fahren die Route des Verbrechens. Ich sage nur Nordschleife – Mordschleife. Vier Stunden, circa hundert Kilometer.«

Carmen winkte ab. »Nee, doch nicht.«

Henri knötterte: »Gehen wir jetzt endlich?« Er hatte die Tafel an sich gerissen und machte den Schriftführer. Schon jetzt zählte er die Kästchen ab und versuchte, einen Krimiautoren-Namen hineinzuschreiben.

Klara Fall rügte ihn scherzhaft dafür, er solle doch erst einmal die Fragen abwarten und im Team arbeiten, manchmal seien die Antworten anders als man denkt.

Sie kamen am Eiscafé *Stivaletto* vorbei. Einige wollten sich dorthin absetzen, doch ihre Partner hinderten sie daran. Eis könnten sie immer noch essen, aber eine Auszeichnung bekämen sie so schnell nicht wieder, meinte die Krimiführerin, womit sie natürlich recht hatte.

Sie blieben auf der Burgstraße am Haus Nummer 12 stehen. Es war das älteste Haus von Hillesheim, wie sie erfuhren. Burgmannenhaus nannte es sich, und im

Fenstersturz waren drei alte Wappen zu sehen. Auf einer gusseisernen Platte, wie man sie früher als Wärmespender über dem Herd hatte, prangten mythologische Figuren. Im 13. Jahrhundert hieß Hillesheim noch Hildensheym und beheimatete dreihundert Einwohner, erfuhren sie. »Aber das nur am Rande«, sagte Klara Fall. »Wir machen ja eine Krimiführung.« Lea blieb auch lieber in der Gegenwart und erfreute sich am alten Gemäuer des Hauses, auch ohne Geschichtszahlen.

Es hatte sich ein Halbkreis um die Krimiführerin gebildet, da sie bewusst sehr leise sprach, um mehr Aufmerksamkeit zu bekommen. Man musste gut hinhören oder sich in ihre Nähe begeben. Henri übertrieb es wieder einmal und stellte sich direkt neben Klara Fall. Überall gab er seinen Senf dazu. Was nur er lustig fand. Er störte. Doch Klara wusste sich zu helfen, indem sie ihre Vortragskarten zückte und ihm eine in die Hand drückte. Er durfte den Part von Siggi Baumeister übernehmen. Eine Szene aus dem Buch *Eifel-Connection* sollte vorgetragen werden, das es später zu erraten galt.

»Kinderkram«, brummte Henri, gab die Karte zurück und verdrückte sich nach hinten zu Lea. Da diese aber gedanklich sehr weit weg war, genauer gesagt bei ihrer Five o'Clock TeaTime und ihrer Kurzgeschichte, die sie heute vortragen musste, hatte sie das alles nicht mitbekommen, sich nur gewundert, warum Henri plötzlich neben ihr stand.

Er kaute auf seinem Stift herum.

Warum stellte er sich nicht neben Gisela? Wo war sie überhaupt? Ah, da! Sie unterhielt sich mit der Friseurin Carmen. Wortfetzen wie »Hitze« und »Neue Frisur«

und »Aufpassen« drangen an Leas Ohr. Die beiden hatten sich wohl angefreundet.

»Gisela!«, rief Henri. »Hör auf zu quatschen. Was hat die gefragt?«

»Kann jetzt nicht!«, sagte Gisela aufmüpfig.

Er ließ seine Wut an Lea aus: »Du musst das doch wissen, als Krimiautorin«, sagte er. »Was hat die gefragt? Bei welcher Frage sind wir?«

»Immer noch bei der ersten, glaube ich«, was natürlich nicht stimmte.

Gisela rief ihm die richtige Frage zu.

»Jedes Team arbeitet natürlich streng geheim und nur für sich«, bemerkte Klara Fall augenzwinkernd und drückte ihre Wasserpistole ab.

Trotz Giselas Hilfe war Henri nicht schlauer geworden. »Wer ist dieser Siggi Baumeister? Wer hat den erfunden?« Er wurde immer lauter.

»Ich glaube, Ralf Kramp«, setzte Lea ihn auf die falsche Fährte, obwohl sie wusste, dass es Jacques Berndorf war. Ihr war es als Autorin egal, ob sie die Auszeichnung bekam oder nicht. Aber Henri würde es fürchterlich wurmen.

»Passt nicht. Hier sind mehr Felder abgebildet.«

»... dann ›Krimiautor Kramp‹, oder so.«

»Passt!«

»Quatsch!«, sagte Friedo. Er umarmte Lea und beugte sich zum Zettel vor. »Das muss natürlich ›Jacques Berndorf‹ heißen. Baumeister und Berndorf ... ein Team. Ist doch klar.«

Carmen hatte sich zu ihnen umgedreht. »Ja, sicher. Das weiß doch jedes Kind!«

Lea wand sich aus der Umarmung. »Seid ihr sicher?« Sie spielte weiter die Ahnungslose. Das hätte sie nicht tun sollen.

Carmen kramte ihr Handy hervor und sah in der Suchmaschine nach.

Henri wandte sich wieder an Lea: »Was bist du nur für eine Autorin, dass du das noch nicht einmal weißt? Wenn deine Geschichten auch so sind, so schlecht recherchiert, dann bin ich mal gespannt, wie viele Fehler ich nachher in deinen Kurzkrimis finde. Das wird ein Fest!«

Lea lief rot an. Wut und Verlegenheit stiegen ihr in die Wangen. Dafür brauchte sie keinen Spiegel, das spürte sie.

Henri hatte wieder einmal Oberwasser bekommen und drückte seine Brust raus, wie ein Gorilla auf dem Felsen.

Die nächste Frage wurde gestellt. Diesmal hatte er sie verstanden, konnte sie aber wieder nicht beantworten. »Carmen! Du kannst auch mal was sagen!« Er provozierte sie mit seinem Blick, der sagte, du weißt es sowieso nicht, deshalb frage ich dich auch. »Wie heißt der Roman von Jacques Berndorf, der vom Nürburgring handelt?«

Friedo zischte: »Pscht! Jetzt habe ich die Antwort nicht verstanden.«

Die Gruppe zog weiter die Burgstraße entlang, kam am modernen schiefergedeckten Rathaus und der katholischen Pfarrkirche St. Martin vorbei, bevor sie nach rechts Richtung Stadtmauer abbog.

Henri wischte sich den Schweiß von der Stirn und stöhnte, wie fast alle anderen. Nur die Jüngeren, Jean, Marie und Amelie, kamen besser mit der Hitze zurecht.

Amelie zog ein Kleidungsteil nach dem anderen aus, bis sie nur in Hotpants und Bikini-Oberteil herumlief. Ihr langärmeliges und kurzärmeliges T-Shirt hatte sie um die Taille gebunden. Als Lea vor ihr stand, sah sie, dass am Verschluss des BHs und an den T-Shirts noch die Modelabel hingen.

7. Der Fehltritt

Henri humpelte ein wenig, dabei waren sie erst eine halbe Stunde unterwegs. Bestimmt wollte er wieder auf sich aufmerksam machen und Mitleid erregen. Nun zückte er seinen Fotoapparat und begann wild drauflos zu knipsen. Lea beobachtete, wie er Marie und ganz besonders Amelie sehr oft fotografierte, meistens den oberen Bereich.

Lag es an der Hitze oder an den Personen? Harmonie war etwas anderes. Jeder mopperte jeden an. Klara Fall ging professionell darüber hinweg. Sie sah wohl keinen Sinn darin sich einzumischen, und zog ihre Tour durch.

An der Hillesheimer Stadtmauer war die Aufmerksamkeit kurzfristig wiederhergestellt. Sie erklommen die Treppen zum begehbaren, ein Meter breiten Wehrgang. Nur Natascha war unten stehen geblieben. Das ging ihr alles zu weit und zu hoch.

Klara Fall rief ihr Wissen zu der Sehenswürdigkeit ab: »Im 13. Jahrhundert wurde diese wunderschöne Stadtmauer errichtet. Sie besaß zwölf Türme. Ein Teil davon ist erhalten geblieben, wie der Mühlenturm und der Hexenturm und einige Turmruinen ...«

»Hast du gehört, Gisela! Hexenturm! Nimm dich in Acht!«, rief Henri.

Die Krimiführerin konnte sich ein Grinsen nicht verkneifen. »Im 16. Jahrhundert sind im gesamten Kurtrierischen Bereich innerhalb von sechs Jahren circa zweitausend Menschen wegen Hexerei umgebracht worden.« Ihr Unterton wurde geheimnisvoll: »Allein in Hillesheim, das damals gerade mal dreihundert Einwohner hatte, wurden mehr als zwei Dutzend Personen wegen Hexerei hingerichtet. Man versuchte, Hexerei mit allen möglichen Mitteln nachzuweisen, zum Beispiel legte man zwei Besenstiele kreuzweise vor die Eingangstüre. Wer da am nächsten Morgen hineinkam, das ist ja klar, war eine Hexe.«

Henri nickte.

»Die Stadt Hillesheim bekam übrigens eigene Maße und Gewichte, was für das Marktgeschäft sehr wichtig war. Das rege Markttreiben in dieser Stadt ist in den Chroniken sehr früh belegt. Betrügereien, Diebstahl, Mord und Totschlag sind auch dort vorgekommen, wie überall zu dieser Zeit. Die Rute für die öffentlichen Züchtigungen und die Schere zum Abschneiden der Haare lagen auf dem Richtertisch bereit. Wer Glück hatte, durfte aber auch nur öffentliche Buße tun.« Klara Fall sah sich um. Die Teams schwiegen. »Kommt, ich bringe euch jetzt erst einmal um die Ecke.«

»… und deswegen mussten wir uns in dieser Gluthitze die Stadtmauer hochquälen?«, tutete wieder einmal Henri.

»So viele Stufen sind es nun auch wieder nicht«, sagte die Krimiführerin, der man deutlich anmerkte, dass sie ihr Hillesheim über alles liebte. So leidenschaftlich trug sie die einzelnen Episoden vor, so voller Stolz führte sie die Gruppe durch den Ort. »Es lohnt sich immer! Dafür werdet ihr doch mit der wunderschönen Aussicht belohnt. Wenn das nichts ist?«

Bildete Lea es sich nur ein oder war ihr Lächeln tatsächlich eingefroren?

»Fertig?«, fragte Henri, »Ich brauch ein Bier, damit ich den heutigen Tag überstehe.« Er machte mit einer schnellen Drehung kehrt und lief fast die Treppen hinunter, vertrat sich dabei und stürzte unglücklich auf den Boden.

Die Gruppe schrie auf. Das heißt, nicht alle. Einige lachten. Tom und Amelie zum Beispiel. Lea hatte sich im letzten Moment zurückhalten können und sich schnell die Hand vor den Mund gehalten.

Klara Fall erschrak: »Um Himmels willen, was ist denn passiert? Haben wir hier den ersten klaren Fall? Hoffentlich ist es kein Hexenschuss!«

»Auweh! Auweh!«, jammerte Henri. »Gafft nicht so blöd! Helft mir lieber auf!«

Marie, die Physiotherapeutin, sprang auf ihn zu. Immer im Einsatz, im Dienste der Menschheit, wandte sie den Patientengriff an und half ihm hoch. Aber es war nicht so einfach, wie sie es sich vorgestellt hatte. Auch zu zweit oder zu dritt wollte es nicht so recht gelingen, ihn schmerzfrei auf die Beine zu stellen, geschweige denn, ihn zum Gehen zu bewegen.

»Bestellt einen Hubschrauber!«, scherzte Amelie und legte sich eins ihrer T-Shirts auf die krebsroten Schultern, band die Ärmel vorne am Hals zusammen, »oder einen Krankenwagen. Schnell, bevor es zu spät ist und er nicht mehr Maries und meine Brüste fotografieren kann.«

»Er hat was?«, fragte Jean seine Marie. »Du lässt das auch noch zu?«

»Sei still und lass mich mal machen«, sagte sie und bog unter weiteren »Auweh's« Henris Gelenke hin und her, tastete die Wirbelsäule ab. »Alles in Ordnung. Er hat sich nur vertreten. Das haben wir gleich.«

Für Henri schien nicht alles in Ordnung zu sein. Er lag da wie ein Käfer auf dem Rücken, winkelte nun die Beine an und hielt sich die Hände vor die Augen. »Ich kann mein rechtes Bein nicht mehr bewegen«, sagte er theatralisch, wie jemand, der behauptete, plötzlich blind geworden zu sein.

»Kein Problem«, lächelte Marie. Sie bat Anton – nachdem Jean sich geweigert hatte – mit anzupacken. Eine richtige Hilfe war er nicht, weil er immer wieder vor Lachen einknickte.

Jean kehrte ihnen den Rücken zu und stellte sich abseits. Er brummte laut: »Wir hatten eine Abmachung, Marie! Prompt befummelst du wieder andere Männer.«

Marie revanchierte sich im Bloßstellen: »Wie oft soll ich dir noch sagen, dass du wegen deiner grundlosen Eifersucht in Therapie gehen sollst?«

»… und du wegen deiner Sexsucht!« Jean wischte sich durchs Gesicht.

Die Gruppe rückte näher an Marie. Das war spannender als jede Krimiführung.

Marie vergaß bei allem nicht ihren hilflosen Patienten. Henri sollte sich nun auf der Bank mit dem Oberkörper nach vorne beugen und auf die Lehne stützen. Es dauerte lange, bis sie ihn so weit in Position gebracht hatten, dass Marie beginnen konnte, die Muskeln seines Beines ein wenig zu lockern. Das Problem schien nun doch sein unterer Rücken zu sein. Sie kannte da einen ganz besonderen Griff und einen gezielten Schlag, der es wieder richten konnte. Nicht ganz ungefährlich, aber sie hatte ihn mehrmals erfolgreich praktiziert. Die Chancen lagen bei zweiundsechzig Prozent.

Ihre Berufsehre retten wollend und eifrig, wie sie es bei ihren Kunden sonst auch immer war – ganz nach dem Motto: nicht lange fragen! Machen! Hinterher erklären! –, öffnete sie ihm kurzerhand von hinten die Stoffhose und den Reißverschluss und schob sie ein wenig herunter, nur so weit, dass sie besser an die Stelle kam und der Gürtel sie nicht behinderte.

Ihr Freund Jean kam zurück und sah, dass Marie an Henri weiter herummachte. »Du hast es mir hoch und heilig versprochen!«, hielt er sich dran. Doch dann sah er etwas, was erst einmal viel schlimmer als alles andere war.

Auch Tom hatte es nun gesehen. »Neeein! Ohhhh! Baaah!« Er tippelte auf der Stelle.

Henris Hose hatte der Schwerkraft und dem lockeren Gürtel nicht standhalten können und war auf die Knöchel gesaust. Was zur Folge hatte, dass man Henris weiße Unterhose sehen konnte. Was an sich nichts Tragisches gewesen wäre, wenn sie die Farbe Weiß an bestimmten Stellen beibehalten hätte. Marie machte es nichts aus, da war sie Schlimmeres gewohnt. Bei manchen machte eben der Darm schlapp, wenn sie plötzlich starke Schmerzen bekamen oder in eine Schrecksituation gerieten. Diese Flecken schienen außerdem älter zu sein und waren eingetrocknet, färbten also nicht mehr ab.

Gisela dagegen schrie heraus, was die anderen und sie so entsetzte.

Henri, der es naturgemäß nicht sehen konnte, zerrte an seiner Unterhose und drehte sich mit einem Ruck herum – und siehe da: Er konnte wieder gehen! Umständlich und mit zittrigen Händen zog er seine Hose wieder hoch. Er knurrte: »Wenn einer Handyfotos gemacht hat, bringe ich ihn um!«

8. Die Giftpflanze

Henri sprach kein Wort mehr, mit niemandem. Ja, er schimpfte noch nicht einmal. Alle anderen schwiegen ebenfalls. Die Gruppe machte sich geschlossen auf den Weg zum *Krimihotel*. Da Henri zwar wieder gehen konnte, jedoch keinen schnellen Schritt riskierte, ging er als Letzter in der Reihe. In Wirklichkeit wollte er wohl aber vermeiden, dass man auf seinen Hintern stierte und über ihn spottete.

Klara Fall blätterte hektisch in den Karteikarten. Ein paar knifflige Fragen und Umwege hätte sie da noch gehabt. Sie entschied sich dagegen und führte sie durch den Park an der Stadtmauer.

Die einzelnen Grüppchen hatten sich neu formiert. Amelie, Marie und Anton, der Landschaftsgärtner, gingen voran. Zwischendurch blieben sie öfters stehen. Anton hielt kürzere Vorträge über die Bäume, Büsche und Pflanzen. Endlich mal etwas Unverfängliches. Auf einem schmaler gewordenen Weg kam die Gruppe wieder zum Stehen.

Anton versuchte, die Runde mit Wissenswertem aus der Botanik aufzulockern. »Oh, schaut mal. Hier! Hier haben wir ein mickriges Exemplar der Toxic vulgaris, im Volksmund auch Letzte-Rettung-Kraut genannt. Seht ihr die winzigen unscheinbaren Blätter? Die weißen Flecken darauf, die wie Schimmel aussehen, wirken eher abstoßend. Ist aber kein Schimmel.« Er zeigte noch immer auf die hellgrün-weiß gesprenkelten Kirschlorbeerbüsche. Dazwischen – und das hätte wirklich nur ein geschultes Auge entdecken können – stand eine niedrige Pflanze, die wie Unkraut aussah.

Gisela ging ein Stück vor und bückte sich danach.

»Vorsicht!«, rief Anton.

»Lass die Finger davon!«, schrie Henri von hinten.

Gisela hielt sich das Herz.

Klara Fall machte sich Notizen, wo der genaue Standort der Pflanze war, und fotografierte sie mit dem Handy. Die musste sie unbedingt mit in ihre Krimiführung aufnehmen. Da ließen sich viele Scherze mit machen.

Noch immer fasziniert, trat nun auch Anton auf das Rasenstück und ging näher heran. »Ist erstaunlich«, sagte er. »Ich dachte, die Pflanze sei schon vollständig vom Erdboden verschwunden. Früher gab es sie an jedem Straßenrand. Anscheinend ist diese Giftpflanze nicht zu vernichten. Oder man will es erst gar nicht, weil sie gute Dienste leisten kann.«

Nataschas Gesicht wurde schlagartig fahl. Sie taumelte und griff nach Jeans Arm, der in ihrer Nähe stand. Sie krächzte: »Ich muss mich kurz setzen!« Er half ihr zur nächstgelegenen Bank, die günstigerweise im Schatten stand.

Amelie fotografierte unterdessen wie wild.

Auch Lea machte ein Handyfoto, sah aber zu, dass sie zusätzlich den Standort und die Gruppe mit aufs Bild bekam.

Friedo nahm Lea das Handy aus der Hand, die mit einem lauten »Hey, was soll das?« reagierte. »Soll ich dich mal fotografieren? Oder noch besser, wir machen ein Selfie von uns.« Er umarmte sie.

Klick und klick. Er gab es ihr zurück und nahm seinen Arm wieder herunter, aber nur, damit er zu *seinem* Smartphone greifen konnte. »Ist ja blöd, wenn du nur unser Foto drauf hast.« Zack, hatte er sie wieder fest im Griff. »Ich will es auch haben!« Klick. »Tolles Hintergrundbild! Danke.«

»Aber ... das will ...«

»Autorin zum Anfassen!«, lachte er. »Es hat sich gelohnt hierherzukommen.«

Das sollte er nicht noch einmal wagen! Lea musste rigoroser werden.

Marie machte sich unterdessen laute Gedanken zur Pflanze. »Sollen wir sie nicht lieber herausreißen, anstatt sie zu fotografieren, damit sich niemand – unwissentlich – damit vergiftet oder wissentlich womöglich andere ...?«

»Bloß nicht!«, sagte Anton. Er war aufgebracht. »Sie leistet ja auch gute Dienste. Sie hält Ungeziefer, Ratten und Maulwürfe fern. Das muss an den stark riechenden Flachwurzeln liegen. Wenn man die Blätter anfasst, passiert eigentlich nichts. Nur die Samenkügelchen unter den Blättern sind gefährlich – die darf man nicht hinunterschlucken. Das ist ja das Fatale. Sie sind geruchs- und geschmacklos.«

»Woher ...?«, unterbrach ihn Carmen.

Er sah sie groß an: »Habe ich mir sagen lassen.« Er hockte sich hin und drehte ein Blatt um.

Tatsächlich! Unter dem Blatt saßen sehr viele kleine braune Punkte.

»Man könnte sie abknibbeln und dann schlucken oder irgendwo untermischen. Die Wirkung lässt nicht lange auf sich warten. Je nach Konstitution und Anzahl der Kügelchen ... manche Vergiftete bluten danach, manche nicht. Ich habe bei einem Fortbildungslehrgang über Giftpflanzen schon Fotos der Lei...«

»Ich will nichts mehr hören!«, rief Carmen. »Ist mir zu gruselig.«

»Ich auch nicht!«, rief Natascha von der Bank aus. Anscheinend hatte sie gut zugehört.

»Was erwartet uns denn noch bis zum kriminellen Ende? Ich könnte was zu trinken vertragen«, polterte Friedo.

Klara Fall übernahm wieder die Regie. »Lasst uns kurz zum Brunnen dahinten gehen.« Sie zeigte in Richtung Burgstraße. »Danach können wir im *Café Sherlock* einkehren und uns erst einmal mit kühlen Getränken oder *Schwarzem Tod* gründlich stärken. Für alle Überlebenden ist dort auch das schlimme Ende unserer Tour, gekrönt von eurer Auszeichnung. Mir nach!«

»Wo ist denn Gisela?«, fragte Henri.

»Keine Ahnung!« Lea sah sich um. Auch Jean fehlte, aber das musste nichts bedeuten.

Es hatte länger gedauert als versprochen, bis sie am Stadtbrunnen angelangt waren. Klara Fall berichtete, dass der achtundzwanzig Meter tiefe Brunnen mit seiner restaurierten Bausubstanz an der Burgstraße nebst Stadtmauer das einzige Überbleibsel aus dem Mittelalter sei. Immer wieder waren Heerscharen in Hillesheim eingefallen, belagerten und plünderten es. Französische Raubkrieger sprengten 1689 die Befestigungsanlagen und steckten die Burg und die Gebäude in Brand. »Unvorstellbar, wie barbarisch es in dieser Zeit zugegangen sein muss. Da kommt kein Krimi mit«, beendete sie ihren spannenden Vortrag.

Henri beeindruckte das nicht. Seine Aufmerksamkeit galt dem Brunnen. Er vermied es jedoch, sich zu weit vornüberzubeugen. Wirklich wichtig war für ihn aber nur dies: schnell zurück zum *Krimihotel*, duschen, umziehen und ein eiskaltes Bier. Er verkündete es und erntete hämisches Grinsen dafür.

Jean stand plötzlich wieder in der Gruppe und stellte sich neben Henri. »Wenn du es nicht gesagt hättest, hätte ich es dir vorgeschlagen. Komm, Henri. Wir gehen einen trinken.«

»… und Öhrchen?«, rief Gisela, die sich auch wieder unter ihnen befand. »Der will bestimmt noch draußen bleiben.« Sie sah Hilfe suchend zu Marie.

Die zuckte nur mit den Schultern. »Ist nicht mein Hund! Ich hasse Hunde!« Sie wandte sich ab.

Jean ging zurück und drückte Gisela die Leine mit Hund in die Hand. »Hier, schenke ich dir.« Sie lachte und wusste da noch nicht, dass Jean es ernst gemeint hatte.

Jean beeilte sich, Henri einzuholen. Auch Tom, der Handyhändler, folgte den Männern. Er rief ihnen hinterher: »Nehmt mich mit! Ich muss dringend ins Hotel, mich hinlegen. Wird ein langer Tag heute, und dann diese Kopfschmerzen.« Er hielt sich theatralisch die Schläfe mit dem Handrücken und stöhnte leise auf.

Ein Teilnehmer nach dem anderen verließ mit unterschiedlichen Ausreden die Gruppe. Schließlich stand Lea mit Klara Fall alleine da.

»Das habe ich auch noch nicht erlebt!«, sagte diese. »Dass mir das passieren musste! Also wirklich!«

»Nehmen Sie es nicht persönlich«, meinte Lea. »Die Hitze ist schuld, und dann das mit Henri ... die Gruppe ist halt ... sehr speziell. Zu unterschiedliche Charaktere.«

»Ja, das mag sein.« Klara Fall stopfte alles in ihren Rucksack zurück, nahm einen Schluck aus ihrer mitgebrachten Wasserflasche. »Möchten Sie auch?« Sie streckte sie ihr entgegen.

»Nein, danke.« Lea war nach ihrem Bett zumute. Ausziehen, Augen zu und abkühlen lassen.

»... und Sie müssen nachher noch die TeaTime geben und heute Abend die Menülesung. Na, dann wünsche ich viel Spaß mit Ihren Gästen. Hoffentlich schläft dieser Henri nach dem Duschen ein und Sie erleben mit den anderen einen schönen Abend. Der bringt ja sonst alles durcheinander.«

»Danke«, sagte Lea. »Vielen Dank für Ihre Krimiführung. Ich werde mich bestimmt noch einmal anmelden, wenn ich wieder in Hillesheim bin, damit ich die Sehenswürdigkeiten in Ruhe mitbekomme.«

»Gerne. Ach übrigens, könnten Sie heute Nachmittag oder am Abend die Auszeichnungen verteilen? Ausnahmsweise. Ich habe alle vorbereitet. Alle haben bestanden.« Sie drückte ihr den Packen Urkunden in die Hand und musste lachen. »Da will ich mal sämtliche Augen zudrücken.«

»Klar, mache ich gerne.«

Die Frauen verabschiedeten sich voneinander. Klara gab ihr einen letzten Tipp mit auf den Weg: »Sie können einfach wieder die Strecke zurückgehen, links und immer geradeaus.«

»Mache ich. Einen schönen Tag noch. Erholen Sie sich von dem Schrecken.«

»Sie auch. Viel Erfolg heute Abend.«

Lea atmete tief durch. Ihre Schritte wurden immer langsamer. Sie blieb stehen. Aber nicht, weil sie schwächelte, sondern weil sie die Stelle suchte, an der sich die seltene Pflanze befunden hatte. Ihr war spontan die Idee gekommen, sich einen Ordner mit getrockneten Giftpflanzen anzulegen. Das war allemal besser, als immer nur Bilder im Internet anzuschauen. Außerdem hatte sie dann eine Ration, falls es mit dem Schreiben gar nicht mehr lief. Sie grinste in sich hinein. Nein, das würde sie nie nie nie fertigbringen.

Lea kam zu den gesprenkelten Kirschlorbeerbüschen an dem schmalen Weg. Ja, genau hier war es. Doch ... wo ... war die niedrige Pflanze? Sie ging näher heran und schob einige Äste des Lorbeers beiseite ... tatsächlich! Das musste sie sein! Höchstwahrscheinlich jedenfalls. Sie nahm das Handy hervor und sah sich zur Sicherheit das Foto mit der Pflanze noch einmal an.

Richtig, das war der Standort – doch da hatte die Giftpflanze noch alle Blätter gehabt und nicht nur aus abgeknickten nackten Stängeln bestanden.

9. Der unschuldige Bruder

Gedanklich bis an den Rand ihrer Erfassungskraft beschäftigt, betrat Lea das *Krimihotel*. Es war kühl und roch appetitlich nach den Vorbereitungen für das Vier-Gang-Menü heute Abend. Sie warf einen Blick in die Vitrine hinter der Tür. Dort stand eine weiße, bauchige Kippkanne, die ihr bereits am Tag der Anreise aufgefallen war. Wie das wohl funktionierte? Würde sie sicher nachher bei der TeaTime erfahren.

Tom kam ihr frisch geputzt mit dem Handy entgegen, grüßte sie kurz mit einem »Da bist du ja!«, und drehte sich ab zur Bierstube, deren Tür offen stand.

Sie hörte Henris und Jeans Stimme. Sie prosteten einander laut zu. Was sie tranken, war blind auszumachen.

»Prost Bier!«

»Prost Whisky!«

»Hier seid ihr!«, sagte Tom. »Darf ich mich zu euch setzen?«

»Klar, wenn du trinkfest bist.« Das war Jeans Stimme.

»Nein!«, donnerte Henri. »Das ist ein Männergespräch. Du hast hier nichts zu suchen! Du hast mich ausgelacht, und du bist schwul!«

Tom lief leise aufschluchzend aus dem Raum. Lea wollte hinterher, aber sie wollte auch Henri die Meinung sagen. Doch dann entschied sie sich dafür, sich völlig rauszuhalten und auf ihr Zimmer zu gehen. Treppenstufe für Treppenstufe stampfte sie hoch, stützte sich am Geländer ab und atmete schwer. Noch wenige Meter, dann würde Alfred sie geheimnisvoll lächelnd empfangen und auf sie herabblicken, ihr zuflüstern: *Ruh dich ein wenig aus, Darling, und dann geh duschen. Psycho wartet auf dich.*

Auf dem Weg dorthin öffnete sich die Tür des *Columbo-Zimmers* mit einem Quietschen. Nur der Kopf schaute heraus. Der Kopf von Natascha. Sie flüsterte: »Komm! Die Luft ist rein.«

»Bei mir aber nicht. Ich brauche Ruhe!«

»Bekommst du. Komm, leg dich aufs Bett.«

Hätte Friedo das zu ihr gesagt, hätte sie es vielleicht gemacht. Vielleicht! Nur um eine Entspannungsmassage zu bekommen. Ach, doch lieber nicht. Wo war er überhaupt? Im Fotogeschäft? Ihr Foto auf eine zwei mal drei Meter große Leinwand ziehen lassen? Mitten in diesen Gedanken hatte Natascha sie schon am Ärmel ins Zimmer gezogen. Willenlos war sie ihr gefolgt.

»Es geht um meinen Bruder«, begann Natascha im Zimmer. Sie schloss die Tür zweimal ab.

»Immer noch?«, fragte Lea lahm.

»Immer noch. Hier sind die Akten!« Natascha zeigte auf den Stapel Mappen, den man sonst nur auf dem Richter- oder Anwaltstisch sah. Wo hatte sie die nur her? Und wie sie sich das wohl vorstellte? Lea konnte die Unterlagen unmöglich alle lesen, aber das war erforderlich, wenn sie sich einen ersten Eindruck von dem Fall verschaffen wollte. Überhaupt, je länger sie darüber nachdachte, desto unwohler fühlte sie sich bei der Sache. Sie war keine Juristin. Nur weil sie sich Krimiautorin nannte und eine Kurzgeschichte veröffentlicht hatte ... zeichnete sie das noch lange nicht aus ... gut, was die kriminale Recherche anging, hatte sie Jahre, Monate, Wochen und Tage damit zugebracht. Ganz zu schweigen von den vielen Fernsehsendungen, die sie aufgesogen hatte, wie *Anwälte der Toten*, *Medical Detective* und *Gerichtsmedizinerin Dr. G*. Kriminales Wissen war also durchaus vorhanden. Doch es gehörte mehr dazu. Sie müsste den Bruder kennenlernen, damit sie ihm in die Augen schauen, ihn sprechen hören konnte und seine Gestik mitbekam. Wer wusste denn, ob er wirklich so unschuldig am Tod des Onkels war?

Natascha hielt ihr die oberste Mappe hin.

Lea stemmte die Arme in die Hüften. »Das kannst du nicht von mir verlangen, dass ich mich da einlese!«

Erschöpft fiel Lea aufs gemachte Bett. Nur einmal kurz langmachen. Sie sah zur gegenüberliegenden Wand in den antiken Schrank. Kleine Wein- und Whiskyflaschen standen darin. Schöne Deko. Sie fragte sich, ob sie in den Filmen Columbo jemals hatte Alkohol trinken sehen. James Bond ja, aber Columbo?

»Wie ist dein Onkel genau umgekommen? Was wird deinem Bruder zur Last gelegt?«, fragte sie schwach.

»Todesursache: Herzversagen. Aber das ist sie immer. Das Herz versagt immer zuerst. Die Todesart wissen sie nicht. Onkel und Jim hatten vor dem Abendessen Streit bekommen. Es ging um unsere Kindheit und wie der Onkel uns behandelt hatte, als wir noch klein waren und uns nicht wehren konnten. Ständig hat er uns getriezt und uns furchtbare Sachen beigebracht, die man nicht machen darf. Dafür hatten wir dann von unseren Eltern Strafen bekommen. Der Onkel hatte sich königlich darüber amüsiert, dass wir so dumm waren und darauf reinfielen. Wer uns dazu angestiftet hatte, durften wir nicht sagen, sonst hätten wir von ihm Prügel bekommen. Da waren der Stubenarrest und der Taschengeldentzug das kleinere Übel.«

»Hm ...«, sagte Lea, »... und dann hat der Bruder sich im Erwachsenenalter gerächt, während der Familienfeier, und hat ihm eins auf die Zwölf gehauen?«

»Ja. Ich war in der Küche und hatte es nicht mitbekommen. Erst später, da lag der Onkel schon mit dem Kopf in der Suppe. Gulaschsuppe. War uns allen zuerst nicht aufgefallen, dass er blutete. Erst als der Kopf ...«

»Was war das für eine Schlägerei? Wie lief sie ab?«, fragte Lea.

»Erst machten sie sich gegenseitige Vorhaltungen, dann gegenseitiges Wegschubsen in Brusthöhe, bis es zu einem Boxschlag in die Bauchgegend und am Kinn kam.

»Vom Onkel?«

»Nein, der hatte nicht seinen besten Tag. Er war schlapp und wackelig auf den Beinen. Wirkte angeschlagen. Nach dem letzten Schwinger fiel der Onkel zu Boden. Jim half ihm auf. Danach war erst einmal Ruhe im Karton.«

»Wie hatte der Onkel sich vorher verhalten? Vor dem Streit?«

Natascha sah Lea an, stockte, als überlege sie. »Er war streitsüchtig und unverschämt. Nach der Begrüßung kam er sofort zu mir in die Küche und fraß mir die aufwendige Deko weg. Mit dem Löffel hatte er in der Schokomousse herumgestochert. Nur weil er nicht warten konnte. Gemeint, er müsse auch das Gulasch verkosten. Man wisse ja nie, was es mit den Pilzen im Gericht auf sich hätte. Mehrmals ging er mit dem Probierlöffel in den Topf. Ich war sauer. Er umfasste mich von hinten und … aber das spielt keine Rolle. Das hat er immer schon gemacht. Das war seine Art, wenn er etwas haben wollte – Essen oder Zuneigung zum Beispiel. Ich habe ihm dann ein Schüsselchen mit Gulasch gegeben, damit er Ruhe gibt, und etwas … Brot dazu.«

»Danach ging er ins Wohnzimmer?«

»Ja, und ich habe die Suppe serviert und dabei Jim ins Ohr geflüstert, wie der Onkel sich wieder benommen hat. Er sprang auf, und schon ergab ein Wort das andere. Ich rief Jim zu, dass er Ruhe geben soll, aber er war nicht mehr zu stoppen. Zu viele Erinnerungen waren hochgekommen.«

»Wie viele Familienmitglieder waren anwesend?«

»Mit mir insgesamt fünf. Unsere vierundachtzigjährige Mutter, die Frau meines Bruders, der Onkel, mein Bruder und ich.«

»Hätten die nicht helfen können?«

»Es ging alles so schnell. Als wir dazwischengehen wollten und der Onkel wieder auf dem Stuhl saß, wehrte er ab und meinte, er habe sich beruhigt. Er griff zu seinem Löffel und … zack, ab in die Suppe.«

Lea schluckte. Bis eben hatte ihr Magen noch nach Essen geknurrt, jetzt rebellierte er dagegen. Auch in den Ohren pfiff es, so wie der lang anhaltende Piepton der Zensur im Fernsehen. Sie schloss die Augen und öffnete sie schnell wieder, damit dieses Bild vom Kopf des Onkels in der Gulaschsuppe verschwand. Stattdessen sah sie nun Nataschas aufgequollenes Gesicht mit den graubraun-blonden Haaren über sich. Einzelne Strähnen hingen ihr über die wässrig schimmernden Augen. Das Weiße darin war stark mit roten Äderchen durchzogen. Nun roch Lea auch warum.

»Möchtest du auch eine?«, fragte Natascha auch schon und ratschte den Deckel des grünen Whiskyfläschchens auf. »Das nimmt mich alles so mit«, sprach sie, setzte an und leerte das Fläschchen in einem Zug.

Doch keine Deko.

Lea lehnte mit Händen und Füßen ab.

Natascha zog sich vor Leas Augen bis auf die Unterwäsche aus und quetschte sich in eine andere viel zu enge Hose. Darüber zerrte sie ein schwarzes Longshirt mit Glitzereule drauf. Zufrieden sah sie in den Spiegel und schien stolz auf ihre Muffins-Figur zu sein.

Lea zuckte zusammen. Sie hörte plötzlich Columbo sprechen.

›*Da wäre noch eine Kleinigkeit!*‹, sagte er, in Nataschas Handy sitzend. Solche Klingeltöne sollten verboten werden. »Ist nur mein Wecker«, sagte Natascha. »Ich muss zur TeaTime-Crime.«

»Und ich erst!«, meinte Lea, die noch nie so schnell aus einem Bett aufgestanden war.

»Warte! Du musst mir noch sagen, ob du mir hilfst.« Natascha hielt sie an den Händen fest.

Lea entzog sich ihr langsam. Sie rang nach einer Ausrede. Es musste eine ganz besondere sein, damit sie akzeptiert wurde und Lea endlich gehen durfte. Wer weiß, wozu Natascha sonst imstande wäre? Doch dann kam ihr eine andere Idee. »Ähm, tja, also, ich helfe dir. Aber nur, wenn du mir Friedo vom Hals hältst.«

Natascha grinste verschlagen. Sie flüsterte: »Kein Problem!«, und schloss ihr die Tür auf.

Hätte Lea sich noch einmal umgedreht, hätte sie sehen können, wie Natascha ein Tütchen mit zwei grünen Blättern hervorholte.

10. TeaTime-Crime

Lea kam zu spät in den Clubraum und doch nicht. Sie war die Erste und nahm am Kopfende des Tisches Platz. In der Hand hielt sie die Auszeichnungen und die Anthologie, aus der sie ihre Geschichte vorlesen wollte. Sie hatte sich überlegt, nur die Hälfte der Story vorzutragen, um danach mit ihren Gästen über das mögliche Ende zu diskutieren. Die andere Hälfte, also die Auflösung, reichte sie gegen Abend – zur Menülesung – nach. Danach las sie die unfertigen Geschichten, deren Ende ebenfalls erraten und erarbeitet werden musste. In zwei Dreiergruppen und einer Vierergruppe, wie bei der Wanderung heute Morgen. Die beste Version würde sie dann übernehmen. Lea war überzeugt davon, dass das Stimmung in die Gruppe brachte und jeder sein Erfolgserlebnis bekam – und sie war gerettet. Da fiel ihr der Roman wieder ein. Musste sie später nachschauen, ob er jetzt zumindest als eBook online war.

Beim Anblick der Etageren frohlockte Leas Appetit wieder. Sie hatten die Wahl: Auf der einen befanden sich Gurken- und Lachs-Sandwiches, Toast mit Cheddar und anderem Käse, auf der anderen Scones mit Clotted Cream und Mandel-Dattel-Cupcakes. Auf der Teekarte standen nicht nur Earl Grey, sondern auch Darjeeling

Summer Gold, Assam Bari und Oriental Oolong mit Feigen. Lea streckte die Hand nach einem Sandwich aus. Zwei, drei Brotscheiben weniger würden nicht auffallen, wenn sie die anderen näher zusammenschob.

»Finger weg!«, rief Jean, der tätowierte Spaßvogel, der gerade mit Carmen als Begleitung das Zimmer betrat. Carmen als Begleitung? Nanu?

»Wo sind denn die anderen?«, fragte Carmen, bestens frisiert.

Lea kam der Verdacht, dass sie einen Überseekoffer voller Perücken mitgeschleppt hatte, damit sie der Innung keine Schande machte und für den Fall, dass es mal schnell gehen sollte. »Keine Ahnung, wo die anderen sind«, sagte Lea, und an Jean gewandt: »Wo ist Marie? Noch auf ihrem Zimmer?«

»Weiß ich nicht.« Er zuckte mit den Engelsflügeln auf dem Rücken, die aus seinem Muscle-Shirt herausschauten, und setzte sich. »Ich war mit Henri zusammen. Marie wollte shoppen gehen. Weiber eben!«

Carmen und Lea bekamen große Augen. »Shoppen gehen?«, fragte Carmen.

»Du warst mit Henri zusammen?«, entfuhr es Lea mit einer gewissen Süffisanz.

»Ja, erst in der Bierstube, dann im Zimmer. Er hat sich von mir ein Tattoo stechen lassen.«

»Ist nicht wahr!«, riefen beide. »Was denn?«, kam es zeitgleich aus ihren Mündern. »Weiß Gisela es schon?« Das schien Carmen besonders auf der Seele zu brennen.

Jean machte eine abfällige Handbewegung. »Keine Ahnung. Interessiert mich nicht. Normalerweise mache ich es auch nicht, wenn jemand betrunken ist, aber er hat darauf bestanden und meinte, es würde den Vorfall bei der Krimiführung vergessen machen und ihn stärken. Er wolle damit beweisen, dass er sich ändern will, wenn ich sein Gelalle richtig verstanden habe.«

»Aha!«, sagte Lea.

»Was ist es denn?«, blieb Carmen hartnäckig.

»Es ist ein …«

»Da seid ihr ja schon!« Natascha kam in den Raum. Ihr folgten Tom und Anton. Natascha richtete ihren Blick stur auf den Stuhl, als würde sie ihn sonst verfehlen.

Sofort kam Romy hinzu, wünschte einen schönen Nachmittag und fragte, ob die Wanderung erfolgreich gewesen sei, alle ihre Auszeichnung errungen hätten … zwischendurch nahm sie die Bestellungen der gewünschten Teesorten auf.

Sie bekam nur zögerliche Antworten.

Die Kölner gaben ihre Bestellung im Stehen auf, nachdem sie Romy gefragt hatten, welche Sorte sie empfehlen könne.

Amelie ging nun an ihnen vorbei, nutzte die Gunst der Stunde und setzte sich auf den Platz rechts neben Lea. So allmählich füllte sich der Raum. Nun kam auch Friedo. Er schlich sich von hinten an Lea an und massierte ihr kurz den Nacken. Sie schreckte hoch. Friedo drückte sie sanft wieder nach unten, säuselte ihr ein: »Warum so schreckhaft, liiiiiebe Krimiautorin?«, ins Ohr und nahm gegenüber Amelie Platz, also in unmittelbarer Nähe von Lea, wo auch sonst?

Wenn er wüsste, dass sie Natascha damit beauftragt hatte, ihn ihr vom Hals zu halten! Wie das gemeint war, musste Lea ihr dringend näher erklären, nicht, dass sie da etwas missverstanden hatte. Wäre Friedo nicht so altmodisch gekleidet, so abgeleckt frisiert, so distanzlos, so schleimig und selbstbewusst, sie könnte ihm glatt etwas Positives abgewinnen. Tief drinnen war er bestimmt ein einsamer Mann, der sich ebenso wie sie nach Liebe sehnte. Hilfe, was war das?, dachte Lea. Wie hieß nochmal das Entführer-Syndrom, bei dem man sich nach Monaten oder Jahren sogar in den Entführer verliebte? Irgendeine nordische Großstadt. Stockholm, ja Stockholm-Syndrom. Hatte sie das etwa schon befallen, weil sie sonst psychisch nicht damit klarkam, dass sie gestalkt wurde?

Noch ein Problem. Dabei hatte sie doch genügend.

Die ersten Kippkannen kippten. Eine faszinierende Erfindung. Sandwiches mussten dran glauben. Wohlige »Hmmmm's« waren zu hören.

Fehlten nur noch Henri, Gisela und Marie.

Wenn man vom Teufel sprach ... Henri bog um die Ecke. Er trug diesmal eine moderne Jeans in Übergröße, Sneakers und ein langärmeliges Sommerhemd. Zwar kariert, aber modern – und er roch gut. Die Haare hatte er wohl nach dem Duschen einfach nach hinten gekämmt. Er sah mindestens zehn Jahre jünger aus, war aber nicht sympathischer geworden, denn: »Wo ist Gisela?«, bellte er. »Sagt bloß, die ist immer noch mit Marie shoppen, die blöde Kuh. Erst will sie zu einer Krimilesung, und dann kommt sie nicht.«

Ein Streifenwagen mit Blaulicht fuhr vorbei.

»Hast *du* den bestellt, Lea?«, fragte Jean.

Amelie lachte. »Passend zur Krimilesung?« Sie begutachtete die Kippkanne. Fotografierte sie, klickte hier und wischte da, stellte sie sicher sofort ins Netz.

Lea schüttelte mehrmals den Kopf, für alle Fragen gleichzeitig, die ihr gestellt worden waren, und sah aus dem Fenster, vor dem es hektisch wurde. Ständig liefen irgendwelche Leute vorbei. Nun sah sie einen orange-weißen Transporter mit Blaulicht – einen Krankenwagen.

Henri hielt sich den rechten Oberarm und verzog das Gesicht.

»Die Folie kannst du heute Abend abmachen«, sagte Jean und grinste.

Henri war es sichtlich peinlich, dass die anderen es mitbekamen.

»Was hast du dir denn stechen lassen?«, fragte Carmen.

»Weiß ich nicht«, entgegnete er. »Kann man durch die dunkle Folie nicht sehen.«

»Das soll eine Überraschung sein«, mischte sich Jean ein. »Er hat mich einfach machen lassen und mir vertraut. Nur gesagt, was so seine Vorlieben sind.«

Stille. Die Raterunde war eröffnet. Die Spannung stieg und stieg. Das lag aber auch daran, dass sie von Weitem ein Poltern im Flur hörten und jemand schrie. Das war eindeutig Gisela! »Marie! Marie …!«

»Die ist nicht hier! Sei still!«, tutete Henri mindestens genauso laut zurück.

Total zerzaust stand Gisela im Türrahmen. Öhrchen trug sie auf dem rechten Arm. Er hatte sein Köpfchen unter ihre Achsel gesteckt und rührte sich nicht. In der linken Hand hielt sie die prall gefüllte Einkaufstüte einer Boutique. »Marie ist tot!«, rief sie hysterisch in den Raum. »Marie ist tot! Hört ihr mich nicht? Sie ist tot!« Gisela sah in die Runde. Die Einkaufstüte krachte auf den Boden, gleichzeitig ließ sie Öhrchen fallen, fing ihn aber im letzten Moment wieder auf.

Alle redeten durcheinander.

Jean lief heulend nach draußen.

»Ich hab sie gefunden!« Es war Gisela unmöglich, sich zu beruhigen. »Auf dem Parkplatz! Am Hintereingang! Da lag sie. Neben Jeans Auto. Ich hätte sie beinahe übersehen, wenn ich mir nicht die Tattoo-Reklame auf dem Wagen von Jean angeschaut hätte.« Dafür, dass sie so geschockt war, redete sie erstaunlich viel.

Lea führte Gisela samt Hund und Einkaufstüte zum Sofa vor den Kamin. Romy brachte ihr ein Glas Wasser. Gisela nahm große Schlucke, hustete und weinte bitterlich. Der Hund leckte ihr die Tränen weg.

Die anderen nahmen Rücksicht auf Gisela – erst einmal.

Anstatt dass Henri seine Frau tröstete, zog er es unter einem »Scheiß Köter!« vor, zu gehen. Friedo folgte ihm.

»Was soll das jetzt?«, fragte Lea und schaute den Männern hinterher. Zu gerne hätte sie gewusst, welche Richtung sie einschlugen, doch da hielt Gisela sie am Arm fest. »Du musst es aufklären, Lea. Sag uns, wer es getan hat. Er soll hinter Gitter kommen. So eine junge hübsche Frau ... und musste sterben! Vor einer Stunde war ich noch mit ihr shoppen. Sie hatte sich einen schicken Rock und eine Bluse gekauft. Gut, es sah gewöhnungsbedürftig aus, mit ihren muskulösen Armen und Beinen. Aber immer nur Jeans, Poloshirt und Turnschuhe, das ist nicht fraulich. Wir wollten gerade zum Naturladen, da klingelte ihr Handy. Marie ließ die Einkaufstüte fallen und bat mich, darauf aufzupassen, sie müsse mal eben wohin. Ich dachte, sie habe es eilig, zur Toilette zu kommen ... Wer denkt denn an so was, dass sie ihrem Mörder entgegenrennt? Was wird denn jetzt aus den Sachen? Die passen mir doch nicht! ... Ach so, nach schicken Schuhen wollten wir auch noch schauen, was bestimmt nicht einfach gewesen wäre. Sie ist ... war ja nicht groß, hatte aber Schuhgröße dreiundvierzig! Wusstet ihr, dass Jeans Eltern das Krimiwochenende spendiert haben, weil sie auf Enkelkinder hofften? Oh! Wusstet ihr nicht? Das konnte ich doch jetzt verraten, oder?« Sie weinte wieder. Sie stand eindeutig unter Schock.

Lea verzichtete auf ihre Krimilesung. Krimis und reale Tote so dicht beieinander, das passte irgendwie nicht.

11. Eins, eins, zwei, Polizei!

Gisela hatte sich etwas beruhigt. Sie erzählte, dass sie den von ihr gerufenen Polizeibeamten aus Gerolstein versprechen musste, sich im *Krimihotel* zur Verfügung zu halten. Natürlich nachdem ihre Personalien und die Handynummer aufgenommen worden waren, die Beamten wussten, in welcher Beziehung sie zu dem Opfer stand. Betretenes Schweigen. Jeder legte sich vermutlich zurecht, welche Aussage sie machen wollten.

Die Schweigenden vor den Kippkannen blieben nicht lange alleine.

Die Eingangstür ging auf. Männer kamen um die Ecke in den Clubraum, einer in Uniform und einer in Zivil. Sie stellten sich kurz vor, setzten sich dann mit an den Tisch.

Auch wenn Lea wusste, warum sie gekommen waren – sie wünschte sich ganz naiv, dass sie damit falsch lag und es sich lediglich um Tagesgäste handelte, die an der Lesung teilnehmen wollten. Lesung. Autorin. Veröffentlichung. Sie dachte an ihre Geschichten, die Gedanken segelten davon.

»Frau Schein! Frau Lea Schein! Sind Sie noch da?«, fragte der in Zivil und wischte eine imaginäre Scheibe vor ihren Augen sauber.

»Ich? Ja, ich ... genau. Ich wollte doch nur ... Ich war es nicht!«

»Kommen Sie bitte mit mir. Ich möchte Sie kurz zu Marie Fox befragen. Lassen Sie uns am besten ins Restaurant gehen. Da sind wir ungestört.«

Lea folgte ihm anstandslos. Beim Gehen rieb sie sich die Handgelenke.

Nachdem Lea von dem Kommissar erfahren hatte, wie Marie aufgefunden worden war, war sie erschüttert. Sie holte erzählerisch weit aus, beantwortete aber nur das, was sie gefragt worden war.

»Mehr kann ich auch nicht sagen. Wir kannten uns ja gerade mal ein paar Stunden, aber in denen war sie immer sehr freundlich zu mir. Marie war eine aufgeschlossene junge Person ... wie furchtbar ... auch schlimm für Jean, ihren Lebenspartner. Wo ist er überhaupt?«

»Im Krankenhaus. Er ist zusammengebrochen. Bitte schildern Sie uns kurz, wo Sie sich heute Morgen bis zum Nachmittag aufgehalten haben? Waren Sie die ganze Zeit im Hotel?«

»Wer? Ich? Oder meinen Sie, wo die anderen waren?«

»Wen frage ich denn?«

»Mich.«

»Na, also.«

»Nein, waren wir nicht ... also, war ich nicht.«

Ihr fiel die Wanderung mit Klara Fall ein und Maries erfolgreiche Versuche, Henri wieder ans Laufen zu bekommen, und die Eifersuchtsszene von Jean und wie er Marie dabei angesehen hatte. Dieser Blick! Dieser wahnwitzige Blick! Marie schien seinen Jähzorn und die Eifersucht schon zu kennen ... wenn er Lea so angesprochen hätte, hätte sie es mit der Angst bekommen.

»Gut, dann werde ich konkreter«, sagte der Kommissar, der ihr Schweigen als Verweigerung ansah. »Wo waren Sie zum Beispiel von heute Morgen zwölf Uhr bis circa sechzehn Uhr?«

Hatte Marie nicht auch von einer Therapie gesprochen, die Jean machen musste? Sollte sie das nun sagen? Was hatten die anderen ausgesagt? Das war sicher nur eine Fangfrage des Kommissars. Eine Prüfung, ob sie generell die Wahrheit sagte. Psychologische Spielchen? Das kam auch in ihrer zweiten Kurzgeschichte vor, in der ... Warum musste sie ausgerechnet jetzt daran denken?

»Kann es sein, dass Sie mit der Gruppe eine gemeinsame Krimiführung gemacht haben?« Er tippte mehrmals mit dem Kuli auf den Block.

Na also. Er wusste es. Jetzt musste sie es sagen. Bestimmt wusste er auch, was vorgefallen war, mit Henri und Jean, und nun kam es nur darauf an, ob sie sich in Widersprüche verfing und womöglich selbst ... und HILFE ... die Giftpflanze! Hatten die anderen von der Giftpflanze erzählt? Niemand würde freiwillig zugeben, dass er sogar Blätter der Pflanze gepflückt hatte. War der Pflücker der Mörder oder die Mörderin? Selbst wenn sie ihm das Foto der Pflanze zeigte, bewies das doch nicht, dass jemand aus ihrer Gruppe ... einer ... oder womöglich mehrere ...? Nicht auszudenken, wenn noch Blätter daran gewesen wären und sie die tatsächlich mitgenommen hätte. Sie hätte sich dadurch verdächtig gemacht.

Ihr wurde schwindelig. Sie ließ sich auf der Eckbank nach hinten fallen.

»Hallo? Frau Schein? Geht's Ihnen nicht gut? Brauchen Sie einen Arzt? Was zu trinken?« Er rutschte auf seinem Sitz hin und her, stand auf.

»Geht schon wieder.«

Er setzte sich.

»Etwas Wasser wäre gut«, flüsterte sie.

Der Kommissar ging nach draußen auf den Flur, rief nach Romy und einem Glas Wasser. Als er zurückkam, war sein Gesicht knallrot angelaufen, sein Blick besorgter denn je. Mit Mördern und Toten konnte er wohl umgehen, nicht aber mit Menschen, die Schwächeanfälle bekamen – und sie? Sie konnte mit Kriminalgeschichten umgehen, die sie sich ausgedacht hatte, aber bei echten war sie restlos überfordert.

»Geht es, oder müssen wir eine Pause machen? Ich hätte da noch ein paar Fragen.« Er reichte ihr das Glas Wasser und die Flasche.

»Probieren können wir es«, antwortete Lea. Sie zückte ihr Handy. »Ich muss nur schnell die Veranstaltungsleiterin informieren, ihr sagen, was hier passiert ist. Oder direkt den Hotelchef Herrn Zillig. Aber seine Nummer habe ich nicht. Die von der Rezeption könnten doch ... oder ...«

»Frau Schein, beruhigen Sie sich. Das haben wir schon längst erledigt. Das machen wir immer zuerst. Herr Zillig ist auf Geschäftsreise, und Frau Staehler leitet die Informationen weiter. Mehr können die im Moment auch nicht tun. Das ist unsere Aufgabe. Also, zurück zur Krimiführung. Gab es irgendwelche Zwischenfälle?« Er sah sie interessiert an, so wie man eine Versuchsanordnung in einem Labor ansah.

Lea winkte ab. »Ach, nicht der Rede wert. Henri Stur hatte sich vertreten. Marie, die Physiotherapeutin, war ihm behilflich, es wieder zu richten.«

»Gab es irgendwelche anderen Vorkommnisse, eine gekränkte oder wütende Person in der Gruppe? Ist es zu einem heftigen Streit oder Handgreiflichkeiten gekommen?«

»Wenn Sie das alles wissen, warum fragen Sie denn noch?«

»Nein, das wusste ich noch nicht. Ist ja interessant. Erzählen Sie mal.«

Lea schwor sich, wenn sie aus dieser Nummer glimpflich herauskäme, würde sie sich spätestens am Montag bei einem Rhetorikkurs anmelden. Sie erzählte den Ablauf der Krimiführung, ließ aber das mit der Giftpflanze erst einmal außer Acht. Dabei war sie krampfhaft bemüht, nicht wieder ihrer Fantasie freien Lauf zu lassen und womöglich so weit auszuholen, dass sie plötzlich in einer ihrer Geschichten landete. Der Kommissar hörte aufmerksam zu, nickte dabei immer wieder. Das gab ihr die Gewissheit, bei der Wahrheit geblieben zu sein.

Nun drehte Lea den Spieß um. »Was hat der Notarzt eigentlich zur Leiche gesagt?«

»Er ist keiner, der sich mit Leichen unterhält. So, wie Sie es vielleicht schon mal irgendwo gesehen oder gelesen haben, womöglich selbst geschrieben haben«, antwortete der Kommissar, dem es mit zunehmender Besserung des Befindens seiner Gesprächspartnerin auch wieder besser ging.

Lea ging über seine Antwort hinweg. Sie rückte näher, flüsterte: »So meinte ich es nicht, und es interessiert mich jetzt nur mal so als Krimiautorin. Konnte der Notarzt einen natürlichen Tod feststellen? Wie sah die Leiche aus? Hatte sie auffällige Merkmale am Körper, im Gesicht? Schaum vor dem Mund oder so?«

Er zog die Augenbrauen hoch. »Schaum vor dem Mund?«

»Na ja, wie bei einer Vergiftung, oder so.«

»Wie kommen Sie darauf?«

»Ich meine ja nur mal. Wir Krimiautoren haben natürlich eine Menge Erfahrungen, was unnatürliche Tode angeht – rein beruflich, rein auf dem Papier, versteht sich.« Lea biss sich geistig in den Hintern. Nicht dass sie sich damit selbst die Handschellen angelegt hatte.

»Hätte es denn etwas gegeben, womit sie hätte vergiftet werden können?« Er hatte wieder das Ruder in der Hand, auch wenn er es umständlich bewegte.

Lea hob die Schultern bis zu den Ohren, streckte ihm ihre Handflächen entgegen. »Nein, nein, das meinte ich nicht. Wollte nur wissen, ob sie Schaum vor dem Mund hatte, wie bei einer Vergiftung. Mehr nicht.«

Er sah sie skeptisch an. »An was denken Sie da speziell?«

Lea zeigte auf das Blumentöpfchen auf der Tischdecke.

Er hatte es sofort verstanden. »Bei Giftpflanzen muss man nicht zwingend Schaum vor dem Mund haben. Ich kann Ihnen da ein gutes Lehrbuch empfehlen. *Obacht, im Wald und auf der Wiese!* Dort steht alles drin, mit Symptomen und Mengenangaben, auch Pilze sind dort aufgeführt.« Er wurde nachdenklich. »Aber bitte, tun Sie sich und Ihren Lesern den Gefallen und geben Sie nicht alles haarklein in Ihren Romanen oder Kurzgeschichten wieder. Es gibt so viele Nachahmer auf dieser Welt. Verfälschen Sie es etwas oder geben Sie keine tödliche Dosis an.«

Puh, Lea wischte sich durch die Haare. Glück gehabt. »Danke für den Tipp«, sagte sie. »Ja, mache ich. Aber Sie glauben gar nicht, wie viele Leser mir schon geschrieben haben, mich bei den Tötungsdelikten korrigierten, weil sie es angeblich besser wussten. Da möchte ich mal glauben, dass die Informationen nur aus dem Fachbuch oder Internet kommen.«

»Zurück zur Krimiführung«, sagte der Kommissar streng. »Jemand – ich muss ja keine Namen nennen – berichtete, die Führung sei abrupt unterbrochen worden. Die Gruppe habe sich urplötzlich aufgelöst. Warum?«

Lea saß in der Klemme. Wenn auch nur einer das Wort Giftpflanze erwähnt hatte, machte sie sich jetzt verdächtig, wenn sie es nicht erzählte. »Warum? Tja, warum? Das ist eine gute Fra…«

»Kommst du mal?« Der andere Polizist öffnete vorsichtig die Tür. »Uns fehlen da ein paar Leute aus der Gästegruppe.«

Lea folgte ihnen unauffällig, weil sie nicht gesagt bekommen hatte, dass sie warten solle.

Der Polizist hielt die Hand vor den Mund, aber so, dass es für Lea günstig zu verstehen war, und flüsterte dem Kommissar zu: »Der Lebenspartner von dieser Marie, der Tätowierer, ist aus dem Krankenhaus geflüchtet.«

Der Kommissar drehte sich um, sah zu Lea.

Die zuckte mit den Schultern.

12. Der unverhoffte Abschied

»Sein Wagen ist kriminaltechnisch untersucht worden«, meldete der Polizist weiter. »Gleich wird er ins PP abgeschleppt.«

»Okay. Wir müssen den Tätowierer suchen lassen. Die Kollegen sollen seinen Wohnort aufsuchen.«

»Ich sag Bescheid. Vielleicht ist er ja dort, oder im Tattoo-Laden oder bei seinen Eltern. Apropos Eltern. Wir müssen noch die Eltern dieser Marie verständigen«, sagte der Uniformierte.

Der Kommissar zog die Nase hoch, nickte zögerlich. »Wer aus der Gruppe fehlt noch?«

Der Polizist sah auf seinen Block. »Ein Friedo Zuhoff, auffällig gekleidet. Fünfzigerjahre-Anzug in Grau. Er muss hier irgendwo rumschwirren. Hat jedenfalls nicht ausgecheckt. Liste vom Hotel liegt vor. Wollte gerade auf seinem Zimmer nachsehen. Derrick.«

»Wie bitte?«

»*Derrick-Zimmer.*«

»Wer noch?«

»*Columbo, Hitchcock* ...«

»Wer fehlt noch?«

»Ach so, ein Henri Stur, der sich ebenfalls auf sein Zimmer zurückgezogen haben soll. Seine Frau sagte das zumindest. Sie sitzt im Clubraum. Habe ihr gesagt, sie möge mal nach ihm schauen und ihn runterholen, also den Henri ... den Stur. Aber das ist jetzt auch schon wieder zehn Minuten her. Ich ...«

»Welches Zimmer hat Stur?«, fragte der Kommissar in bemüht ruhigem Ton. Die Männer gingen dabei Richtung Treppe.

Lea folgte ihnen mit dem nötigen Abstand, weil sie mitbekommen wollte, was sie noch so redeten.

»*Miss Marple*«, sagte der Polizist.

In dem Moment kam Romy aus dem Nebenzimmer gesaust und stieß gegen Lea. Beide Frauen entschuldigten sich laut.

Der Kommissar drehte sich um und nickte. »Gehen Sie bitte wieder in den Clubraum. Ich komme gleich zu Ihnen.«

Anton und Tom standen Hand in Hand vor dem Kamin, daneben ihre Koffer. »Wir haben auf dich gewartet«, sagte Tom.

»Wir wollten uns zumindest von dir verabschieden, bevor wir abreisen«, meinte Anton.

»Das ist sehr nett. Aber dürft ihr das denn? Ich meine, hat der Kommissar das erlaubt? Haben die keine Fragen mehr an euch?«

Anton ratschte den Griff des Koffers hoch. »Wir haben alles angegeben, was wir wussten, und sie haben unsere Persos kopiert, alles aufgeschrieben, uns über Funk gecheckt. Mehr können sie auch nicht tun. Sollen wir etwa hierbleiben, bis der Fall geklärt ist? Das kann ja lange dauern.«

»Ich habe die Nerven blank liegen«, sagte Tom. Sein Hemdkragen flatterte.

Lea drückte beide Männer kurz. »Wir können das Wochenende nachholen. Gebt mir am besten eure Mailadressen, und ich schreibe euch an, wann ich hier wieder eine Lesung gebe ...« Was redete sie da? Zu spät, sie hatte es gesagt.

»Danke, das ist lieb. Ich habe erst einmal von Krimis die Nase voll. Wenn es sich ändert, melde ich mich über deine Website«, sagte der zittrige Tom.

Anton bestätigte es mit einem Nicken.

Sie trollten sich mit ihren Koffern nach draußen.

Lea sah sich um. Es war leer geworden im Clubraum.

Natascha lag immer noch auf der Chesterfield. Nur mühsam rappelte sie sich auf und das nur, um sich lauthals zwei Beruhigungsschnäpse zu bestellen, weil sie auf einem Bein nicht stehen könne. Carmen und Amelie saßen an der langen Tafel und schwiegen sich an.

Jemand polterte die Treppen herunter. Dem Schritt nach zu urteilen, könnte es Friedo sein. Richtig, er kam direkt zu ihnen.

Lea fiel ein Felsbrocken vom Herzen. Natascha hatte sich also noch nicht um ihn gekümmert. Sie musste ihr dringend sagen, dass sie das mit dem Vom-Hals-Schaffen nicht wortwörtlich gemeint hatte. Ihr war dazu erst viel später die Giftpflanze mit den fehlenden Blättern eingefallen. Nicht auszudenken, wenn ... Nie hätte Lea gedacht, dass sie diesen Kerl mal vermissen würde. »Wir haben dich gesucht!«, sagte sie, nachdem er neben Lea auf der Couch Platz genommen hatte.

Er strahlte. »Das hat noch nie jemand zu mir gesagt.«

»Wo warst du?«, fragte sie.

»Auf meinem Zimmer, auf Toilette. Hat länger gedauert.«

Lea lauschte. Schon wieder dieses Poltern auf den Treppen. Ein Hoch- und Hinunterrennen. Was da wohl los war? Hatten Henri und Gisela wieder Streit bekommen, diesmal im Beisein der Polizei?

Die stark dezimierte Gruppe saß da wie bestellt und nicht abgeholt, wie auf einer Lesung ohne Lesung. Hätte Friedo ein Seil gehabt, er hätte sie an sich gebunden, so dicht saß er ihr auf der Pelle. Lea musste an ihre Unterredung mit ihm denken. Nachdem sie aus dem *Columbo-Zimmer* von Natascha gekommen war, die sie wegen ihres angeblich unschuldigen Bruders belästigte, hatte er sie wieder einmal abgefangen. Er war auch der Hauptgrund gewesen, warum sie zu spät zur TeaTime gekommen war. Lea hatte gerade Hitchcock verlassen wollen, da rief Friedo sie über Handy an. Diesmal versuchte er sie telefonisch davon zu überzeugen, dass er die beste Partie für sie sei. Wenn sie zu ihm in seine Villa zöge, würde er sie auf Händen tragen und sie mit Designerklamotten, -taschen und -schuhen verwöhnen. Es sei denn, sie ließe sich auch anders verwöhnen, aber da überlasse er ganz ihr das Tempo. Er mochte nicht länger alleine sein und sei sicher, nein, überzeugt davon, dass sie die einzige und richtige Frau für ihn sei. Er könne so viel für sie tun. Sie müsse ihn nur lassen. Ja, er hatte sogar geschluchzt, gesagt, dass er so froh sei, ihr auf Facebook begegnet zu sein und sofort erkannt zu haben, wie besonders sie doch sei. Sie sei sein fehlender Deckel auf dem Fabergé-Ei, und das solle sie jetzt bitte nicht missverstehen. Sie solle doch endlich *Ja* sagen. Mit ihm fliehen. Ein Pferd habe er zwar nicht, aber eine Segelyacht. Er müsse den Kapitän nur anrufen und sagen, wann er die Leinen losmachen solle, und schon würde er sie abholen ... natürlich nicht in der Eifel, aber vom Yachthafen in Holland ...

Lea hatte ihn abgewürgt und gesagt, sie müsse nun nach unten gehen. Sie wäre bereit, sich in Ruhe mit ihm darüber zu unterhalten, nur jetzt nicht. Es gäbe da außerdem einen sehr wichtigen Punkt zu klären ...

Lea sah rüber zu Friedo. Ihr Blick musste träumerisch gewesen sein. Er griff nach ihrer Hand. Lea zog sie zurück und blätterte damit in ihrem Buch, das auf dem Schoß lag. Oder sollte sie doch etwas vorlesen? Nur so, zur Ablenkung und Überbrückung? Aus dem Giftmord könnte sie einen Hab-ich-nicht-gewollt-Mord machen oder das Ende offen lassen. Das beherrschte sie ja, und so: »Also, ursprünglich waren wir ja hierhergekommen, weil ich euch – als Krimiautorin – aus meinen Büchern vorlesen sollte, äh, wollte. Leider kam ja einiges dazwischen, und deshalb dachte ich mir, ich ...«

Gisela kam zur Tür herein. Sie hatte sich beim Polizeibeamten eingehakt und stützte sich an ihm ab. Im anderen Arm hielt sie Öhrchen, der wie angeklebt wirkte. »Wir schaffen das, Öhrchen«, flüsterte sie ihm ins Gewölbe.

Lea konnte den Blick nicht von Gisela wenden. Ihre Augen waren entzündungsrot, darunter hatte die Wimperntusche zwei schwarze Bahnen bis zum Kinn gezogen.

Gisela hob ihren Kopf und sah in die Runde. »Sie haben mich weggeschickt – einfach weggeschickt!« Der

Polizist redete flüsternd auf sie ein. Öhrchen dauerte es zu lange. Er verteidigte sein neues Frauchen mit einem dunklen Bellen, schnappte ins Leere.

»Warum haben sie dich weggeschickt?«, fragte Lea. »Was ist passiert?«

»Henri musste ins Krankenhaus – entgiftet werden«, riet Natascha einfach mal, weit entfernt von der Grenze der Feinfühligkeit.

Gisela ging auf sie los. Der Polizist versuchte, sie zu stoppen, was mit dem Höllenhund auf ihrem Arm nicht so einfach war. Sie warf Natascha den Bonsai-Kampfhund auf den Schoß. Diese reagierte prompt. Sie fauchte wie eine Katze und zeigte ihre rot lackierten Krallen. Öhrchen nahm Reißaus, flüchtete unter den Tisch.

Der Kommissar kam hinzu, blieb in der Tür stehen und versuchte, die Gruppe zu beruhigen. »Bitte kümmern Sie sich so lange um Frau Stur«, sagte er, »sie bekommt gleich vom Notarzt etwas zur Beruhigung.« Er steckte seine Latexhandschuhe in die Tasche. »Goldschmied, komm mal mit! Wir müssen uns besprechen.«

Im Hinausgehen der beiden hörte Lea nur noch Bruchstücke: »Anweisung vom … Die Presse … keinesfalls … wir müssen …«

13. Keine Hoffnung mehr

»Was ist denn passiert? Was ist mit Henri?« Nun wollte Carmen es ganz genau wissen.

»Pscht!«, machte Lea und flüsterte: »Lass sie freiwillig davon anfangen. Wenn sie es sagen wollte, hätte sie es schon getan. Wir müssen sie erst einmal ablenken, damit sie uns nicht zusammenbricht oder Schlimmeres.«

Carmen nickte. »Gisela, soll ich dir die Haare wieder schön machen?«

Natascha lachte. Lea schlug sich vor den Kopf. Friedo sah sie erschrocken an.

Gisela reagierte nicht auf Carmen und die anderen. Sie hatte nur Augen für das zitternde Öhrchen und versuchte, ihn unter dem Tisch hervorzulocken. Sie sprach lauter als sonst: »Komm, mein Süßer, komm zu Mama! Du lässt mich nicht im Stich! Du nicht! Ich habe doch sonst niemanden mehr! Bist doch mein Ein und Alles!«

»Gehört er jetzt dir?«, fragte Amelie, die zwar mitbekommen hatte, wie Jean Gisela am Morgen die Leine in die Hand gedrückt hatte, aber mehr auch nicht. Sie hielt das Handy unter den Tisch und löste die Kamera aus. Es blitzte. Öhrchen kam wie eine Furie angesprungen.

Gisela schnappte sich ihn. Er vergrub sich unter ihrer Achsel.

Lea klärte Amelie auf: »Ja, Jean kann mit Hunden in seinem Tattoo-Studio nichts anfangen. Er meinte, es könne fatale Folgen haben, wenn ein so aufmerksamkeitssüchtiger Hund wie Taxi – Öhrchen – während des Tätowierens auf seinen Schoß springen würde.«

»Warum hat er sich denn erst einen angeschafft, und wieso hat Marie nicht auf ihn aufgepasst?« Amelie wollte aber auch alles wissen.

»Macht sie nicht, weil sie keine Hunde mag ... mochte«, sagte Friedo.

»Und wie ist Jean auf den Hund gekommen?« Amelies Neugier war noch nicht befriedigt.

»Weil eine Kundin kein Geld dabeigehabt hatte, sondern nur den Hund. Den gab sie ihm als Pfand und ward nicht mehr gesehen. Das arme Tierchen wurde hin und her geschubst«, meinte Carmen, die es aus erster Hand wusste, und bestellte bei der hinzugekommenen Romy einen heißen Kakao, weil ihr vor Aufregung so kalt sei, fügte sie rechtfertigend hinzu.

»Du auch, Gisela?«, fragte Carmen, »Kakao macht glücklich.«

»Was seid ihr nur für herzlose Menschen! Mein Henri ist fort ... und ihr ... ihr ... tut so, als könnte ich je wieder glücklich in meinem Leben werden.«

»Fort?«, riefen alle zusammen. Romy blieb auf Distanz, aber die anderen rückten näher an Gisela heran, die sich auf dem Zweisitzer am Eingang niedergelassen hatte. Öhrchen kam gucken. Er belauerte Natascha, stellte seine Radare auf.

»Henri ist fort?«, fragte Lea noch einmal. »Mit dem Krankenwagen zum Krankenhaus gefahren, meinst du.«

»Wohin denn sonst?«, warf Natascha ein.

»Ja, das war der Krankenwagen!«, rief Gisela. »Da hatten sie noch gemeint, er käme durch ...«

Sie stand auf und lief nach draußen. Öhrchen hinterher.

Romy packte ihren Bestellblock und Stift wieder ein. »Das ist so tragisch!«, sagte sie. »Und ich habe ihm noch einen Becher mit Himbeereis gebracht. Er meinte, den brauche er, um sich mit jemandem zu versöhnen.«

»Wohin gebracht?« Lea stürmte auf Romy zu, hakte sie unter und zog sie aus dem Raum.

»Hier auf den Flur – und jetzt ist er tot ... Wie furchtbar!«

»Wohin ist er damit gegangen?« Am liebsten hätte sie Romy geschüttelt, damit sie schneller antwortete und nicht mehr über das Leben und wie schnell es vorbei sein konnte sinnierte.

»Wohin? Weiß ich nicht! Ich musste zurück in die Küche.« Sie lächelte und entschuldigte sich. »Kakao kommt sofort!«

14. Das mörderische Menü

Für Gisela wurde es höchste Zeit, das *Krimihotel* zu verlassen. Nachdem sie die Spritze bekommen hatte, redete sie auf einmal noch verworrener als vorher. Sie behauptete glatt, ihre Jungs kämen sie gleich abholen, mit dem Gefängnistransporter, weil sie gerade in der Nähe seien und man in der Not zusammenhalten müsse. Außerdem dürfe sie nichts mehr sagen, man hätte es ihr »von oben« verboten, und sie wisse ja auch nicht, warum alles so gekommen sei, wie es gekommen sei.

»Was machen wir jetzt?«, fragte Carmen und sah einen nach dem anderen an: die Lea, die Natascha, die Amelie und den Friedo.

Natascha ging es wieder besser. Romy hatte ihr zwar einen Schnaps nach dem anderen serviert, so wie sie es bestellt hatte, aber Lea hatte sie inständig gebeten, den Alkohol darin wegzulassen, damit es nicht zu noch mehr Katastrophen kam.

»Schlage vor, wir lassen den Menü-Abend nicht ausfallen«, sagte Lea. »Eine warme Mahlzeit wird uns allen guttun. Wäre schade, wenn der Koch alles alleine essen müsste. Habe vorhin zufällig mitbekommen, wie er das Handtuch geworfen hat – also auf die Anrichte.«

»Gute Idee! Ich habe Hunger!« Natascha rieb sich die Magengegend.

»Was gibt's denn?«, fragte Friedo.

Carmen kramte die kopierte Speisekarte aus der Handtasche. Sie hielt sie fest und überlegte laut: »Einverstanden! Es ist sowieso viel zu spät, um nach Hause zu fahren. Wir sollten alle zusammenbleiben. Einer muss auf den anderen aufpassen.«

»Was soll uns denn hier passieren?«, fragte Natascha.

»Was ist denn Marie und Henri passiert?«, konterte Amelie.

Romy und ihre Kollegin Michaela vom Team deckten in Windeseile den Tisch für das Menü ein und gaben der Gruppe Bescheid, dass alles startklar war. Auch sie waren verunsichert gewesen, ob und wie es weiterging.

»Diese Aufregung vertrage ich nicht mehr«, sagte Romy. »So etwas ist hier noch nie passiert – und dann gleich zwei To… ich mag es gar nicht aussprechen.«

»Wo ist Gisela?«, fragte Friedo.

Romy beugte sich und flüsterte: »Sie wurde mit einem Gefängnistransporter abgeholt.«

Carmen schlug sich die Hand vor den Mund. Durch die Finger sog sie die Luft ein. »Neeein! Hat *sie* etwa ihren Mann umgebracht?«

»Nein! Also, nicht dass es erwiesen wäre oder ich es wüsste.« Romy wurde verlegen. »Sie sagte, es seien ihre Kollegen. Ihr Schwiegersohn konnte nicht. Der ist zurzeit im Ausland, und die Tochter war alleine nicht fähig hierherzukommen. Habe ich gehört. Aber bitte … ich rede nicht über Gäste. Ist eine Ausnahme. Nur damit Frau Gisela Stur nicht in ein falsches Licht gerät.«

Der Kommissar und der Polizist kamen von der Besprechung zurück. Sie stellten sich zwischen Chesterfield und langer Tafel auf.

»Okay, wie Sie mitbekommen haben, sind einige Ihrer Gruppe verlustig – aus unterschiedlichen Gründen. Wir haben jedenfalls von Ihnen allen die Personalien aufgenommen. Es steht dem nichts mehr im Wege, dass Sie nun auch … falls Sie möchten, aber ich sehe gerade, dass Sie zu Abend essen wollen. Sie wissen jedenfalls Bescheid. Einen schönen …«, er stockte, »… einen friedlichen Abend noch.«

»Nichts haben wir mitbekommen!«, rief Natascha, die als Erste am Tisch Platz genommen hatte. Hatte sie heimlich wieder getrunken oder nun das Erbe von Henri übernommen? Aber wo sie recht hatte, hatte sie recht.

»Nun ja, was wollen Sie wissen?«

»Was ist mit Marie? Wurde sie umgebracht?«

Carmen hielt sich am Tisch fest.

»So, wie es im Moment aussieht, kann ich es nicht bestätigen. Das wird geklärt.«

»Und Henri?«, fragte Amelie ängstlich. »Woran ist er gestorben?«

»Tja, hm … an einem Herzstillstand.«

»Daran sterben alle!«, sagte Lea, die es wissen musste.

»Er hat Suizid begangen«, sprang der Polizist ein, der dem Kommissar gleichgestellt war und also auch etwas zu sagen hatte. »Jedenfalls gibt es einen A…«

»… aber das klären wir alles noch. Wie lange bleiben Sie hier?«, fragte der Kommissar. »Reisen einige von Ihnen noch heute ab?«

Sie sahen sich an. Erst schüttelte Lea den Kopf, dann Friedo, schließlich Carmen, Natascha und Amelie.

»Gut, dann sind Sie also spätestens am Montag wieder an Ihren Wohnorten erreichbar.«

Diesmal waren sich alle einig.

Die Männer verabschiedeten sich. Auf dem Flur hörte man sie heftig diskutierten.

»Habt ihr das gehört?«, fragte Lea. Sie setzte sich wieder ans Kopfende des Tisches, griff zum Brotkorb und der Kräuterbutter.

»Ja, aber ich weiß nicht, ob ich es richtig verstanden habe«, antwortete Friedo. »Es gibt einen Abschiedsbrief, und Henri hat sich selbst getötet?«

Natascha empörte sich. »Aber warum hat Gisela uns das nicht gesagt? Hätte sie ruhig machen können!«

»Ihr habt doch gesehen, wie fertig sie war.« Lea bat, Milde walten zu lassen. »Das muss man erst einmal verkraften! Erst die tote Marie auf dem Parkplatz, mit der sie vorher shoppen war, und dann auch noch ihr Mann Henri – tot im Bett.«

Carmen schlug sich wie immer vor den Mund. Holte tief Luft. Jetzt wusste Lea auch, warum sie so dicke Lippen hatte. Da war Botox überflüssig. »Ja, klar!«, sagte Carmen beim Ausatmen. »Henri hat Marie umgebracht! Und dann sich!«

»Das könnte Sinn machen«, sagte Lea. »Er fühlte sich von ihr gedemütigt. Sie war es ja schließlich, die ihm vor versammelter Mannschaft die Hosen heruntergezogen und dann seine ... Schwachstellen präsentiert ... und ihn der Lächerlichkeit preisgeben hat.«

»Hmm ...«, meinte Friedo. Er steckte sich einen Shrimp in den Mund, ließ ihn ein Stück herausgucken.

Lea tat es ihm gleich.

Alle lachten wie die Kinder – oder wie die Idioten? Drehten sie heute noch alle durch? War das alles zu viel für sie?

»Ach, warum machen wir uns Gedanken darüber? Wir sind keine Kommissare und müssen den Fall nicht aufklären«, Amelie sah zu Lea, »ich berichtige: Eine halbe Kommissarin haben wir hier sitzen.«

Lea schüttelte den Kopf. »Wir müssen uns damit beschäftigen, weil der plötzliche Tod von Marie und Henri so unverständlich ist. Sicher, man kann sich alles zusammenreimen. Nur darf man keine voreiligen Schlüsse ziehen. Wir wissen nicht, was in seinem Abschiedsbrief steht. Es ist nicht gesagt worden, ob Henri erst Marie und dann sich selbst getötet hat. So lange müssen wir davon ausgehen, dass vielleicht sogar beide umgebracht worden sind. Das würde wiederum bedeuten, dass der Mörder oder die Mörderin frei herumläuft und weitere Personen ermorden könnte. Wir müssten ein Profil erstellen, wer es sein kann und warum er ein Interesse daran hat zu morden. Das Motiv. Jeder Täter hat auch ein Motiv. Selbst wenn er keins hat, hat er eines.«

Einige nickten.

»Das ist logisch!«, sagte Friedo.

»Die nächste Frage wäre: Wie ist sein Beuteschema? Welche Gemeinsamkeiten haben seine Opfer? Welche Vorlieben hat der Täter? Aber eine nicht zu unterschätzende Frage ist: Wo hält er sich derzeit auf?«

»Hier?«, fragte Amelie ängstlich. »Ist er unter uns?«

»Ist es ein Er?«, fragte Friedo.

»Oder eine Sie?« Natascha sah Lea mit zusammengekniffenen Augen an.

Carmen schlug sich auf den Mund, ihre Augen weiteten sich.

15. Sitting Dead

Lea zeigte auf das nun servierte Hauptmenü. »Lasst es nicht kalt werden.« Dabei saß sie selbst auf heißen Kohlen und hätte liebend gern weiterspekuliert. Immer wieder kam es zu Unterbrechungen, denn das Service-Team durfte nichts von ihren Gesprächen mitbekommen. Man wusste ja nie ... welche Verbindungen sie zur Polizei in Gerolstein hatten. Falsch Gehörtes oder spontan Gesagtes sollten nicht ungefiltert weitererzählt werden.

Lea gefiel es plötzlich, sich um den Fall zu kümmern. Das hatte etwas für sich, wenn die Toten vorgegeben waren und sie sich die Opfer nicht erst ausdenken musste. Blieb noch die Frage: Wer war es, oder: Whodunit? Klassischer Krimi eben.

Wenn sie ihre Kriminalgeschichten aufschrieb, musste ihr der Mörder möglichst schnell bekannt sein, um alles andere drum herum zu spinnen. Auch die Mordwaffe spielte eine wesentliche Rolle. Nur schien es hier keine metallene Waffe zu sein, sondern ein Gift, ein Pflanzengift.

Spätestens nach dem Dessert wollte Lea mit ihrer Gruppe Tacheles reden. Schluss mit dem Schongang. Saß sie hier wirklich mit Unschuldslämmchen zusammen? Bestimmt nicht.

Die Mascarponecreme mit der Himbeermousse war hervorragend. Schade, dass es so wenig war. Eine ganze Schüssel voll hätte sie auch geschafft. Sie kratzte mit dem Löffel die letzten Reste zusammen, aß nun auch das Minzblatt und die Physalis.

Friedo entschuldigte sich, öffnete am Tisch den Gürtel der Anzugshose und bestellte einen Grappa. Natascha wollte lieber einen Espresso, Amelie ein Glas Wasser mit Eiswürfeln, und Carmen fielen bald die Augen zu.

Höchste Zeit, sie wach zu rütteln.

Lea stand auf, so als wolle sie eine Rede halten oder etwas vorlesen. »Also, los jetzt! Kommen wir zur Sache! Wer von euch hat die Giftpflanze kahl gepflückt?«

Ein Ruck ging durch die Gruppe. Nacheinander sahen sie sich an. Wie zu erwarten war, hob niemand die Hand oder sagte etwas.

Die dramatische Minute war abgelaufen. Sie musste ihnen auf die Sprünge helfen. »Auf dem Rückweg unserer Krimiführung wollte ich ein Blatt für meine Giftpflanzensammlung pflücken, aber siehe da ... wie von Geisterhand ... fehlten sämtliche Blätter an der Pflanze. Wer von euch war das?«

Romy kam mit den Getränken herein. Unsicher schaute sie sich um, weil niemand sprach.

Lea hoffte inständig, dass es auch so blieb.

Kaum hatte Romy den Raum verlassen, fing das Getuschel an.

Natascha schüttete ihren heißen Espresso wie einen Schnaps hinunter und hielt sich die brennende Kehle. Friedo schob ihr den Grappa rüber, von dem er nur genippt hatte. Auch den stürzte sie in ihrer Not hinunter, bis Amelie Mitleid hatte und ihr das eiskalte Wasser mit den Eiswürfeln reichte. Natascha hatte keine Augen dafür, sie war mit Feuerspucken beschäftigt. Amelie fischte einen Eiswürfel heraus und steckte ihn ihr in den offen stehenden Mund. Die Gequälte hustete, spuckte ihn im hohen Bogen wieder aus, direkt auf ...

»Keine Ablenkungsmanöver!«, rief Lea. »Wer hat die Blätter gepflückt? Raus damit!«

»Meins ist oben auf dem Zimmer«, meinte Friedo. »Aber ... aber ich habe nichts damit vorgehabt. Wollte es nur als ... als Andenken.«

Amelie meldete sich: »Ich habe zwei und wollte sie in Ruhe fotografieren und auf eBay ... nein natürlich nicht ... die Fotos auf meinen Blog setzen. Die anderen davor warnen.« Sie straffte ihren Oberkörper. »Ich bringe doch keinen um!« Sie sah zu Natascha, die mit blutunterlaufenen Augen endlich wieder Luft bekam, aber zum Reden reichte es nicht.

»Natascha?«, fragte Lea lauernd.

Die tippte nur auf ihre Kehle, stand auf und zappelte sich wie ein Fisch auf dem Trockenen zur Chesterfield. Sie legte die Beine hoch und japste rhythmisch.

»So kommen wir nicht weiter! So wird das nie was! Okay! Kommen wir zum Motiv. Welches Motiv könntet ihr gehabt haben, Marie umzubringen?«

»Rede mal von dir«, sagte Carmen, die plötzlich hellwach war. Ihr Überlebensmechanismus meldete sich. »Du bist Krimiautorin. Vielleicht gibst du nur vor, kein Blatt mehr abbekommen zu haben. In Wirklichkeit willst du den Verdacht auf uns lenken. Niemand hat so interessiert geguckt wie du, als Anton uns etwas über die Pflanze erzählte. Du hast Nachfragen gestellt. Du bist als Letzte von der Tour zurückgekommen. Hast du eben selbst gesagt.«

»Ist ja lächerlich! Welches Motiv soll ich gehabt haben?«

»Stimmt ja auch!«, mischte sich Amelie ein. »*Du* könntest es gemacht haben. Henri hatte dich beleidigt, weil du die Krimifragen falsch beantwortet hattest. Er hatte dir vorgeworfen, keine gute Krimiautorin zu sein. Das allein reicht als Motiv. Sind Schriftsteller nicht äußerst sensibel? Kennen sie sich nicht bestens mit dem perfekten Mord aus und wissen, wie Vernehmungen geführt werden?« Ihre Stimme wurde immer dünner und zittriger. Sie stand auf und setzte sich woanders hin. Ihre halb volle Tasse ließ sie stehen.

»Jetzt macht mal halblang.« Lea ärgerte sich, nicht diplomatischer vorgegangen zu sein. Das hatte sie nun davon.

»Ja, jetzt, wenn ich länger darüber nachdenke«, sagte Carmen, »er war dir ein Dorn im Auge. Mehr als einmal hast du gesagt, dass er von dir aus auf dem Zimmer bleiben kann oder dass es ohne Henri viel lustiger ist und dass du ihn schon längst umgebracht hättest, wenn er dein Mann wäre.«

»Das ist doch ... das habe ich doch nur im Scherz gesagt ... ihr habt doch auch darüber gelacht.«

»Wir wollten nicht unhöflich sein, aber unseren Teil haben wir uns dabei gedacht.« Immer noch war es Carmen, die stänkerte.

»Ihr habt es bestätigt ...«, ruderte Lea hilflos weiter, im Wasser der Beschuldigungen.

»Wir sind die Gäste, du bist die Gastgeberin.«

»Aber, er hat euch alle gedemütigt. Also hättet ihr alle ... zu Friedo sagte er zum Beispiel, er sehe albern aus mit seinen abgeleckten Haaren, den mit dem Lineal gezogenen Scheitel und in dem Altkleideranzug ...«

Carmen meldete sich: »Also, was die Haare angeht, könnte man sicher noch mehr rausholen.«

»Das hat er gesagt?«, fragte Friedo.

Ups. Jetzt fiel es Lea ein. Das hatte er nur zu ihr gesagt.

»Wenn ich *das* gehört hätte«, sagte Friedo, »wäre ich ihm an die ... ich meine, gut, dass ich es nicht gehört habe.«

»Motiv: Beleidigung!«, sagte Carmen.

»Carmen, gib doch zu, dass er dich auch beschimpft hat«, sagte Friedo, bequem in der Retourkutsche sitzend, »du könntest noch nicht einmal rechnen, hat er gesagt, und dennoch führst du einen Friseursalon. Führen ja, aber in den Ruin! Hat er das gesagt, oder nicht?«

Carmen wurde knallrot. »Das hast du gehört?«

»Ja! Es war nicht zu überhören. Was sind das eigentlich für Zahlen, die du immer aufschreibst? Was rechnest du da ständig aus?«

»Motiv: Missgunst!«, rief Amelie.

»Motiv: Steuererklärung!«, rief Carmen zurück. »Ich bin mit meiner Steuererklärung überfällig und rechne hin und her, was ich angeben kann und was ... das gehört aber nicht hierher!«

Lea war wohl das Essen oder das letzte Bier zu Kopf gestiegen. Was machte sie da? So bekam sie sicher nicht heraus, wer Henri umgebracht hatte ... und was war mit Marie? ... und wieso lag Natascha so reglos auf der

Couch? Irgendwie wuchs ihr das alles über den Kopf. Sie stand auf und rüttelte an Nataschas Schultern, rief ihren Namen. Die anderen kamen schnell hinzu.

»Natascha!«, schrien sie im Chor. Romy kam um die Ecke gelaufen und kreischte wie in den Sechzigerjahre-Filmen, wenn eine Leiche entdeckt wurde.

Das hatte zur Folge, dass Natascha durch den Krach wiederbelebt wurde. Vermutlich war sie aber gar nicht tot gewesen, sondern ihr Körper hatte sie nur zur Heilung ihrer Kehle für eine bestimmte Zeit außer Kraft gesetzt oder sie schlief den Rausch aus. Jedenfalls war der Schreck groß, als sie sich wieder regte und nun den Oberkörper erhob. Sitting Dead. Sie krächzte: »Und? War es jetzt Henri, der Marie getötet hat? Was steht im Abschiedsbrief?«

Amelie, Lea, Friedo und Carmen und natürlich auch Romy sahen sich an, als habe sie etwas auf Chinesisch gesagt.

Lea schlug sich vor den Kopf. Carmen haute sich auf die Lippe.

16. Das Tattoo

»Die Einzigen, die wissen, was im Abschiedsbrief steht«, sagte Lea, »sind der Polizist, der Kommissar, eventuell der Rettungssanitäter und … tja, Gisela.«

»Es wissen mehr Leute!«, behauptete Friedo. »Gisela ist schon eine ganze Weile zu Hause. Da dürfte sich die Anzahl der Wissenden potenziert haben. Manche Trauernde können in solchen Situationen über den schweren Verlust reden, andere nicht. Gisela muss reden – über alles und mit jedem.«

Die Gruppe nickte.

»Hm …«, sagte Lea, »… also gut. Rufen wir sie an.«

»Was? Du kannst sie doch nicht …« Friedo senkte den Kopf.

Was war jetzt los? War er plötzlich sensibel geworden?

»Warum nicht?«, fragte sie zurück.

»Das gehört sich nicht. Sie muss auch mal zur Ruhe kommen.« Er sah sie eindringlich an.

Lea könnte noch mehr aufzählen, was sich nicht gehörte. Sie ließ es bleiben.

»Außerdem haben wir gar nicht ihre Handynummer«, fuhr er fort.

»Doch!«, riefen die anderen.

Lea klärte auf. »Wir Frauen haben sie untereinander ausgetauscht – um uns zum Eisessen zu verabreden – was im Nachhinein zu optimistisch gedacht war.« Sie holte ihr Smartphone hervor und sah in die Runde. »Wenn wir es genau wissen wollen, müssen wir sie anrufen. Wir wollen schließlich auch mal zur Ruhe kommen.«

Die Frauen und Friedo rückten näher zusammen. Lea stellte den Lautsprecher an und tippte auf *Kontakt* und *Wahlverbindung*.

Im Kaminbereich dudelte es mit zunehmender Lautstärke, was alle aufmerksam Lauschenden zusammenfahren ließ. Amelie sprang auf und ging auf die Suche, woher das Geräusch kam. Sie bückte sich hinter die Dreisitzer-Couch und tauchte mit einer altmodischen Handtasche wieder auf, in der es Alarm schlug. »Die ist von Gisela! Aus den Achtzigern!«, sagte Amelie, die sich mit Taschen bestens auskannte.

»Mach auf und geh ans Handy! Ist bestimmt wichtig!«, rief Natascha, was ihr ein Kopfschütteln und mitleidige Blicke einbrachte.

»Mist!«, meinte Lea, »und jetzt?«

»Moment!« Carmen kramte in ihrer Tasche. »Ich habe nicht nur Giselas Handy-, sondern auch die Festnetznummer, weil wir uns mal ausführlicher unterhalten wollten. Am Handy klingt immer alles so abgehackt und zeitversetzt.« Strahlend hielt sie einen auseinandergefalteten Zettel hoch.

Lea riss ihn ihr aus der Hand und wählte.

»Stur.«

»Ich bin's, Lea. Wie geht es dir? Wir machen uns alle große Sorgen um … dich.«

»Lea! Schön, dich zu hören!« Gisela jubelte, als hätten sie sich zwanzig Jahre lang nicht gesprochen. Aber dann wurde sie ihrer Rolle als trauernde Witwe wieder gerecht. Die Stimme klang leiser und gedämpfter, nur noch schleppend kamen die Wörter heraus. »Es ist so furchtbar! Henri ist nicht mehr da.« Beim Namen Henri knurrte Öhrchen im Hintergrund. Wüsste Lea nicht, wie groß er war, sie hätte auf einen Dobermann getippt.

»Ist jemand bei dir, der dich tröstet?«, fragte Carmen dazwischen.

»Das war Carmen«, sagte Lea. »Ich habe auf laut gestellt. Wir sind nur noch zu fünft und hören alle mit. Natascha, Carmen, Amelie, Friedo und ich.«

»Oh«, sagte Gisela, »bleibt ihr bis morgen im *Krimihotel*?«

»Ja«, sagte Amelie. »Wir haben gerade zu Abend gegessen. Du hast uns gefehlt. Das hätte dir auch geschmeckt. Es gab ...«

Lea schubste sie beiseite. »Gisela, weshalb wir anrufen: Wir müssen dich etwas fragen.«

»Ja?« Es klang ängstlich.

»Du musst nicht antworten, wenn du nicht willst«, mischte sich Friedo ein.

Lea zischte und musste retten, was zu retten war. »Doch, es würde uns weiterhelfen. Wir machen uns Gedanken, wie es weitergeht. Falls sich Henri nicht ... und der Täter noch auf freiem Fuß ist und er bisher zwei Menschen umgebracht haben sollte, würde er sicher nicht vor einem dritten Mord zurückschrecken. Würden wir sein Motiv kennen oder wissen, ob Henri sich wirklich selbst ..., wäre uns wohler. Du musst uns helfen!«

»Ich kann jetzt nicht kommen«, sagte Gisela. »Außerdem steht mein Auto noch bei euch. Das Schlimme ist, ich habe sogar in der Aufregung meine Handtasche im *Krimihotel*, im Clubraum, vergessen. Könnt ihr mal schauen, ob sie noch da ist? Da ist der Autoschlüssel drin. Den muss ... musste ich immer für Henri einstecken, damit seine Hosen nicht ausbeu... Henri! Jetzt ist er nicht mehr da.« Schluchzen und Jaulen im Hintergrund. »In der Tasche ist auch mein Handy.« Ihre Stimme klang immer weinerlicher.

»Gisela, reg dich nicht auf«, sagte Natascha. »Wir haben sie gefunden. Hier ist auch dein Handy.« Sie hielt es hoch.

»Ähm, Natascha? Sie wird es nicht sehen können«, sagte Amelie.

»Frag nach dem Abschiedsbrief!«, drängte Carmen.

»Ähm, Natascha? Sie kann dich hören.« Schon wieder Amelie. Allmählich wurde sie vorlaut.

»Abschiedsbrief?« Gisela machte eine unendlich lange Pause. »Ja, der lag auf dem Boden, neben ihm. Das war aber erst einmal unwichtig für mich. Ich hatte nur Augen für Henri. Wie er dalag, auf dem Bett, so leblos, irgendwie tot – und dann sein Arm! Er lag nur mit seinem Feinripp-Unterhemd da. Wie ich das hasste, wenn er es trug. Er meinte, die Dinger seien saubequem. So sah er auch damit aus ... aber das mit dem Arm verzeihe ich ihm nie!«

»Musst du auch nicht mehr«, sagte Carmen. »Was war denn mit seinem Arm?«

»Er hatte sich ein Tattoo stechen lassen. Mein Henri und ein Tattoo! Eher hätte ich dem Papst eines zugetraut, aber nicht meinem ...« Gisela stockte. »Habt ihr das mit dem Tattoo nicht bei der TeaTime mitbekommen?«

Carmen knurrte: »Henri und Jean hatten ein Geheimnis daraus gemacht, was es ist. So ein Blödsinn. Wenn ich es mir hätte stechen lassen, hätte ich es sofort gesagt. Ich habe aber noch keins, obwohl ich gewiss viele Kundinnen in meinem Salon habe, die mir eins stechen könnten.«

»Ist ja krass«, meldete sich Amelie.

»Tja, ist halt Düsseldorf.«

»Krass, dass Henri Jean an sich herangelassen hat. Da muss viel Alkohol im Spiel gewesen sein«, sagte Amelie, die am Nachmittag wohl mit Fotografieren von irgendwas beschäftigt gewesen war oder gechattet hatte.

»Allerdings!«, jammerte Gisela, »sonst hätte er das Motiv nicht ausgewählt.«

»Was war es denn?« Nun wurde Natascha wieder hellhörig.

»Ein ... ein ...«

»Ein Ein?«, fragte sie zurück.

»Nein. Ein ... Spiegelei! Weiß-Rot!«

»Aber, so sieht doch kein Spiegelei aus!«

»Das ist ja das Schlimme!« Gisela schnaubte in ihr Taschentuch. »Habt *ihr* so was schon mal gesehen?«, fragte sie verschnupft.

»Rot-weiß Fortuna!«, fiel Carmen ein.

Gisela klagte unbeirrt weiter: »Überhaupt, welcher Idiot lässt sich seine Leibspeise tätowieren?«

»Henri?« Natascha bekam von beiden Seiten einen Stubser in die Rippen und schrie laut auf.

»Genau!«, sagte Gisela. »Aber, ich muss es mir nicht mehr ansehen. Wenn er erst einmal verbrannt ...« Sie schluchzte laut auf.

»Sag mal, Gisela«, fragte Lea, »hast du den Abschiedsbrief gelesen oder weißt du, was drinsteht? Hat man dir das gesagt?«

Gespannte Stille.

»Nein, habe ich nicht. Die haben ihn mitgenommen – Henri und den Abschiedsbrief.«

Lea schlug sich aufs Bein. »Mist!«

»Aber ich habe ein Handyfoto davon gemacht. Ich wollte ihn mir in Ruhe durchlesen.«

»Gut gemacht! Leg dich am besten etwas hin und ruhe dich aus, schlafe ein wenig. Wir hören voneinander. Tschüss Gi...«

Ob sich Gisela auch verabschiedet hatte, wusste niemand mehr. Sie stierten gemeinsam auf Giselas Handy.

Lea drückte den On-Knopf.

Code eingeben.

Amelie, die ein Gespür für Zahlen hatte und sich nicht scheute hinzuschauen, wenn jemand seinen Geheimcode irgendwo eingab, meinte die Pin-Nummer zu kennen.

»Gib 7787 ein!«, sagte sie spontan.

Lea versuchte es. »Falsch!«

»Sorry, Moment. Hm ... Zahlendreher. Versuch es mit 7778!«

»Falsch!«, rief Friedo. »Seid ihr verrückt? Wir haben nur noch eine Chance, sonst wird es gesperrt. Danach muss die PUK-Nummer eingegeben werden, und ich glaube nicht, dass Gisela die mehrstellige Zahl auswendig weiß oder weiß, wo sie den Zettel mit der Nummer hat.«

Carmen schlug auf den Tisch. »Wir müssen sie wieder anrufen!«

Lea wählte und wartete. Wählte noch einmal und wartete. »Tot!«, sagte sie.

17. Der Abschiedsbrief

Carmen heulte.
Auch Leas Nerven lagen blank: »Shit! Sie wird das Telefon abgestellt oder den Stecker gezogen haben, was auch immer. Sie will in Ruhe schlafen, so, wie ich es ihr empfohlen habe.«

»Tempo!«, rief Carmen und hielt sich die Nase. »Hat jemand ein Tempo?«

Friedo hielt ihr sein zerknülltes Stofftaschentuch hin. Sie lehnte es ab und drückte lieber die Nasenflügel zusammen.

Amelie, die sich in der Zwischenzeit wieder gesetzt hatte und noch immer Giselas geöffnete Handtasche auf dem Schoss hielt, griff beherzt hinein und gab ihr eine Packung Papiertaschentücher. Sie schrie auf.

Die Gruppe zuckte zusammen.

»Ich hab sie!«, rief sie.

»Das wissen wir!«, sagte Natascha. »Du hast sie auf dem Schoß stehen.«

»Nein, ich hab sie! Die Pin-Nummer. Sie steht hier. Hier!« Amelie zeigte auf das Fach für die Kosmetik. Der Reißverschluss stand offen. Wimperntusche und Make-up hatten das Seidenfutter ausgebeult, sodass man die mit Kugelschreiber ins Innenfutter geschriebene Zahlenkombination sehen konnte.

»Los! Gib ein!«

Kaum hatte Lea die ungewöhnliche Pin eingegeben, erschien Henri in Lebensgröße mit seinem schlimmsten Gesichtsausdruck ever. Er hatte wohl nicht fotografiert werden wollen, Gisela aber darauf bestanden, weil sie ihn als Hintergrundbild haben wollte. Das musste lange her sein.

Sie steckten ihre Köpfe zusammen und wischten sich durch die Aufnahmen.

»Stopp!«, rief Amelie. »Da ist der Brief!«

Lea las vor:

»So kann ich nicht weiterleben. Ich bin blamiert!
Hätte dieser Schwule mir nur nicht die Giftpflanze gezeigt!
Hätte Gisela sich nicht von mir trennen wollen – und dann das mit dem Spiegellei!
Adieu!
Henri!«

Stille.

»Jetzt tut er mir leid«, sagte Carmen. »Das hat er nicht verdient.«

»Was?«, fragte Friedo.

»Bitte hört auf damit.« Lea rieb sich die Stirn. »Spiegelei« war falsch geschrieben. Das war ihr als Autorin natürlich sofort aufgefallen. Aber sie wollte nicht päpstlicher als der Lektor sein und deshalb: »Ich kann es nicht glauben! In einer meiner Geschichten ging es auch um einen Suizid und einen Abschiedsbrief. Die Privatermittlerin ließ sich von Anfang an nicht davon blenden, sondern war bei ihrer Meinung geblieben. Es waren

Kleinigkeiten gewesen, die sie stutzig gemacht hatten. Recht hatte sie gehabt. Der Mörder hatte die Selbsttötung nur inszeniert und seinem Opfer leere Tablettenpackungen und einen Abschiedsbrief hingelegt. Den Brief musste das Opfer vorher selbst schreiben.«

»Oh je«, sagte Amelie, die sich mehr im Fantasy-Bereich auskannte, das Genre aber wechseln wollte, weil sie meinte, aus dem Alter raus zu sein. »Und, hat man den Mörder geschnappt?«

»Das weiß ich noch ni… nie werde ich ein Ende verraten. Möchte ja nicht vorgreifen.«

»Du meinst, jemand hat ihn mit dem Samen der Giftpflanze getötet und den Suizid vorgetäuscht?«, fragte Amelie.

Friedo schüttelte den Kopf: »Und was ist mit Marie? Soll das etwa auch ein vorgetäuschter Suizid gewesen sein?«

Carmen schüttelte sich. »Keine gute Idee, sich auf dem Parkplatz umzubringen. Wie leicht kann man da übersehen und dann überfahren werden.«

Lea zuckte mit den Schultern. »Ich weiß nichts von einem Abschiedsbrief, den Marie geschrieben haben soll. Lass uns bei Henri bleiben: Ich schätze mal, dass er tatsächlich Marie umgebracht hat, weil er von ihr erniedrigt worden ist. Aber dass er sich wegen des schlechten Gewissens, der späten Reue, selbst tötet, ist für ihn eher unwahrscheinlich. Vielleicht hat ihn jemand dabei beobachtet, wie er Marie etwas gegeben hat, oder ist dahintergekommen, was er gemacht hat, und hat dann Marie gerächt und Henri getötet.«

»Oder Henri wollte mit seinem Tod jemandem eins auswischen!« Carmens Einwände wurden immer schräger. Sie brauchte wohl auch dringend Ruhe. Und prompt: »Ich geh schlafen! Ich kann nicht mehr!« Ihre Frisur hing bedenklich schief. Nein, eigentlich war es die Perücke. »Sollte ich morgen bis acht Uhr nicht am Frühstückstisch sitzen, schaut bitte nach mir und ruft die Polizei. Ich versichere jetzt schon mal, dass ich nicht vorhabe, mich selbst zu töten und ich auch nicht vorhabe, jemanden umzubringen. Gibt's hier einen Gärtner? Vielleicht ist es der Gärtner gewesen. Oder der Kinski, der mit den Glupschaugen, und Edgar hat ihm geholfen.«

Sie nickten und verabschiedeten Carmen gerne, weil sie in dem Zustand gewiss keine Hilfe mehr war, sondern nur alles durcheinanderbrachte.

Lea schaute wieder auf den Abschiedsbrief im Handy, machte dabei aus Versehen mit dem Daumen eine Wischbewegung. Sie unterdrückte einen Schrei und ließ das Mobiltelefon heimlich in der Tasche verschwinden. »Ich kann jetzt nicht schlafen«, sagte sie.

»Ich auch nicht!«, meinte Friedo. Natascha und Amelie schlossen sich der Meinung an.

»Da waren es nur noch vier«, sagte Natascha, wohl in Anlehnung an das berühmte Kinderlied.

Lea fasste sich an die Stirn. So als würde der Geistesblitz noch schmerzen, der sie gerade – wie aus dem Nichts – durchfahren hatte. Es ging um Nataschas Geschichte mit dem unschuldigen Bruder. Da war ihr etwas Gravierendes aufgefallen. Darüber musste sie mit ihr unter vier Augen reden, wenn sie überhaupt dazu kam.

Amelie lag mit dem Oberkörper halb auf dem Tisch. Sie hatte den Arm angewinkelt und ihren Kopf mit einer Hand abgestützt. Mit der anderen schnappte sie sich

Leas Kuli und kritzelte die rote Papierserviette voll. Als Multitasking-Talent sprach sie ihre Gedanken dabei aus: »Deswegen kann man einen Menschen doch nicht umbringen – nur weil man gedemütigt worden ist. Das ist doch kein Grund! Die Menschheit würde sich halbieren! Außerdem ... so schlimm war es gar nicht! Gut, das mit dem Schlüpper hätte nicht passieren dürfen, aber sonst. Man hat ja nicht seinen Schwanz gesehen. Das wäre peinlich geworden, aber alles andere ...«

Friedo wurde rot, was seinen hellgrauen Anzug noch mehr strahlen ließ.

Lea wusste es besser. »Oh, doch, wenn jemand gedemütigt oder in der Öffentlichkeit blamiert wird, kann er auf Rache sinnen, die bis zum Tod des Blamierenden gehen kann. Ich kenne da einen Fall, der sich tatsächlich, also in echt, so zugetragen hat. Eigentlich wollte ich darüber ein Buch schreiben, also ein Manuskript. Ein Buch kann man ja nicht schreiben, das wird veröffentlicht. Ein Manuskript schreibt man ...«

»Wolltest du nicht von dem realen Fall erzählen?«, fragte Friedo vorsichtig an.

»Ja, also, das war so. Kennt ihr diese Fernsehsendung, die live aus irgendeinem Festival-Park gesendet wird? Da treten Schauspieler und Bands, Popstars und Schlagersänger auf. Das Publikum sitzt an Tischen um die Bühne herum, und wie gesagt, es wird live übertragen. Eigentlich ganz lustig, obwohl es nur wegen der Moderatorin so lustig ist, die immer einen coolen Spruch auf den Lippen hat oder witzige Fragen stellt.«

»Ja, und dann?« Amelie gähnte, ohne sich die Hand vor den Mund zu halten.

»Jedenfalls fließt dabei auch reichlich Alkohol. Die Gäste werden immer lustiger, schunkeln oder grölen oder geben besonders schräge Antworten, wenn sie gefragt werden, wie ihnen die Show gefällt. Manchmal frage ich mich, ob die dem Publikum nicht Aufputschmittel in die Getränke mischen. Aber ich will ja nichts behaupten. Da muss man vorsichtig sein.«

»Aha«, sagte Natascha. Auch sie machte einen gelangweilten Eindruck. Im Gegensatz zu Friedo, der wie immer an Leas Lippen hing.

»Jedenfalls, zwei junge Männer saßen direkt am ersten Tisch. Eine Kamera hielt immer wieder drauf. Die beiden waren dadurch aufgefallen, dass der eine von links nach schräg oben guckte und der andere nach der Moderatorin sabberte.« Lea sah Friedo an. Der wischte sich den Mund trocken.

»Die Hälfte der Sendung war gerade um, meine Chipstüte leer gegessen – ich weiß es noch wie gestern –, da stand der Sabbernde auf und rief den Namen der Moderatorin und dass er ihr ein Kind machen möchte.«

»Ach du Schreck«, sagte Natascha.

Die Moderatorin hatte diesen hoffnungslos verliebten und betrunkenen Mann natürlich vorgeführt, gesagt, sie sei im Moment zu sehr beschäftigt. Das Publikum grölte. Endlich war mal was los in der Sendung, denn die Stars aus der Rubrik »Was macht eigentlich ...?«, die sie auf jung gepimpt hatten – das war wohl immer noch preiswerter als die Bin-gut-im-Geschäft-Sänger zu nehmen –, gaben im Vollplayback nicht mehr viel her.«

»Und der junge Mann ...«, Amelie versuchte, Lea wieder auf die richtige Spur zu bringen. Sie seufzte müde.

»Der junge Mann stand also da, sah hoch zur Bühne. Die Moderatorin hatte sich zu ihm hinuntergebeugt, hielt ihm das Mikro hin und fragte, ob er nach der Show Zeit hätte und da ... da ...«

»Da?«, fragten alle.

»Da zog ihm sein Kumpel mit einem Ruck die Hose runter, und er stand da, so nackt, so erregt, und alle Welt sah die seitliche Kameraeinstellung und wie blutrot die Moderatorin anlief, als sie den Blutroten sah und wie der junge Mann sich mit noch immer heruntergezogener Hose auf seinen Freund stürzte und, während er das machte, auch noch kam. Einige aus dem Publikum liefen davon. Andere klatschten Applaus. Die Kamera schwenkte endlich, endlich weg. Aber da war es schon zu spät. Der nächste Sänger wurde auf die Bühne geschubst. Bevor er wusste, was los war – und vor Schreck seinen Text vergessen hatte, das Vollplayback aber nicht –, stürmte die Moderatorin in ihren Backstage-Bereich.« Lea holte tief Luft. »Und das alles live und in Farbe.«

»Oha. Der Freund des Blamierten hat bestimmt schwer Ärger bekommen«, sagte Amelie.

»Sehr schweren Ärger«, sagte Lea. »Andertags ging es durch die Medien. Es gab einen Zeugen, der Folgendes beobachtet und gehört haben will: Der Freund hatte sich entschuldigt, gemeint, das war nicht er, das war der Alkohol, und wollte ihn zur Versöhnung umarmen. Peng! Hat er überraschend eine Bleikugel abbekommen, direkt in den Kopf, aus nächster Nähe. So viel zum Thema ›Töten wegen einer Demütigung‹.«

18. Feuer frei

Nun waren alle wieder wach. Amelie setzte sich aufrecht hin. An ihren glühenden Wangen erkannte Lea ihre hitzigen Gedanken dazu. »Woher hatte der Typ die Waffe? Bekommt man die so einfach? Oder war sein Vater im Schützenverein?«

Lea musste nach langer Zeit mal wieder lachen. »Nichts einfacher als das. Illegale Waffen gibt es an jedem Büdchen. Na ja, ist jetzt vielleicht etwas übertrieben. Aber hast du schon mal was vom Darknet gehört? Du bist doch hier der Internet-Freak, die Bloggerin, musst du doch wissen.«

Amelie nickte, schüttelte aber sofort wieder den Kopf. »Ja, gehört habe ich davon, aber sind das nicht eher Plattformen für verbotene Seiten, wie Suizid, Kannibalismus, Porno mit Tieren und Kindern … und so weiter, für die Abgründe menschlicher Verfehlungen?«

»Richtig … und für illegale Waffen!«, sagte Friedo, so als müsse er es bestens wissen.

Lea bestellte einen Absacker für die nötige Bettschwere. Wenn sie in die Runde schaute, kamen nun alle an ihre körperlichen Grenzen. Die schleppenden Bewegungen, die langsame Sprache und Reaktionen waren der beste Beweis dafür. Nur Amelie war wieder einigermaßen fit.

Diesmal brachte die dunkelhaarige Maria vom Service-Team die Getränke, zum letzten Mal, wie sie ankündigte, dann müssten sie leider den Clubraum schließen. Sie sei alleine, Romy hatte vorzeitig Feierabend machen müssen, ihr sei schlecht geworden.

Amelie kam ins Schwärmen: »Zu gerne würde ich mal eine Waffe in der Hand halten. Habe ich noch nie gemacht. Es ist aber eher unwahrscheinlich, dass Waffenfirmen – ich sage bewusst nicht Waffenhändler – Produkttesterinnen suchen. Wie mag das wohl sein, wenn man damit schießt? Ist der Rückstoß wirklich so schlimm, dass einem das Handgelenk brechen kann?«

»Ach Quatsch«, sagte Lea. »Ich war mal auf einem Schießstand und habe sogar mit einer Magnum, also einer großen Waffe, einem großen Kaliber, geschossen. Sicher, die ist sehr laut, und dreißig Schuss hintereinander möchte ich auch nicht damit abfeuern, aber ansonsten fühlt sie sich sogar gut in der Hand an. Sie gibt einem das Gefühl von Sicherheit – irgendwie.«

»Zeig mal, wie groß die ist«, sagte Amelie.

Friedo kam ihr zuvor. Er nahm die Hände ein Stück weit auseinander, was die Länge der Waffe andeuten sollte. Nur, bei Männern musste man vorsichtig sein. Da wurden aus zwölf Zentimetern schnell zwanzig. Es gibt aber auch kleinere, die effektiv sind. Die flößen schon Respekt ein, wenn man sie seinem Angreifer unter die Nase hält. Die Polizeipistolen sind noch die besten. Nur ihr Ruf ist schlecht. Walther PPK oder Heckler & Koch, Glock, oder wie sie alle heißen. Klein und handlich.«

»Hey, hey«, sagte Natascha, »wen haben wir denn da? Einen Waffennarr?«

»Wie man's nimmt. Ich habe mich eine Zeit lang damit beschäftigt. Auf meinem Anwesen muss ...«

»Anwesen?«

»Na ja ... jetzt kann ich es ja sagen, wir sind unter uns. Ich heiße zwar Friedo, aber mit einem Prinz davor. Prinz Bernfried Eginhard von und zu Hoff, genauer gesagt.«

»Und ich möchte mich auch vorstellen«, sagte Natascha, »ich bin die Urenkelin von Katharina der Großen.«

»Und ich bin ...«

»Könnt ihr mal mit dem Quatsch aufhören?« Lea war nicht amüsiert.

»Wohnst du in einem Schloss?«, ließ Amelie nicht locker und fragte dies wie ein kleines Mädchen, das so gerne eine Prinzessin gewesen wäre.

»Nein, das mit dem Prinzen war geflunkert.« Er sah in die enttäuschten Gesichter. Nur Lea schaute mürrisch. »Ich wohne auch nicht in einem Schloss ... obwohl ... es kommt dem nahe. Meine Villa hat zwanzig Zimmer und einen Swimmingpool, vier Garagen ... unter anderem. Ich wohne aber nicht nur dort, sondern in mehreren Ländern.«

»Friedo! Denk dran, was ich dir gesagt habe ...« Lea pfiff ihn zurück.

Er räusperte sich.

»Hast du auch einen Bodyguard?«, fragte Natascha. »Kann mir vorstellen, dass viele an dein Geld oder deinen Besitz wollen.«

Er sah Lea an, bevor er antwortete. »Nein, das habe ich bisher selbst geregelt. Es wird niemand riskieren, mich anzugreifen.«

»Feierabend!«, rief Lea. »Ich geh zu Alfred, die Vögel zählen.«

Natascha schloss sich sofort an und sprang auch auf.

Friedo und Amelie blieben sitzen.

Damit hatte Lea nicht gerechnet. Normalerweise folgte er ihr auf Schritt und Tritt, als führe sie ihn an einer unsichtbaren Leine.

Als Natascha und Lea auf ihrer Etage angekommen waren, hatte diesmal Lea das dringende Bedürfnis, mit ihr zu reden. Natascha willigte sofort ein. Kaum hatte sie die Tür hinter Lea geschlossen, schlichen sich Friedo und Amelie ins *Derrick-Zimmer*.

19. Kein schöner Anblick

»Nur kurz«, sagte Lea, die sich nicht lange bei Natascha aufhalten und schon gar nicht über den unschuldigen Bruder reden wollte. »Ich bin so froh, dass du Friedo nichts angetan hast.«

»Bitte was?«

»Als ich dir sagte, du solltest mir Friedo vom Leib halten, dann würde ich mich auch um deinen Bruder kümmern, meinte ich nicht, dass du Friedo umbringen solltest. Nur, damit keine Missverständnisse aufkommen.« Lea nahm die Türklinke in die Hand, wollte gehen.

»Womit sollte ich das wohl machen?« Natascha sah rasch zum Schreibtisch, auf dem eine Tüte mit zwei grünen Blättern lag. Sie verstellte Lea die Sicht darauf. Zu spät! Umso erleichterter war Lea, das Thema doch noch angesprochen zu haben. Mittlerweile musste sie hier in diesem Hotel und mit diesen Gästen mit allem rechnen.

»Womit wohl?«, fragte Lea ironisch. »Das weißt du doch am besten! Kanntest du die Giftpflanze schon vorher?«, schob sie hinterher.

»Warum willst du das wissen?«

Lea spürte eine gewisse Aggression in sich aufkommen. Das lag nicht allein am Schlafmangel. »Kannst du auch Fragen beantworten oder nur Gegenfragen stellen? Also, kanntest du die Pflanze?«

»Und wenn es so wäre?«

»Würde es viel aussagen.«

»Ach ja?«

Die Frauen zuckten zusammen. »Was war das?«, fragten sie gleichzeitig und sahen zur Decke.

»Hast du das gehört?«

»Ja, was war das? Hörte sich wie ein ... Schuss an«, sagte Lea.

Jetzt hörten sie einen markerschütternden Schrei. Einen männlichen Schrei. Friedo!

»Das war kein Schuss. Da ist ihm etwas auf den Boden geknallt«, sagte Natascha.

»Und der Schrei?«

Lea riss die Tür auf. Natascha stellte sich dicht hinter sie.

Wie ein Blitz kam Friedo an ihnen vorbeigerannt. Mit großen Schritten nahm er die Treppenstufen, verfehlte in der Kurve das Geländer, stolperte, sprang die letzten drei Stufen auf einmal herunter.

»Friedo! Friedo! Was ist denn? Bleib doch stehen!«, rief Lea und lief ihm hinterher. Sie holte ihn tatsächlich ein, hielt ihn am Arm fest.

»Lass mich!«, schrie er. Er riss sich los und stammelte: »Ein Unfall! Ein Test! Sie wollte ... testen ... Amelie ...«

»Amelie?«, rief Lea, »Was ist mit ihr?«

Friedo sah durch sie hindurch. Tränen liefen seine Wangen hinunter. »Ich bin schuld! Ich hätte besser aufpassen müssen!« Panisch riss er die Eingangstür auf, rempelte Lea beim Hinauslaufen an. Sie flog gegen die Vitrine, rappelte sich wieder auf, lief aus der Tür, sah nach links, rechts und wieder nach links. Lief in die falsche Richtung.

Das Gummi der Reifen quietschte laut, als Friedo in seinem weißen Mercedes um die Ecke bog. Fuhr er Richtung Autobahn?

Lea lief zurück und stolperte die Treppen hoch. Sie musste immer nur dem lauten Klagen nachgehen. Die *Derrick-Zimmer*-Tür stand offen. Das, was sie da sah, würde sie so schnell nicht aus dem Kopf bekommen, das wusste sie. Diesen Anblick wünschte sie niemandem.

Das war nicht mehr Amelie, die da auf dem Bett lag. Das war eine explodierte Frauenleiche. Durch den Schuss in den Kopf war sie bis zur Unkenntlichkeit entstellt. Versprengte Teile der Schädeldecke und des Gehirns klebten an der Tapete und hatten surreale Ornamente gespritzt.

Natascha nahm Lea in den Arm, hatte sie fest im Griff und führte sie aus dem Zimmer. Carmen kam angelaufen. Natascha warf die *Derrick*-Tür vor ihrer Nase ins Schloss. »Sieh es dir nicht an! Du wirst es bereuen!«

Carmen hörte auf sie und folgte den beiden Frauen ins *Hitchcock-Zimmer*. Lea löste sich zitternd aus Nataschas Arm. Rasch legte diese ihr die Jacke über die Schultern, die auf dem Stuhl lag, und forderte sie auf, sich aufs Bett zu legen. Natascha ließ sich auf die andere Betthälfte fallen, musste aufrücken, denn auch Carmen hielt es nicht länger auf den Beinen.

»Was machen wir jetzt?«, fragte Carmen. »Wir sind mutterseelenallein hier im Hotel. Jemand muss die vom *Augustiner Kloster* verständigen. Vielleicht ist da noch jemand.«

»Das macht die Polizei! Wir müssen erst die Polizei rufen!«, sagte Lea. »Ich habe mir das Nummernschild und den Fahrzeugtyp von Friedos Mercedes gemerkt. Es waren nur wenige Buchstaben und Ziffern.« Sie kletterte schwerfällig vom Bett. Ihr Kopf dröhnte und hämmerte zugleich. Sie schaffte es nur mit Mühe, das Handy vom Schreibtisch zu holen. Wohl war Lea nicht bei dem Gedanken, die Polizei anrufen zu müssen. Aber auch wenn es ein Unfall gewesen war, er hätte nicht fliehen dürfen und musste für seine Leichtsinnigkeit bestraft werden. Nie hätte er Amelie seine geladene und offensichtlich ungesicherte Pistole geben dürfen. Er wusste doch, dass sie alle Gegenstände genauestens untersuchte. Hatte er das in Kauf genommen, sie womöglich angestachelt abzudrücken? Oder hatte sie ihn provoziert, wollte Russisch Roulette mit ihm spielen? Hatte sie sich die Waffe an den Kopf gehalten oder in den Mund gesteckt und abgedrückt? So oder so ähnlich könnte es abgelaufen sein.

Lea wartete darauf, dass jemand das Gespräch annahm. Zeit zum tiefen Durchatmen. Doch dann erzählte sie kurz und knapp, wie es sich zugetragen hatte: »Genau, ein weißer Mercedes ... ja, grauer altmodischer Anzug, weißes Hemd, blonde Kurzhaarfrisur mit Seitenscheitel, circa ein Meter siebzig groß, kompakt. Seien Sie vorsichtig!«, beendete sie das Gespräch, »er könnte eine Waffe bei sich haben.«

20. Wie konnte das passieren?

Es dauerte sehr lange, bis der Kriminalhauptkommissar im Hotel erschien. Kein Wunder, um Mitternacht saß er bestimmt nicht an seinem Schreibtisch und wartete auf den nächsten Einsatz, sondern hatte eine Rufumleitung auf sein Diensthandy geschaltet. Bis er dann für den Einsatz bereit war, konnte es dauern. Vielleicht hatte Lea aber auch nur das Zeitgefühl verlassen und er hatte sich beeilt.

»Da sind wir schon wieder«, scherzte der Kommissar, der diesmal eine Assistentin mitgebracht hatte und es vorzog, sich erst einmal nicht die zerschossene Leiche anzusehen, sondern seine Kollegin dazu aufforderte. Er wandte sich an Lea. »Sie nehmen Ihr Krimiwochenende aber sehr ernst.«

Lea fand es nicht lustig. Carmen und Natascha auch nicht.

Er schickte alle in den Clubraum.

Carmen setzte sich zu Lea auf die Chesterfield und kuschelte sich an sie. Sie bibberte am ganzen Körper. Natascha nahm gegenüber Platz. Den Rücken durchgedrückt, machte sie den Eindruck, als habe sie einen Stock verschluckt.

Am Türeingang huschten nun zwei weiße Overalls mit Mundschutz vorbei, Richtung Treppe. Einer von ihnen trug den Utensilienkoffer. Dahinter, etwas langsamer, schritt ein Mann in Zivil. Lea tippte auf Notarzt – oder Staatsanwalt? Kamen die Staatsanwälte sofort zum Tatort oder erst bei einem gerichtlichen Ortstermin, vor Abschluss der Beweisaufnahme? Sie hatte beides schon gelesen.

Der Kommissar räusperte sich. »Erzählen Sie mal. Wie konnte das passieren?«

Lea schilderte den Verlauf des Abends. Natascha nickte jeden Satz ab, obwohl es eher mechanisch wirkte, wie bei einer Wackelfigur. Das war dem Kommissar anscheinend auch aufgefallen, und nur deshalb durfte sie erst einmal bleiben, weil er ihren Schockzustand beiläufig beobachten wollte, damit nicht noch mehr passierte oder er rechtzeitig den Notarzt rufen konnte.

Carmen bekam einen Weinkrampf und meinte, wenn sie das alles vorher gewusst hätte, wäre sie dieses Wochenende ... sie konnte sich nicht beruhigen. Ihre Befragung war schnell erledigt, da sie zum Tatzeitpunkt geschlafen und auch sonst nichts mitbekommen hatte. Sie bat darum, fahren zu dürfen.

»Sie können jetzt unmöglich alleine nach Hause fahren«, sagte der Kommissar und war wirklich entrüstet. Den Ärger brauchte er nicht auch noch. »Wo müssen Sie hin?«

»Nach Düsseldorf.«

»Das geht nicht! Du kannst nicht alleine fahren!«, sagte Lea.

»Ich muss mich nur in den Zug setzen.«

»Um Mitternacht fährt kein Zug mehr ab Oberbettingen, dem nächsten Bahnhof hier«, meinte der Kommissar. »Und um diese Zeit kann ich Sie nicht alleine gehen lassen. Das ist viel zu gefährlich.«

»Noch gefährlicher als hier kann es nicht sein.«

»Bei uns bist du sicher«, sagte Natascha. Sie verzog die Mundwinkel.

»Da nehme ich mir lieber ein Taxi!«

»Das wird sehr teuer«, entgegnete der Kommissar müde und genervt.

»Scheißegal«, schniefte sie. »Es ist teurer, mit dem Leben zu bezahlen.«

Natascha durfte ihr helfen, den Koffer zu packen. Lea sollte bleiben, wo sie war, und musste auf den Kommissar warten. Er wolle nur mal schnell nach oben gehen.

»Gibt es hier irgendwo Kaffee?«, fragte der Kommissar, als er wieder zu ihr gestoßen war, sichtlich geschwächt.

Lea schüttelte den Kopf. »Bestimmt drüben im Kloster.«

Er winkte ab. »Ach«, brummte er, »was Sie mir noch nicht erzählt haben: Wo ist die Waffe?«

Lea empörte sich: »Woher soll ich das wissen? Ich habe nicht damit geschossen!«

»Aber, als Sie die Tote, diese Amelie …«

»Bitte bleiben Sie bei dem Ausdruck Tote … das ist nicht so schmerzhaft«, bat Lea.

»… als Sie die Tote gesehen haben, ist Ihnen da keine Waffe aufgefallen?

»Nein, ich hatte nur Augen …«, Lea wurde es schlecht. Die Augen, die Augäpfel sahen so surreal aus, wie sie da auf dem Bett und auf der Brust lagen … sie musste trocken würgen. Heiser sprach sie weiter: »Eine Waffe habe ich nirgendwo liegen sehen. Alles andere, aber das nicht!«

»Aber die Pistole oder der Revolver, das muss sich noch herausstellen, muss in der Nähe gewesen sein, wenn Famet sich selbst – aus Versehen – damit erschossen haben soll.«

»Wer?«

»Frau Famet.«

»Kenne ich nicht.«

»Frau Amelie Famet.« Er blieb hartnäckig. »Möchten Sie Ihre Aussage vielleicht korrigieren? Waren Sie womöglich dabei, als die ... Waffe herausgeholt wurde, als es geschah? Hat Herr ...«, er sah auf seine Notizen, »... Herr Bernfried von und zu Hoff Lea erschossen?«

»Bernfried *Eginhard* von und zu Hoff«, sagte Lea.

Der Kommissar fasste sich an den Kopf, als habe er Spontankopfschmerzen bekommen. »Hat er oder hat er nicht?« Er ächzte.

»Wie? Nein! Das hat er nicht, und das war ich nicht! Also, ich war nicht dabei, als es geschah. Ja, wir hatten über Waffen gesprochen, und Amelie wollte unbedingt eine sehen, in der Hand halten, wissen, wie es ist, wenn man abdrückt ... meine Güte ... wie tragisch! Warum hat er ihr sie nur gegeben?« Sie vergrub kurz ihr Gesicht in den Händen, sah wieder hoch.

Der Kommissar beobachtete sie seelenruhig. »Oder war es Ihre Waffe, die Sie – rein zufällig – wieder mitgenommen haben? Als Krimiautorin kämen Sie an eine Waffe heran – zu Recherchezwecken, versteht sich, oder? Oder etwa nicht? Haben Sie eine Waffenbesitzkarte?«

Lea sprang auf. »Was soll das heißen? Nein, habe ich nicht! Denken Sie etwa ...«

»Ist das hier alles womöglich eine morbide Recherche? Für einen neuen Kriminalroman, nach dem Motto *Zehn kleine* ... Sie wissen schon ... für Erwachsene – für Krimifreunde? Sind es nicht gerade Krimiautoren, die manchmal durchdrehen, weil sie sich den ganzen Tag mit nichts anderem als Mord und Totschlag beschäftigen?«

»Sollte man meinen«, sagte Lea. »Gilt das nicht auch für Kommissare?«

Die Assistentin des Kommissars kam die Holzstufen heruntergepoltert. Sie lehnte sich an den Türrahmen und schob nur den Kopf und Oberkörper vor. »Kommst du mal? Ich hab sie gefunden.«

»Das ist ja kein Kunststück!«

»Nein, nicht die Tote. Die Pistole. Da lag ...«, sie sah Lea an, »... was drüber.«

»Also gut«, sagte er und stand auf. »Kann in dem Durcheinander schon mal übersehen werden.«

Lea folgte dem Kommissar, sie wollte nach Natascha und Carmen sehen.

Da öffnete sich die Eingangstür. Sie wurde mit einem Holzkeil festgeklemmt. Unheimlich schwarze Anzugsgestalten trugen einen Zinksarg herein. Film noir.

»Ah, da sind Sie!«, sagte der vordere Mann. »Wo müssen wir diesmal hin?«

»Erster Stock. Derrick – *Derrick-Zimmer*«, ergänzte der Kommissar schnell, denn Derrick war ja schon länger tot. »Habt ihr Leichenteilsäcke dabei? Ist 'ne ziemliche Sauerei.« Er sah zur blassen Lea. »Oh! Schaffen Sie es alleine bis zu den ...«

Da war sie schon verschwunden.

21. Die tödliche Suppe

Es war weit nach Mitternacht. Nach der Aufregung und dem hektischen Treiben der vielen Menschen, die plötzlich von überallher gekommen waren und ihre Arbeit verrichtet hatten, waren nur noch Natascha und Lea übrig geblieben.

Die beiden lagen total erschöpft auf dem *Columbo*-Bett. Keine von ihnen wollte alleine sein. An Schlaf war sowieso nicht zu denken.

Wie versprochen hatte ihr der Kommissar eine kurze SMS-Nachricht geschickt. Dass er es nicht nur so dahergesagt hatte und sein Versprechen zu so früher Stunde einlöste, damit hatte sie nicht gerechnet. Sie las: *Er hat sich gestellt! Wir ermitteln mit Hochdruck!*

Lea wusste sofort Bescheid. Friedo hatte sich also selbst angezeigt. Sie teilte es Natascha mit.

»Bekommt er Strafmilderung dafür?«

»Keine Ahnung«, antwortete Lea. »Damit müssen sich die Anwälte beschäftigen. Er hätte Amelie nicht die geladene und ungesicherte Pistole in die Hand drücken dürfen. Das ist fahrlässige Tötung. Es kommt mir seltsam vor, dass sie die Waffe selbst entsichert und durchgeladen haben soll. Sie sagte ja, sie habe noch nie eine in der Hand gehabt.«

Natascha nickte langsam. Tränen liefen ihre Wangen hinab.

Lea zog ein sauberes Tempo aus ihrer Hosentasche. »Hier! Wir haben es doch überstanden«, sagte sie. »Der Schrecken ist vorbei!«

»Ist er nicht!«, sagte Natascha.

Lea schrak auf. »Wieso nicht?«

»Da ist die Sache mit meinem Bruder.«

Lea ließ sich wieder in die Kissen fallen. »Natascha! Das ist das Letzte, worüber ich jetzt nachdenken möchte. Das musst du ganz alleine regeln.«

Nataschas müder Gesichtsausdruck verzerrte sich zu einer Grimasse. »Das kann ich nicht! Du musst mir helfen! Du hast es mir versprochen!«

»Habe ich das?« Lea wusste es nicht mehr – und wenn, dann war sie nicht klar bei Verstand gewesen.

»Hast du!« Allmählich kam Natascha wieder runter, doch der flüsternde, schleppende Ton, den sie nun anschlug, klang nicht minder fordernd.

»Okay«, sagte Lea. »Wir treffen uns nächste Woche, und dann besprechen wir alles in Ruhe. Bis dahin habe ich ausgeschlafen und kann klare Gedanken fassen. Wir sollten versuchen zur Ruhe zu kommen. Es wird doch das Beste sein, ich gehe rüber. Morgen beim Frühstück tauschen wir die Adressen aus, und dann melde ich mich bei dir.« Sie stand vom weich gefederten Bett auf.

»Du bleibst hier!«, rief Natascha. Sie schloss die Tür ab und steckte sich den Schlüssel in den BH. »Wir werden reden und zwar jetzt!«

Womit hatte Lea das verdient? Wäre sie nur keine Autorin geworden, hätte sie nur nie dieses Lesungsangebot angenommen. Gefangen im *Krimihotel* von einer Irren, nachdem Irre oder Nicht-Irre Nicht-Irre getötet oder sich selbst getötet hatten. Wurde sie nun auch irre?

Lea ging ein paar Schritte zurück und ließ sich wieder auf das Bett fallen. Sie flehte Morpheus an, sie holen zu kommen. Sie wäre selbst mit dem griechischen Gott des Albtraums einverstanden oder gar keinem, Hauptsache Schlaf. »Also gut.« Sie durfte keine Angst zeigen. Dass Natascha die Tür abschloss, war nichts Neues. Nur dass sie den Schlüssel in ihren BH steckte und sich nun mit einem Stuhl vor die Tür setzte.

Möglichst gelassen schlug Lea die Beine übereinander und ruckelte ein paar Kissen im Rücken zurecht. »Schieß los! Ich meine, erzähl!«

»Das mit der Gulaschsuppe und dem Onkel, der darin das Zeitliche gesegnet hat, habe ich dir ja bereits erzählt. Auch, dass Jim, also mein Bruder …«

»Heißt er wirklich Jim?«, fragte Lea zurück, die den Namen nur aus Cowboyfilmen kannte.

»Nein, eigentlich heißt er Hans. Aber den Namen fand er altmodisch, und deshalb ließ er sich nur noch Jim nennen. Das klingt verwegener, meinte er.«

»Ist der Onkel obduziert worden?«, fragte Lea, die diese Fragen wie von einem Formular abarbeitete, damit sie zumindest den Eindruck erweckte, es würde sie wirklich interessieren und sie sei tatsächlich auf der Suche nach einer Lösung, damit der Bruder aus der Haft entlassen werden konnte. Zeit gewinnen für eine Fluchtmöglichkeit, nannte sie das.

»Ja, ist er. Sie haben nichts Außergewöhnliches feststellen können. Kein Gift, nichts.«

»Wie kommst du auf Gift?«, fragte Lea. »Meinst du, dein Bruder hat ihn vorher …?« Sie hielt die Hand vor den Mund und tat schnell so, als müsse sie gähnen. Dabei verhinderte sie einen Aufschrei. »Todesursache ist also …«

»Herz- und Kreislaufversagen.«

»Na also, dann müsste doch alles klar sein. Er hat vor Aufregung einen Herzinfarkt bekommen und ist dann in die Gulaschsuppe geknallt. Was habt ihr unternommen, als er mit dem Kopf in den Teller gefallen war? Habt ihr ihn hochgehoben?«

»Nein. Wir dachten, er sei tot. Er hatte sich nicht mehr bewegt, nicht geröchelt, nichts.«

Lea nickte. »Das plötzliche Eindringen der Suppe in Mund und Nase hat ihn ertrinken lassen. Wusstest du, dass man sogar in einer Pfütze ertrinken kann?«

Natascha, die ihr die ganze Zeit gegenübergesessen hatte, stand auf und legte sich neben sie. »Tatsächlich? Das wäre ja großartig! Ich meine, wenn dem so ist, dann können die den Fall neu aufrollen, und Jim kommt frei!«

Sie war darauf hereingefallen. Gut so.

»Ja, unbedingt!«, sagte Lea. »Er scheint tatsächlich unschuldig zu sein.«

»Ich danke dir. Vielen Dank! Ich wusste, du würdest mir helfen können. Mein Gefühl hat mich nicht getäuscht. Bekommt er eigentlich eine Entschädigung dafür, dass er zu Unrecht gesessen hat?«

»Wenn es wirklich erwiesen werden kann … und man ihn freispricht. Ja, bekommt er. Versäumte Lebensjahre in der Freiheit und Lebensnerven, die zerstört wurden, sind aber unbezahlbar. Das verfolgt einen bis ans Lebensende.«

Natascha nickte nachdenklich.

»Kannst du jetzt bitte die Tür aufschließen?«, fragte Lea fast beiläufig, um dem nicht allzu viel Bedeutung beizumessen. »Bevor es hell wird, möchte ich wenigstens ein paar Stunden geschlafen haben. Habe eine längere Heimreise vor mir.«

»Jaja, natürlich!« Natascha wühlte in ihrem BH, zog den Schlüssel hervor, schloss auf und hielt Lea die Tür auf, als sei diese eine Hoheit. »Wann bist du morgen – ich meine heute – am Frühstückstisch?«, fragte sie.

»Ich hoffe, so gegen acht Uhr.« Lea zeigte zum Fenster. »Oh je, was ist denn da los?«

»Was denn?« Natascha ging hin und sah aus dem Fenster.

Lea zog währenddessen schnell den Schlüssel ab. Sie stellte sich auf den Flur, drehte sich um und hielt das halb geschlossene Türblatt fest. »Eine Frage habe ich noch: War dir die Giftpflanze vorher schon bekannt, die wir bei der Krimiführung gesehen haben?«

»Warum willst du das wissen?«, fragte Natascha zurück.

»Ja oder nein?«

»Nein! Also, ja! Ist das verboten?« Sie knöpfte einen Knopf ihrer Bluse auf.

»Das war auch der Grund, warum es dir bei der Wanderung plötzlich schlecht geworden war. Stimmt's? Du musstest wieder daran denken, dass dein Bruder unschuldig hinter Gittern sitzt, obwohl *du* doch deinen Onkel umgebracht hast. Vorher, vor eurem gemeinsamen Familienessen ... du weißt schon ... beim Verkosten der Suppe. Du warst bestens mit den Samenkapseln präpariert, weil du auch wusstest, wie der Onkel sich diesmal wieder benehmen würde. Das mit deinem Bruder und der Schlägerei war von dir provoziert worden. Das war dir später eingefallen. Dir war klar, wie Jim reagieren würde, wenn du ihm die richtigen Sätze ins Ohr flüsterst. Nur – dass *er* als der Mörder angesehen wird, das wolltest du nicht. Es sollte nur ein Ablenkungsmanöver sein, weil du deinen Bruder ja liebst.«

»Und er liebt mich!«, rief Natascha.

»Richtig! So sehr, dass er zunächst den Mord auf seine Kappe genommen hat. Später hast du es ihm gebeichtet, aber da hat man ihm nicht mehr geglaubt, weil das Gift nicht nachweisbar war beziehungsweise man nicht wusste, nach welchem Gift man suchen musste. Sagen wolltest du es nicht, denn du wolltest nicht statt seiner eingesperrt werden.«

Natascha ging rückwärts zum Schreibtisch, nahm den Beutel, in dem sich die beiden Blätter der Giftpflanze befanden, und drohte, sie in den Mund zu nehmen und zu zerkauen.

»Mach es nicht!«, rief Lea. »Wenn du deinen Bruder wirklich aus dem Gefängnis holen möchtest – wenn du ihn wirklich liebst –, dann stelle dich und sage aus, wie es wirklich war. Sag ihnen, was der Onkel noch mit euch gemacht hat, erzähle alles, wirklich alles … hörst du?«

»Woher weißt du …?«

»Nach deinen Erzählungen kann ich es mir denken. Eure Wut auf ihn sitzt so tief, dass es sich dabei nicht nur um seine albernen Kinderscherze handeln konnte.«

Tränen brachen aus Natascha heraus. Sie ließ den Beutel sinken. Lea riss ihn ihr rasch aus der Hand und schlug die Tür vor ihrer Nase zu, drehte den Schlüssel zweimal um.

Schwer atmend lehnte sich Lea von außen gegen die Tür. »Natascha, das mache ich nur zu deiner eigenen Sicherheit. Wirklich! Es ist besser so! Glaube mir! Du wolltest, dass ich dir helfe. Ich helfe dir! Auch, wenn du es dir anders vorgestellt hast. So kannst du endlich mit der Sache abschließen und deinen Bruder befreien. Ich rufe jetzt den Kommissar.«

22. Zur eigenen Sicherheit

»Haben *Sie* mich angerufen?«, fragte ein Mann, der kaum aus seinen Augen schauen konnte. Die Lider gaben nur Schlitze frei. Es war drei Uhr morgens, und auch Lea hatte bisher kein Auge zugemacht.

»Ja, habe ich«, sagte sie. »Es geht um Frau Natascha Klein, die ein Geständnis ablegen möchte. Sie hat ihren Onkel getötet.«

»Hier?«

»Nein, nicht hier. In Andernach.«

Er gähnte. »Warum haben Sie mich denn hierher bestellt?«

»Weil die Mörderin hier ist und nicht dort.«

»Haben Sie was getrunken?« Er kam näher und schnupperte auffällig, rückte noch ein Stück näher heran und inhalierte tief.

»Nur Kaffee vom Kloster!«, sagte sie.

»Hmmm ... hm, ja, gut. Wo ist das Opfer denn jetzt?«

»In Andernach.«

»Stimmt, es kann sich ja zwischenzeitlich nicht hierherbewegt haben.«

»Richtig!«, sagte Lea.

»Die Täterin ist aber hier?«, fragte der Kommissar aus Gerolstein. »Die hat ihr Opfer in Andernach gekillt und ist dann hierhergekommen?«

»Nein, sie ist schon länger hier. Das Opfer liegt schon lange auf dem Friedhof.«

»Aber ...« Er kratzte sich am Kopf. »Ich bin seit zehn Jahren im Dienst – das wird übrigens mal sieben genommen – und habe ja viel erlebt, aber so etwas ... Wie hat sie ihn getötet?«

»Mit Blättern, grünen Blättern.«

»Mit Blättern!« Er schlug sich mit der flachen Hand gegen die Stirn. »Ah, jetzt habe ich es! Sie haben etwas geraucht!«

»Giftpflanzenblätter.«

»Giftpflanzenblätter?«

»Das ist vor fünf Jahren geschehen.«

»Vor fünf Jahren? Und da sagen Sie jetzt erst Bescheid?« Er gähnte gefühlte zehn Minuten. »Lassen Sie uns lieber auf die Couch setzen.« Er sackte in die Lederkissen und schloss kurz seine Augen, zuckte mit seinem Körper und riss die Augen auf, als sei Lea ein Gespenst.

Die redete unbeeindruckt weiter: »Ja, es ist ein älterer Fall. Aber, das soll sie Ihnen alles selbst erzählen.«

»Hören Sie. Den ganzen Tag sind meine Kollegen mit Ihren Fällen beschäftigt. Einer nach dem anderen nippelt hier ab, und nun kommen Sie in Ermangelung von frischen Opfern mit alten Fällen an?« Er rieb sich die Augen, riss sie zwischendurch wieder auf, doch die Schwerkraft der Lider war stärker.

»Die Sache ist ernst«, sagte Lea.

»Allerdings!« Er versuchte streng zu schauen und schielte.

»Ich habe Natascha, Frau Klein, in ihrem Zimmer eingeschlossen. Sie war damit einverstanden.«

»Dann hätten Sie sie nicht einschließen müssen.«

»Doch, zu ihrer eigenen Sicherheit.«

Er hustete. »Hat der Raum Fenster?«

»Klar.«

»Dann ist er nicht sicher.«

Lea rannte los, hetzte die Stufen hoch. In der Hand hielt sie den Schlüssel fest umklammert. Sie zitterte beim Versuch, ihn ins Schloss zu stecken. Schließlich schaffte sie es und riss die Tür auf. Der so aufgekommene Durchzug blies die Gardine zu einer dicken Beule auf. Das Fenster stand sperrangelweit offen. Lea schob den Vorhang beiseite.

Der Kommissar war ihr gefolgt. Er stand im Türrahmen und japste. »Hab recht gehabt! Ist nicht sicher genug. Auch nicht im ersten Stock.«

»Seien Sie still! Seien Sie verdammt noch mal still!«, flüsterte Lea. Sie drehte sich zu ihm um. Dabei streifte ihr Blick das Bett, auf dem sie vor Kurzem selbst noch gelegen hatte. Die obere Decke war so zurückgeschlagen, wie sie das Bett verlassen hatte. Der Schrank gegenüber stand offen. Auf dem Stuhl davor lag der aufgeklappte Koffer. Natascha hatte zu packen begonnen. Packen war vielleicht der falsche Ausdruck. Sie hatte einige Klamotten hineingeworfen. Obendrauf lagen zerknüllte Papiertaschentücher.

Der Kommissar stöhnte. »Hören Sie, wir vertagen die ganze Sache auf eine menschenfreundlichere Zeit. Ich bin seit achtzehn Stunden im Einsatz, und wenn ich mich nun noch um einen Fall kümmern soll, der fünf Jahre zurückliegt ...«

Lea hörte nicht auf ihn. Sie sah hinter die Tür, unters Bett und dann ... lief sie ins Badezimmer. Die Tür ging nur schwer auf. Beine versperrten den Weg. Sie schaffte es, den Spalt so breit werden zu lassen, dass sie sich hindurchquetschen konnte.

Natascha saß reglos auf der Toilette, seitlich an die Wand gelehnt.

Lea fühlte an Nataschas Halsschlagader, spürte aber nur ihren eigenen wild hämmernden Puls. Sie hielt inne und schaute auf den Brustkorb, ob er sich hob und senkte.

Der Kommissar störte Lea dabei. »Fassen Sie nichts an! Kommen Sie weg da! Jetzt sehen Sie, was Sie angerichtet haben, mit Ihrer Eigenmächtigkeit.« Er zeigte mit dem Finger auf sie.

Lea hätte auf ihn losgehen können.

»Kommen Sie sofort zu mir«, hielt er sich dran. »Ich verständige die Kollegen.«

Lea weinte. Sie rüttelte mit der Kraft der Verzweiflung an Nataschas Armen und rief ihren Namen.

Natascha schlug die Augen auf, sah an sich hinunter. »Was ist ... was ist los? Ich muss eingeschlafen sein«, sagte sie mit belegter Stimme.

Lea lehnte sich an die Badezimmerwand. Sie rutschte mit dem Rücken die Kacheln hinunter, bis sie auf ihren Waden zu sitzen kam. Sie flüsterte: »Der Kommissar ist da!«

Sie fühlte sich schlecht, ihn gerufen zu haben, aber sie wusste tief in ihrem Inneren auch, dass es die einzige und vor allen Dingen richtige Entscheidung war – auch für Natascha selbst.

23. Tödliche Erinnerungen

Nur vier Stunden hatte Lea schlafen können. Aber auch im Schlaf war sie nicht zur Ruhe gekommen. Wie bei einem Computerspiel lief sie durch Hillesheim und knallte Käfer ab. Die zwei Meter großen Tiere mit den blutroten Panzern kamen auf sie zugelaufen und wollten sie fressen. Sie hielt mit ihrer Faustfeuerwaffe drauf. Aber anstatt der sonst üblichen Granaten explodierten Bücher aus ihrer Waffe heraus. Die Bücher wiederum schossen mit Seiten, aus denen pfeilspitze Buchstaben abgefeuert wurden, die sich in den Rumpf der Käfer bohrten. Diese krümmten sich vor Schmerz und spuckten blutige ganze Sätze aus. Sätze wie: *Mach das nie wieder! Du bist schuld!*

Lea schlafwandelte ins Bad, hoffte sehr, den Albtraum unter der Dusche abspülen zu können. So etwas durfte sie nicht den ganzen Tag mit sich herumschleppen. Es war schlimm genug, dass es für das bisher real Erlebte keine Dusche der Welt gab.

Sie verstaute schon einmal ihren gepackten Koffer in den Wagen und ging ein letztes Mal zu Alfred Hitchcock ins Zimmer. Sie sah an allen möglichen Stellen nach, ob sie nichts vergessen hatte. Vor dem Doppelbett blieb sie andächtig stehen und verabschiedete sich vom großen Meister an der Wand.

Er grinste listig.

Mit der Handtasche über der Schulter und leichter Jacke über dem Arm zog sie die Zimmertür hinter sich zu. Schon jetzt inhalierte sie gedanklich den Duft von Arabica-Kaffee, noch warmen Brötchen und Rührei mit Speck. Sah sie die Vielfalt des Angebots von geräuchertem Lachs, regionalen Wurstsorten und einer Käseplatte vor sich, wie sie sie zu Hause nie auftischen würde. Zu Hause. Dahin sehnte sie sich. In ihr eigenes Vier-Wände-Reich – aber erst nach dem reichhaltigen Frühstück und einer Tasse mit heißem und starkem Kaffee.

Lea betrat den Bereich vor dem Frühstücksraum und zuckte zusammen. Dort, wo sonst das reichhaltige Büfett aufgebaut war, lagen weiße Tücher und Laken über den Schalen und Platten, so als habe man Tote damit abgedeckt. Sie nahm dennoch im Frühstücksraum Platz. Auch hier bot sich ein trostloses Bild, herrschte eine unheimliche Stille. Es war nur an einem der Tische und nur für eine Person gedeckt worden.

Sie war die Einzige, die von der Gruppe übrig geblieben war – die Autorin zum Anfassen.

Romy kam mit einem leisen »Schönen guten Morgen!« an den Tisch und schüttete ihr aus einer Thermoskanne Kaffee ein. Lea bedankte sich.

»Was darf ich Ihnen bringen?«, fragte Romy. »Leider macht es für eine Person keinen Sinn, das komplette Büfett aufzubauen, aber Sie können selbstverständlich bestellen, was Sie möchten.«

Lea merkte, dass Romy viel lieber über andere, viel wichtigere Dinge reden würde. Sie war ihr dankbar, dass sie die Fragen noch nicht stellte.

Der starke Kaffee und das würzige Rührei mit Speck holten ein paar Lebensgeister zurück. Gedanklich ließ sie alles Revue passieren, was ihr seit der Ankunft im *Krimihotel* am Freitag – Freitag, war es wirklich erst zwei Tage her? – passiert war. Ihre Ängste und Nöte, sie habe als Autorin nicht genügend vorzuweisen, sie könne den Ansprüchen der Krimibegeisterten nicht genügen, waren nichts gegen die Ängste, die danach kamen.

Nie hätte sie gedacht, dass aus dieser schrägen Gruppe Mörder hervorgehen würden: Natascha hatte ein Menschenleben auf dem Gewissen, Friedo musste sich für eine fahrlässige Tötung verantworten. Nie hätte sie damit gerechnet, während ihres Aufenthalts Tote vorzufinden: Marie, auf dem Hotelparkplatz, Henri, der sich angeblich selbst vergiftet hatte, in seinem Bett, und Amelie, umgekommen durch einen Unfall mit der Schusswaffe, in Friedos Hotelbett.

Nun saß sie hier, alleine, weil alle anderen das Weite gesucht hatten. Allen voran Jean, der Tätowierer: Nach Maries Tod sollte er wegen eines Schocks im Krankenhaus behandelt werden, doch er war geflohen. Bestimmt nicht ohne Grund.

Sie dachte an den Handyhändler Tom, so smart und feingliedrig und schwul. Mit dem Handy verwachsen, redegewandt, aber auch einsam in sich. Der sich bestätigt fühlen musste, in der grausamen Geschäfts... nein, Handywelt, wo das Mobiltelefon von gestern veraltet war und das Neue von heute von der Generation des nächsten Tages überholt wurde. Er hatte bei den Ur-Männern Henri und Jean Anschluss gesucht und war von ihnen ausgegrenzt worden, weil er nicht dazugehörte. Das hatte ihn sehr gekränkt und Lea bestätigt, dass die intoleranten Menschen noch lange nicht ausgestorben waren, dass das »Nicht-Normalsein« in der Gesellschaft nach wie vor bekämpft wurde.

In ewiger Erinnerung würde ihr auch Anton bleiben, der grobschlächtige Holzfällertyp und Landschaftsgärtner, bei dem man jedoch keine Angst haben musste, dass er die zarten Pflanzenstängel zerdrückte. Gefährlich waren nur seine Pflanzenkenntnisse, seine Giftpflanzenkenntnisse ... Lea seufzte ... damit hatte alles angefangen. Hätte er doch an diesem schicksalsträchtigen Samstagmittag nur nicht die Pflanze entdeckt, und hätte er damit doch nur nicht die Gruppe nach dem Eklat mit Henri aufheitern wollen. Ja, Humor konnte tödlich sein. Noch immer hatte sie das Bild vor Augen, als sie vor der gerupften Pflanze stand. Ein schreckliches Bild – eines von vielen, die danach entstanden waren. Besonders das von Amelie.

Gisela hatte sich von ihren Gefängniskollegen abholen lassen, nachdem sie ihren Mann tot im Bett gefunden hatte. Der Schock saß tief, zu erfahren, dass er sich selbst getötet haben sollte, weil er angeblich nicht damit klargekommen war, Marie vergiftet zu haben.

Die zehnköpfige Gruppe war von Stunde zu Stunde geschrumpft. Nur noch zu fünft hatten sie im Clubraum gesessen, waren enger zusammengerückt und hatten über die Todesfälle gerätselt. Hatte sich wirklich alles so zugetragen? Oder war Henris Tod ein vorgetäuschter

Selbstmord und der Mörder längst auf und davon, oder, viel schlimmer noch, unter ihnen gewesen und lauerte dem nächsten Opfer auf? Beängstigende Szenarien hatten sie sich ausgemalt.

War der Mörder gleichzeitig ein Opfer? Ein Opfer seiner selbst?

Ihre Gedanken wurden lauter. Das lag daran, dass es im Frühstücksraum, nein, im *Krimihotel*, so ruhig geworden war. Nur das vertäfelte Holz knackte hin und wieder.

Kein Mord, sondern ein unsäglicher Unfall mit der Pistole hatte die Gruppe dann Samstagnacht erneut geschmälert.

Küken Amelie war mit Friedo aufs Zimmer gegangen. Als Produkttesterin und Bloggerin war sie immer auf der Suche nach neuen Erfahrungen, neuen Artikeln. Da war ihr Friedos Waffe gerade recht gekommen. Wie mochte es wohl sein, wenn man sich eine Waffe an den Kopf hielt und abdrückte? Amelie wusste es nun, konnte es aber nicht mehr sagen.

Das alles war zu viel für Carmen gewesen. Noch in der Nacht hatte sie sich mit Genehmigung des Kommissars ein Taxi bestellt. Was sie wohl dafür bezahlt hatte? Sie würde es erfahren, denn den Kontakt zu ihr mochte sie nicht abbrechen lassen. Vielleicht hatte *sie* eine Idee, mit welcher Frisur eine Kinderbuchautorin authentisch genug aussah.

Ja, Lea hatte eine Entscheidung getroffen. Wer so viel Krimi in der wirklichen Welt erlebt hatte, der brauchte dringend einen Heile-Welt-Stoff für zukünftige Bücher. Verdienten Kinderbuchautorinnen eigentlich mehr als

Krimiautorinnen? Vielleicht, wenn sie an Astrid Lindgren dachte. Aber erstens war sie noch nicht so alt, und zweitens lebte sie noch und wusste nur nicht – noch nicht –, ob auch eine Lindgren in ihr steckte.

Lea goss sich die zweite Tasse Kaffee ein und trank diesmal hastiger, weil er abgekühlt war.

Friedo wäre bestimmt gerne noch bei ihr geblieben, aber ihm waren die Hände gebunden. Nur sinnbildlich, denn ein Schwerverbrecher war er nicht. Er hatte sich gestellt und hoffentlich glaubhaft versichern können, wie es sich zugetragen hatte. Blieb ihm nur noch, zu erklären, warum er eine Waffe mit sich führte und warum er sie leichtsinnig aus der Hand gegeben hatte.

Da waren es nur noch zwei. Sie war mit Natascha alleine im *Krimihotel* geblieben. Ausgerechnet mit Natascha, die sie ständig verfolgt hatte und nur ihretwegen da war, weil Lea ihren Bruder aus dem Gefängnis holen sollte. Lea hatte Natascha geholfen, aber nicht so, wie es von ihr ursprünglich gedacht war. Den Rest musste sie sich nicht mehr ins Gedächtnis rufen, das war frisch und präsent. Alles in allem hatte ihr Gehirn ein dickes Fotobuch abgespeichert. Hoffentlich verstaubte es bald im Gedächtnisregal für unerwünschte Ereignisse.

24. Die Letzte macht die Tür zu

Es regte sich was auf dem Flur. Lea hörte, wie mit der Reinigungskraft diskutiert wurde. Jetzt knallten Schrubber und Eimer auf den Boden, wurde die Eingangstür des Hotels in die Angeln geworfen, dass es nur so krachte.

Lea hatte eine Vermutung, worum es ging. Das musste wirklich nicht sein. Für so etwas gab es Tatortreiniger. Eine interessante Figur für einen neuen Krimi, wenn sie es recht überlegte, falls es sie nicht schon gab. Aber, ach nein, sie durfte ihren Vorsatz, zukünftig Kinderbücher zu schreiben, nicht schon wieder verwerfen, bevor er noch nicht einmal zu Ende gedacht war.

Lea trank den letzten Rest Kaffee aus und stand auf. Am Clubraum vorbeigehend sah sie auf das ausliegende Gästebuch. Nein, sie wollte lieber nichts eintragen. Das, was sie über ihren Aufenthalt zu sagen hatte, würde nur die Gäste verschrecken. So etwas wie: »Wären die vielen Toten nicht gewesen, ich hätte den Aufenthalt hier sehr genossen«, auch Sinnsprüche wie »Es kommt nicht darauf an, was man isst, sondern mit wem man am Tisch sitzt«, würden eher nachdenklich stimmen.

Eine schnelle Verabschiedung von Romy musste genügen – und da stand sie auch schon auf dem Flur, als habe sie auf Lea gewartet.

»Geht es Ihnen gut?«, fragte Romy. Als erfahrene Servicekraft wusste sie sicher, dass solch eine Frage ein Selbstläufer war. Normalerweise. Aber nichts war mehr normal. Deshalb bekam sie nur eine knappe Antwort.

»Ja, alles gut. Ich mache mich auf den Heimweg.« Sie drückte Romys Hand mit beiden Händen. »Auf Wiedersehen. Beim nächsten Mal wird es hoffentlich friedlicher.«

Romy freute sich. »Es war schön, Sie hier gehabt zu haben. Was ich aber nicht verstanden habe, warum wurde diese Natascha festgenommen? Wir hatten doch gar keine Leiche mehr.«

Lea erklärte es ihr und machte sich dann auf den Weg zum *Hotel Augustiner Kloster*, wo sie auscheckte.

»Hat Ihnen der Aufenthalt im *Krimihotel* gefallen?«, fragte die Rezeptionistin. »War alles in Ordnung?« Die blutjunge Frau hatte wohl gerade erst ihre Schicht begonnen und nicht mit ihren Kollegen reden können. Lea hatte keine Lust, ihr alles zu erzählen. Sie würde es früh genug erfahren. »Jaja, alles bestens. Ich hatte sehr nette Gäste. Es war mörderisch spannend. Ist die Veranstaltungsleiterin, Frau Staehler, zufällig anwesend?«

Das Mädchen am Empfang schüttelte traurig den Kopf.

»Richten Sie ihr bitte aus, dass ich sehr gerne im nächsten Jahr wiederkommen möchte. Habe mir überlegt, Kinderkrimis zu schreiben, so mit Detektiven. Da kann man sicher einiges draus machen, eine Schnitzeljagd oder so ... Sie möchte mich auf alle Fälle berücksichtigen.«

»Ja, sehr gerne.« Dass eine Namensverwechslung bei ihrer Einladung vorgelegen hatte, sagte sie der Autorin besser nicht, weil sie so sensibel aussah. Warum auch? Es schien den Gästen ja gefallen zu haben. Stattdessen: »Nächstes Wochenende haben wir fünf schreibende Polizisten hier. Die sind auch sehr lustig.«

Lea war an dem Punkt angekommen, an dem sie sich normalerweise ins Auto gesetzt hätte und nach Hause gedüst wäre. Aber irgendetwas hielt sie noch in Hillesheim. Eine imaginäre Hand schubste sie die Dorfstraße hoch, nach rechts und wieder nach links, direkt zum Eiscafé *Stivaletto*. Ja, sie brauchte dringend eine Abkühlung, durfte den Ort nicht einfach so verlassen, ohne ihn mit einer letzten kulinarischen Köstlichkeit in positiver Erinnerung zu behalten. Es war so, als müsse sie all das nachholen, was sie durch die Aufregungen der letzten Tage versäumt hatte.

Lea setzte sich auf die Terrasse, unter die große Markise. Am heutigen Sonntagmittag waren die Temperaturen wieder auszuhalten, sogar sehr angenehm. Sie atmete tief durch, füllte ihre Lungen prall mit Eifeler Landluft, blies die verbrauchte durch den Mund wieder aus.

Die adrette Bedienung hatte ein Gespür dafür, wann ein Kunde gewählt hatte. Passgenau stand sie am Tisch und war bereit, die Bestellung aufzunehmen.

»Einen Walnussbecher bitte – mit Eierlikör – oder wenn Sie das nicht haben, einen Eierlikörbecher mit Walnüssen.«

Lea stellte die Karte wieder in den Ständer und lehnte sich zurück. In ihrer Handtasche rappelte der Haustürschlüssel. »Nein, nicht jetzt!«, murmelte sie, doch dann siegte die Neugier. Sie öffnete die Tasche und zog das Handy unter dem Schlüssel hervor. »Ja, bitte?«

Die Bedienung stellte den Eisbecher vor sie.

Der Anrufer antwortete, nein, er fragte. »Lea? Bist du es?«

»Ja, bin ich.« Ihr Herz pumpte schneller. »Friedo?«

»Genau. Ich bin es.«

»Hast du einen Anruf frei? Warum hast du nicht deinen Anwalt angerufen?«

»Du solltest dein Krimiwissen nicht nur aus Kriminalfilmen beziehen. Es stimmt nicht, dass man nur einen Anruf frei hat. Ich kann so viel telefonieren, wie ich will. Außerdem bin ich wieder zu Hause. Kommst du zu mir oder soll ich zu dir kommen? Können wir uns sehen? Bitte, Lea! Es ist wichtig!«

»Friedo! Ich bin noch in Hillesheim. Wollte gleich losfahren und brauche dann erst einmal Ru...«

»Dann komme ich zu dir.«

»Waaaarte!«, rief sie – vergeblich.

Ein topgestyler Mann bog telefonierend um die Ecke und setzte sich ohne zu fragen zu ihr. »Da bin ich!«

25. Der Fünfziger

Lea traute ihren Augen nicht. »Wo kommst du denn so schnell her?« Sie sah ihn anerkennend von oben bis unten an. Diesmal steckte er in einem beige-karierten Anzug aus den Fünfzigern. Zum weißen Hemd trug er eine braun-beige-karierte Fliege und einen dunkelbraunen Stroh-Fedora auf dem Kopf. Vermutlich alles maßgeschneidert. Bis auf die geflochtenen braunen Schuhe, die waren zu dieser Zeit geklöppelt worden.

»Bist du womöglich doch ein Prinz?«, fragte sie und ließ den Mund offen stehen.

»Meinst du wegen meiner Sachen?« Er wischte fahrig mit den Händen über die Hose, als sei sie nicht glatt genug.

»Zum Beispiel«, sagte Lea, »also, nicht nur.«

Er nahm auf dem Stuhl gegenüber Platz und rückte die Eiskarte zurecht, ohne hineinzuschauen. »Nein, das hat damit nichts zu tun. So laufe ich immer herum. Dafür muss man kein Prinz sein.«

»Wo wohnst du denn, dass du so schnell kommen konntest? Wieso haben sie dich freigelassen?«

»Eins nach dem anderen. Ich wohne hier in Hillesheim. Habe ich das nicht gesagt?«

»Nein! Bei der Gäste-Vorstellung hattest du deinen Wohnort nicht nennen wollen.«

»Oh, dann weißt du es jetzt.«

»Warum haben sie dich nicht festgehalten und dem Ermittlungsrichter vorgeführt?«

»Ganz einfach: weil es ein Unfall war. Ich konnte nichts dafür. Also, im weitesten Sinne. Offiziell darf ich – mit Ausnahmegenehmigung – eine Waffe mitführen, auch weil ich einen Waffenschein und eine Besitzkarte dafür habe. Ich weiß sehr wohl damit umzugehen.«

»Aber Amelie wusste es nicht. Du hättest ihr nicht …«

»Habe ich auch nicht. Ich hatte ihr nur davon erzählt, und sie wollte unbedingt mit auf mein Zimmer. Ich hatte sie unter der Bedingung mitgenommen, dass sie die Pistole nur anschauen darf. Sie versprach es mir. Nur gucken, nicht berühren!«

»Das sagen viele und halten sich nicht daran.«

»Ich zeigte ihr die Waffe und erklärte die Funktionsweise, doch dann rumorte es in meinen Därmen, also musste ich sehr schnell zur Toilette – die Aufregung und die Sahne von der TeaTime … und dann … Ich hätte gerne einen Schwarzwälder Kirschbecher – ohne Sahne … und dann …« Er sah der Bedienung nach, sprach erst, als sie außer Hörweite war, »… und dann hörte ich den ohrenbetäubenden Schuss.« Er hielt inne. Unter seiner gebräunten Gesichtshaut wurde er förmlich blass. Auch Lea hatte das Bild wieder greifend nah vor Augen.

Er kam näher und flüsterte: »Es war furchtbar …!«

»Ja, war es …« Lea sah auf den Löffel, mit dem sie eine Walnusshälfte aufgenommen hatte. Sie stopfte sie zurück in die Sahne. »Aber, warum um Himmels willen hast du die Pistole geladen und ungesichert liegen lassen?«

»Habe ich nicht. Sie steckte im Holster, und das hatte ich schnell in meinen neuen Koffer mit Zahlenschloss gelegt und sie gewarnt, sie solle nicht drangehen.«

»Ach so. Mit Zahlenschloss – und dennoch …?«

»Ja«, er senkte den Kopf. »Ich hatte das Schloss noch nicht mit eigenen Zahlen aktiviert.«

Das kam Lea irgendwie bekannt vor.

»Amelie hatte es wohl schnell spitz bekommen und meine Notlage ausgenutzt«, sagte er. »Sie muss die Waffe herausgeholt und hier geschoben und da gezogen, gefühlt, gemacht und getan haben … und dann: Peng! Oh Gott, diesen Knall werde ich nie vergessen, als wenn man auf eine Melo…«

Lea würgte. »Hör auf!«

»Danke!«, sagte Friedo zu der Kellnerin, die eben an ihren Tisch getreten war, und nahm den Eisbecher entgegen, auf dem eine blutrote Kirsche auf einem Vanillebällchen lag. »Das sieht aus wie ein …«, begann er.

»Hör auf!« In Leas Hals kratzte es. »Musstest du nicht das Magazin und die Pistole separat aufbewahren?«

»Nicht, wenn keine Patronen im Magazin sind … die waren zu dem Zeitpunkt in der Seitentasche. Ich wollte nicht, dass sie darauf stößt und das Magazin lädt … aber … « Er senkte den Kopf. »Nach der letzten Schießübung war wohl eine Patrone im Lauf geblieben. Das hatte ich beim Hinausschieben des Magazins und Wegstecken der Waffe nicht kontrolliert. Bei der nächsten Benutzung wäre es mir aufgefallen. Normalerweise wäre nichts passiert. Wer hält sich schon zum Spaß eine Waffe an den Kopf und drückt ab?« Er schob sich die Kirsche in den Mund und kaute genüsslich darauf herum.

Lea schaute an ihm vorbei. »Amelie wird auch gedacht haben, dass die Pistole sicher ist«, sagte sie.

Er nickte.

»Warum darfst du eine Waffe mit dir herumschleppen? Allein einen Waffenschein und eine Besitzkarte zu haben, berechtigt noch lange nicht … dürfen das nicht nur Polizisten?« Wäre sie doch nur auf direktem Wege nach Hause gefahren. Aber nein, sie war zur Eisdiele gegangen, um abschalten zu können. Eindeutiger Fehlversuch.

»Weil ich eine gefährdete Person bin«, antwortete er. »Ich bin gestalkt worden.«

»Ach! Kenne ich«, sagte Lea.

»Es ist ein Unterschied, ob jemand aus Liebe jemandem hinterherrennt oder aus Habgier, weil er an dein Geld will. Meine Noch-Frau bedroht mich. Sie will vorzeitig an ihr Erbe, dabei läuft die Scheidung bereits. Sie ist bereit, über Leichen zu gehen. Verstehe mich nicht falsch. Ich teile gerne, aber mit der Richtigen. Ich möchte auch nicht alleine bleiben. Als ich dich auf Facebook kennenlernte, spürte ich, dass du die Richtige bist und zu mir passt.«

»An deiner Stelle wäre ich zukünftig vorsichtiger und würde nicht mit der Villa und dem Geld prahlen. Wer sagt dir, dass ich es nicht auch darauf abgesehen habe? Bist du jetzt ein Prinz oder nicht?«

Er sah nach unten. »Nein, bin ich nicht. Aber Donald Trump ist auch kein Prinz und besitzt Milliarden.«

»Du bist Milliardär?« Sie schrak hoch.

»Pssst. Nicht so laut. Nein, bin ich auch nicht. Nicht ganz. Es fehlen noch ein paar Euro.«

»Friedo!« Lea schnappatmete.

»Hillesheim ist auch nicht mein Hauptwohnsitz«, fuhr er mit seinen Geständnissen fort. »Ich weiß gar nicht, wo mein Hauptwohnsitz ist. Eigentlich habe ich keinen. Bin überall und nirgends. Doch in Hillesheim ist es am schönsten. Der mittelalterliche Stadtkern, die Stadtmauer, das Bolsdorfer Tälchen ...«

»Wie geht es weiter?«, fragte Lea, die dafür im Moment keinen Sinn hatte.

»Das liegt an dir. Kommst du mit mir? Gibst du mir – uns – eine Chance zum Näher-Kennenlernen? Bitte! Du bist so herrlich direkt und kreativ. Ich liebe es, wie du schreibst. Du kommst bestimmt mal groß raus.«

Lea lachte. »Das hast du schon mal gesagt, und außerdem, woher willst du wissen, wie ich schreibe? Ich habe euch am Wochenende nichts vorlesen können, weil ... du weißt schon. Gib es zu, du hast noch nichts von mir gelesen.«

Er hob die Hände, um seine Unschuld zu signalisieren. »Doch, doch, ich habe deine Leseproben auf der Website gelesen. Spannend, sage ich nur. Wüsste gerne, wie es weitergeht ... und nicht zu vergessen, ich habe deinen ersten Roman gekauft und gelesen. Auch, wenn er nur einhundert Seiten hat, er ist großartig! Den habe ich verschlungen! Wirklich großartig!«

»Du hast was? Der ist doch noch gar nicht online.«

»Doch! Ist er. Bevor ich zum Blutrausch-Abend gekommen bin, habe ich mir das eBook heruntergeladen und es gelesen. Musste mich doch über dich schlaumachen.«

Lea wollte es ihm nur allzu gerne glauben. Sie war dennoch bescheiden. »Ach, der Roman ... dir kann ich es ja sagen ... Ich habe ihn selbst veröffentlicht, über einen seriösen Online-Anbieter, der vorab kein Geld wollte, aber an meinen Gewinnen beteiligt ist.«

»Warum? Es gibt so viele Verlage!«

»Von denen man erst einmal angenommen werden muss. Das kann eine Ewigkeit dauern, bis man Bescheid bekommt, und meistens ist es eine Absage. Ist ja klar, bei den vielen guten Autoren, die etwas einreichen. Aber, ich wollte nicht länger auf mein Glück warten, weil ich diesen Traum hatte – verstehst du? Den wollte ich mir unbedingt erfüllen, sofort!«

»Recht so! Man soll seine Träume nicht ein Leben lang nur träumen, sondern leben ... einfach nur leben. Sonst wäre ich heute nicht da, wo ich jetzt bin«, sagte Friedo. »Gut, ich habe die erste Million geerbt, aber der Rest ist wirklich harte Arbeit gewesen.«

»Wie sich das anhört, als wärst du ein Hochstapler und wolltest nur an mein Geld. Kennst du Love-Scammer?«, fragte sie und scannte ihn von oben bis unten. »Einige von ihnen behaupten, sie wären reich, und sobald sie ihr Opfer im Netz haben, fragen sie, ob man ihnen mit ein paar Tausend Euros aushelfen könne, weil ihr Geld momentan festgelegt sei und sie nicht drankämen. Als wenn die keinen Überziehungskredit bekämen.«

Friedo ging nicht darauf ein. »Wie viele Bücher hast du bis jetzt verkauft?«, fragte er und bestellte sich bei der Bedienung, die vorsichtig dazwischenfragte, ob sie noch etwas bringen dürfe, einen Cappuccino. »Möchtest du auch noch etwas?«

Lea brauchte dringend ein Wasser, weil es nun an ihr Ego ging, und ging nicht auf diese letzte Frage ein. »Keine Ahnung, ich wusste ja bis eben noch nicht, dass es online ist. Moment, ich sag es dir gleich.« Sie tippte und wischte auf dem Handy herum. Es dauerte eine Weile. »Ah, toll! Das Taschenbuch ist auch online bestellbar!«, rief sie. »Bitte was? Nein! Das muss ein Irrtum sein! Die haben sich vertan! Da steht … da steht: 24.500 verkaufte Exemplare! Das glaube ich nicht! Das kann doch nicht … und erst die eBooks!«

26. Wo bin ich? Was soll das?

Friedo stand auf und umarmte sie. »Sag ich doch. Du bist eine großartige Autorin! Ich glaube an dich.«

»Du warst das! Du hast die Bücher gekauft! Das möchte ich nicht!« Lea war außer sich. Das mit dem Self-Publishing war ihr bereits peinlich, obwohl es mittlerweile viele Autoren machten und es nichts Anrüchiges war. Aber gleich beim ersten Buch? Und jetzt das! Das übertraf alles! Solch eine Manipulation der Verkaufszahlen war für sie kein Erfolg.

Er lachte. »Nein! Reg dich nicht auf! Auf die Idee bin ich gar nicht gekommen. Aber ja, ich kann die nächsten 20.000 Exemplare aufkaufen und meiner Marketing-Firma Bescheid geben, dass sie die Bücher unter die Leute bringt!«

»Untersteh dich! Wenn du es nicht warst, wer war es dann?«

»Leser?«

Lea stierte auf das Display.

Friedo verrenkte sich den Hals nach dem, was sie da sah. »Mach mal auf«, sagte er. »Die Mail kommt von einem bekannten Verlag. Den kenne ich sogar.«

Lea sah ihn an. »Friedo! Was soll das?«

»Ich habe damit nichts zu tun! Wirklich nicht!« Er hob die Hände.

Lea las vor: »*Sehr geehrte Frau Schein, wir sind auf Ihre Krimi-Novelle aufmerksam geworden und möchten Sie in unser Programm aufnehmen. Sollten sich bereits andere Verlage gemeldet haben, wären wir selbstverständlich bereit, in die Auktion mit einzusteigen. Bitte teilen Sie uns die Kontaktdaten Ihrer Agentin mit, falls Sie über eine Agentur vertreten werden. Herzliche Grüße, Ihr …*«

»Großartig!«, jubilierte Friedo. Er war der Einzige, der sich freute.

»Auktion? Was für eine Auktion? Agentin? Wieso Agentin?«

Friedo bestellte eine Flasche Champagner.

»Haben wir nicht«, sagte die Bedienung traurig. »Darf es auch Sekt sein?«

»Ausnahmsweise.« Er zwinkerte der Schönheit zu.

Lea protestierte: »Ich muss noch fahren!«

»Du kannst mit zu mir kommen. Ist nicht weit von hier.«

Lea war überfordert.

»Oder ich buche dir ein Zimmer im *Augustiner Kloster*, falls im *Krimihotel* nichts mehr frei ist.« Er sprudelte über vor Vorschlägen.

»Oh Gott, was passiert hier nur? Wo bin ich? Was soll das?« Sie holte tief Luft. »Okay, ich nehme dein Angebot an.«

»Du kommst mit zu mir?« Seine Augenbrauen hüpften fast in den Haaransatz.

»Nein, ich schlafe im Hotel«, sagte Lea. »Aber nur eine Nacht – und ohne dich an meiner Bettseite.«

Friedo reichte ihr ein Glas Sekt. »Trink erst mal einen Schluck zur Beruhigung.«

»Wenn es danach ginge, müsste ich einen Eimer Fencheltee trinken«, antwortete sie. Doch dann fiel es ihr auf. So richtig ruhig schien Friedo auch nicht zu sein. Während er sprach, wibbelte er mit seinen Beinen. Restless Legs Syndrom, Unruhige Beine, so nannte man es wohl. Das kannte sie. Meist trat es in Stress-Situationen auf, zumindest bei ihr.

Er machte sie nervös, wie er immer wieder mit der rechten Hand in sein fein gewebtes Sakko fuhr. Als er sie wieder herauszog, erkannte Lea den Gegenstand an der Ausbeulung der Tasche, worauf sie vorher nicht geachtet hatte. Es war sein Handy. Wie zur Bestätigung klingelte es plötzlich. Friedo entschuldigte sich bei ihr und wendete sich etwas ab. Das machten Männer nur, wenn sie eine Frau am Apparat hatten. »Ja, hallo?« Nun stand er auf und ging ein paar Schritte. »Ja, ich höre.«

Ein sicheres Zeichen dafür, dass es die Geliebte war oder der One-Night-Stand. Ach, was sollte sie sich da reinsteigern. Sie war nicht mit ihm verheiratet, noch nicht einmal seine Bettgeschichte.

»Was? Nein! Hör zu, ich …!« Er holte tief Luft, sah sich um, checkte es wohl, dass er gar nicht in der Lage war, Dampf abzulassen, wenn er nicht wollte, dass alle mithörten und ihre Schlüsse daraus zogen.

»Ich lasse mir nicht drohen!«, platzte es dann doch aus ihm heraus. »Ich habe keine Angst vor dir!« Friedo erstickte das Handy in der Tasche. Er kam zurück und wischte sich den Schweiß von der Stirn. Sein enges Hemd war um die Bauchgegend herum durchgeschwitzt.

»Lass uns zum Kriminalhaus ins *Café Sherlock* gehen«, sagte er. »Da sitzen wir nicht so auf dem Präsentierteller.«

27. Café Sherlock

Lea war sofort damit einverstanden, die Lokalität zu wechseln. Auf die Erklärung, wer oder was ihm den Schrecken versetzt hatte, war sie sehr gespannt.

Das *Café Sherlock* wäre auch die letzte Station ihrer Krimiführung mit der Gruppe gewesen, wo sie die Auszeichnungen bekommen hätten. Wenn alles gut gegangen wäre. War es aber nicht.

»Lass uns nach oben in die Bibliothek gehen.« Friedo flüsterte: »Da sind wir ungestört.« Auf dem Weg zur schmalen Holztreppe beeindruckte Lea die kriminelle Dekoration an den Wänden und in den Vitrinen. Dort hingen Poster von Sherlock-Holmes-Filmen und anderen berühmten Detektivfiguren. Kriminelle Deko, wohin man sah. Antike Standuhren, Lampen, Tische und Stühle auf Holzparkett rundeten das englisch anmutende Ambiente ab.

Noch einmal holte Lea tief Luft. Es roch nach frisch gebackenem Apfelkuchen und mörderisch gutem Kakao.

Die Stufen nach oben knarrten filmreif.

Im Dachgeschoss des Kriminalhauses angekommen, zuckte sie kurz zurück. Ein Raum, gefüllt mit meterhohen Bücherregalen, dicht an dicht stehend, die bis zur Dachbalkenkonstruktion reichten. Dazwischen schmale

Gänge oder vereinzelt Freiräume für Tische, Stühle und Sessel zum Verweilen.

»Wahnsinn!«, sagte Lea ehrfürchtig. »Das sind mindestens ... wenn nicht noch mehr Bücher.«

»Ich weiß, wie viele«, antwortete Friedo. »Ich habe es im Flyer gelesen. Das ist das deutsche Krimiarchiv, knapp 30.000 Bände siehst du hier stehen. Die größte deutschsprachige Krimisammlung – Hardcover, Taschenbücher, Hefte, aber auch Brettspiele und vieles mehr. Da oben stehen alte Schreibmaschinen.« Er zeigte auf eine Balustrade und ließ sich auf den Chesterfield-Sessel plumpsen, nahm die Speisekarte vom Beistelltisch.

Lea setzte sich in seine Nähe, lauschte und flüsterte dann: »Sagtest du nicht, wir sind hier ungestört?«

Jemand kam knarrend die Treppenstufen hinauf. »Haben Sie einen Wunsch? Darf ich Ihnen etwas bringen?« Die Bedienung lächelte.

Lea fröstelte es innerlich. Das kam nicht vom Eis, sondern es war pure Erschöpfung. Sie sprang über ihren Schatten und bestellte den Killerkakao. Friedo war nicht so entschlussfreudig. Er ließ sich die Spezialitäten des Hauses aufzählen, was ziemlich lange dauerte. Dabei rutschte er auf seinem Sessel hin und her, dass es nur so knarzte. »Ich glaube ... ich glaube ... ich nehme einen Schwarzen Tod.«

»Gibt es noch irgendeinen anderen Umstand ...?«, fragte Lea in Sherlock-Manier, als die Kellnerin ihre bestellten Getränke brachte, und nahm ihren Killerkakao mit Sahne entgegen.

Die Bedienung sah sie fragend an. »Nein, nicht dass ich wüsste.«

Lea klärte auf. »Ich sprach mit ... dem Herrn ... meinem ... Freund.«

Gut dass Friedo das letzte Wort nicht mitbekommen hatte. Er verzog zumindest keine Miene, hatte immer noch diesen hirnzermarternden Blick drauf. Stumm nahm er seine Tasse mit dem schwarzen Kaffee entgegen, stellte ihn auf das Tischchen.

»So, jetzt raus mit der Sprache! Was ist passiert?«, versuchte Lea es auf direktem Wege.

Er sah ihr tief in die Augen, so als müsse sie die Antwort darin lesen können. Alles was Lea jedoch sah, waren dicke Tränen in den unteren Augenlidern, die beim nächsten Schließen herauskullern würden, wenn er sich nicht beherrschte. Friedo hob den Kopf, tat so, als interessiere ihn die Beschaffenheit der Balken.

»Ich kann nicht mehr!«, sagten beide zugleich.

»Du zuerst!« Lea zeigte mit dem Finger auf ihn. »Raus damit! Mit wem hast du vorhin im Eiscafé telefoniert? Deine Antworten waren laut genug, und Sätze wie ›Ich lasse mir nicht drohen!‹ und ›Ich habe keine Angst vor dir!‹, beunruhigen mich schon allein vom Zuhören. Wer war das?« Obwohl sie das Telefonat hoch konzentriert belauscht hatte, war sie sich nicht sicher, ob sie eine dunkle Frauenstimme oder eine hohe Männerstimme gehört hatte.

»Es war ... ich werde für etwas verantwortlich gemacht ... ach, wenn ich es dir jetzt sage, dann ...«

»Lass es darauf ankommen, was dann ist.« Lea beugte sich zu ihm vor, nahm seine Hand und drückte sie zärtlich.

Er hob die Augenbrauen und streichelte mit dem Daumen ihren Handrücken. Ein Lächeln huschte über seine Lippen, doch dann wurde er wieder ernst. »Rache. Es geht um Rache!«, sagte er. »Jemand will sich an mir rächen.«

»Ein Er oder eine Sie?«

Friedos Schultern zuckten.

»Hast du die Stimme nicht erkannt?«

Er schüttelte den Kopf. »Es klang wie eine Frau. Ich bin mir aber nicht sicher.«

»Du musst zur Polizei gehen!«, sagte Lea.

Friedo lachte laut auf.

Lea war nicht danach zumute.

»Was soll ich da?«, fragte Friedo. »Ausgerechnet ich? Wo noch längst nicht alles ausgestanden ist … das mit Amelie, zum Beispiel.«

Amelie. Als Lea den Namen hörte, hatte sie wieder dieses schreckliche Bild vor Augen. Augen. »Worum geht es genau? Was hat sie … oder er … noch gesagt?«, ließ Lea nicht locker.

Schon wieder bekam Friedo einen Schweißausbruch. Er sprach leise, immer leiser: »Triviale Worte. Banale Sätze. Tausendmal gehört und gelesen, immer und überall.«

Lea ließ ihm die Pause.

»Auch du wirst sie oft im Fernsehen gehört haben. *Ich mach dich fertig! Du bist der Nächste!*«

28. Du bist der Nächste!

Lea verschluckte sich am heißen Getränk. Sie hustete. »Jean, das muss Jean gewesen sein, der dich bedroht!«

»Nein, das glaube ich nicht!«, sagte Friedo. »Wieso sollte Jean sich an mir rächen wollen? Er war mit Marie befreundet und nicht mit Amelie.«

»Das ist mir klar. Er will Maries Tod rächen«, sagte Lea.

Friedo wurde laut. »Damit habe ich nichts zu tun! Das war Henri! Das weißt du doch! Denk an den Abschiedsbrief!«

»Gerade weil ich daran denke. Gerade deswegen«, murmelte Lea. »Ist dir mal aufgefallen, dass er in dem Brief Maries Tod nicht erwähnt hatte? Das haben wir nur angenommen, dass er sich hauptsächlich deswegen geschämt und getötet hat. Weil es so offensichtlich war, nach der Szene an der Stadtmauer.«

Friedo wischte sich über die glänzenden Schläfen. »Tatsache ist doch, dass Henri sich selbst vergiftet hat.«

»So?« Sie sah ihn eindringlich an. »Apropos, hattest du nicht gesagt, dass du auch ein Blatt gepflückt hast?«

Er stotterte. »Ja ... ja, habe ich. Es ist noch unversehrt in meiner Reisetasche. Du kannst es dir ansehen.«

»Würde ich gerne«, sagte Lea. »Bitte verstehe mich nicht falsch. Ich glaube dir. Ich vertraue dir. Aber das mit deinem Blatt könnte dir zum Verhängnis geworden sein, bei jemandem, der weiß, dass du es hast.« Sie haute sich vor die Stirn. »Kann ich dich kurz alleine lassen?«, fragte sie und sprang auf. »Ich muss nachsehen, ob das Auto von Jean noch auf dem Parkplatz steht.«

»Das kannst du dir schenken! Es steht nicht da! Bevor ich zum Eiscafé kam, bin ich daran vorbeigekommen. Den Wagen übersieht man nicht, nicht mit *dem* Werbeaufkleber.«

»Also hat er ihn zwischenzeitlich abgeholt?«, fragte Lea.

»Oder auch nicht«, antwortete er.

Lea setzte sich wieder. »Oh, Mann, stimmt. Der Polizist hatte dem Kommissar ja gesagt, dass Jean aus dem Krankenhaus geflüchtet sei und das Auto zum Polizeipräsidium abgeschleppt werde, zur weiteren kriminaltechnischen Untersuchung. Hätte ich mir alles notieren sollen.«

»War Marie damit unterwegs gewesen?«, fragte Friedo.

»Ist nicht gesagt. Aber wieso lag sie dann vor dem Auto? Das macht alles keinen Sinn. Wer schubst eine Tote aus dem Auto und lässt sie einfach liegen? Es könnte also eher sein, dass sie auf dem Weg zum Hintereingang ins *Krimihotel* auf dem Parkplatz abgefangen und zu dieser Stelle, zwischen die Autos, gedrängt wurde.«

»Ja, könnte. Oder sie ist erst beim Verlassen des Wagens zusammengebrochen«, sagte Friedo.

»Mich macht auch stutzig, warum Jean geflohen ist«, sagte Lea. »Wollte er nicht befragt werden oder wollte er sofort Rache ausüben?« Sie schwieg. Oder war sie gerade dabei, sich zu verzetteln? Machte sie alles viel komplizierter, als es in Wirklichkeit war? Noch ein Gedanke, der ihr durch den Kopf schoss und den sie laut äußerte: »Oder hatte Jean bereits Rache ausgeübt – an Henri, an dem Falschen?«

»An dem Falschen?« Friedo schob seine unberührte Tasse nach hinten. Kaffee schwappte über. »Was willst du damit sagen?«

»Nichts. Noch nichts.« Lea sah ihn lange an. Nein, sie hatte keine Angst vor ihm. Sie nicht. Nicht vor ihm.

»Weißt du was?«, sagte Friedo in ungewohnt scharfem Ton. »Wir brechen das Ganze hier ab. Das Beste ist, du fährst nach Hause, und dann überlassen wir anderen die kriminalistische Arbeit. Du brauchst dringend Ruhe. Ich brauche dringend Ruhe. Ich werde ein paar Tage an der See ausspannen und versuchen, dieses Wochenende zu vergessen.«

»Aber ...«

»Nichts aber!« Er stand auf und verließ die Bibliothek, ging vorsichtig die schmalen Holzstufen hinunter.

Lea lief hinterher zur Theke, wo er bezahlen wollte. Sie steckte ihm einen Zwanzigeuroschein in die Hemdtasche. Er sah angewidert darauf und reichte ihn der Bedienung mit einem: »Ist für Sie.« Die hielt vor Schreck in ihren Bewegungen inne, blieb sprachlos.

Friedo schob den schweren Vorhang, der als Windfang diente, beiseite und hielt Lea die Tür auf. Sie atmeten beide tief durch.

»Friedo?«

»Was?«

»Lass uns nicht verrücktspielen«, sagte sie. »Komm, wir buchen jetzt mein Zimmer im *Augustiner Kloster*, und dann unterhalten wir uns dort in Ruhe und gehen noch mal alles durch. Ich bin da auf etwas gestoßen.«

Friedo tat so, als überlege er noch. Dabei müsste es für ihn das beste Angebot des Tages sein, vorausgesetzt, sie verdächtigte ihn nicht länger, Henri umgebracht zu haben.

Auf dem Weg zum *Hotel Augustiner Kloster* bat Lea Friedo, kurz zu warten oder mitzukommen. Sie wolle zu ihrem Wagen, den Koffer holen.

Friedo begleitete sie. Immer wieder sah er sich nach allen Seiten um, wirkte wie ein Getriebener. Auf dem Parkplatz vor dem *Krimihotel* war es ganz schlimm. Sobald jemand aus einem parkenden Auto stieg, zuckte er zusammen oder ging in Deckung. Einmal griff er sogar unter seine Jacke.

»Hast du etwa die Pistole wiederbekommen?«, flüsterte Lea.

Er schüttelte den Kopf. »Die ist unter Verschluss.«

Lea ging zu der Stelle, an der die tote Marie gelegen hatte. Links davon befand sich ein mit Betonsteinen eingefasstes Beet, in dem ein Baum und darunter ein paar Sträucher wuchsen. Sie suchte den Boden ab. Nichts Auffälliges. Noch nicht einmal Unkraut. Die Beete wurden anscheinend regelmäßig in Ordnung gehalten. Wann zuletzt? Genau an dieser Stelle war der etwas schräg geparkte Wagen von Jean ein idealer Sichtschutz gewesen. Lea war in ihrem Element. Sie wusste, wenn sie herausbekam, wer Friedo bedrohte, wusste sie vielleicht, wer Marie getötet hatte, denn es war nicht alles so, wie es schien.

Direkt gegenüber stand Leas Wagen. Sie zog den Koffer heraus und trollte sich damit zu Friedo. Der stand vor dem Hintereingang des *Krimihotels*. Er sah nach oben zu den Fenstern und zeigte mit dem Finger darauf: »Guck mal!«

Leas Kopf schnellte nach oben.

»Sieht aus wie frisch gestrichen.« Er nahm ihr den Koffer ab.

»Puh!«, machte Lea. Sie atmete tief aus und schaute auf den gelben Rauputz.

Viel interessanter war für Lea die Hintertür. Müsste sie um diese Zeit nicht offen stehen? Restaurant, Bierstube und Biergarten waren täglich von zwölf bis einundzwanzig Uhr geöffnet, wenn sie es sich richtig gemerkt hatte. Sie sah auf die Uhr. Es war zwölf Uhr dreißig.

»Kommst du?«, fragte Friedo.

»Moment noch«, antwortete Lea.

Rechts neben der Hintertür befand sich eine schräge zweiflügelige Kellerklappe im Boden. So wie man sie von früher kannte, als direkten Fluchtweg ins Haus, wenn draußen Gefahr herrschte. Ab den Sechzigerjahren diente solch eine Klappe dem Kohlenhändler, der die Eierkohle oder das Anthrazit über eine Rutsche direkt in den Keller schüttete. Nun war sie wohl eher für das schnelle Verklappen der Bierfässer und für die Vorräte in der Küche zuständig.

Da öffnete sich die Hintertür.

»Sie sind noch hier?« Romy strahlte Lea an. »Haben Sie etwas vergessen? Oder möchten Sie noch mal bei uns zu

Mittag essen? Heute haben wir im Angebot: *Das letzte Mahl* – Zwei Spiegeleier auf reichlich rohem Schinken und gebuttertem Eifeler Landbrot oder *Die heiße Spur* – Zwei hausgemachte Frikadellen mit Spiegelei, knusprigen Bratkartoffeln, dazu einen kleinen Salatteller.«

Lea schluckte. »Mir wäre die *heiße Spur* lieber!«, sagte sie und drehte sich zu Friedo um.

Doch der war mit ihrem Koffer verschwunden.

29. Die heiße Spur

Lea folgte Romy ins Restaurant. Nein, sie sorgte sich nicht um ihr Gepäck. Spätestens, wenn Friedo den Koffer öffnete, würde er ihn freiwillig stehen lassen. Da für sie das Kofferpacken etwas sehr Lästiges war und die Sachen ohnehin im Koffer immer verknüllten, machte sie sich nie die Mühe, alles ordentlich reinzulegen, sondern warf es einfach hinein. Deckel drauf! Fertig!

Sie ging ins Restaurant und setzte sich diesmal nicht auf ihren Stammplatz, sondern ans Fenster. Freie Sicht auf Hillesheim. Mit dem Handy versuchte sie, Friedo zu erreichen. Die Mailbox meldete sich. Lea hinterließ ihm eine Nachricht, wo sie sich aufhielt und sagte, dass sie hier in Ruhe etwas klären müsse.

Danach rief sie Gisela an, diesmal auf dem Festnetz. Mindestens eine Frage war noch offen geblieben. Der Anrufbeantworter sprang an. Sie sprach mit ihm und konnte nur auf einen schnellen Rückruf hoffen.

»Lea! Da bist du ja noch immer!«, schallte es plötzlich durch den Raum. Gisela kam – ganz in Schwarz – auf sie zugeschossen. Ihre kurzen grauen Haare standen auf Sturm.

»Du bist jetzt aber nicht wegen mir gekommen?«, fragte Lea und sprang auf. »Wie kommt es, dass du so schnell wieder hier bist?«

»Wieso so schnell? Von Mönchengladbach bis hierher waren es nur eine Stunde und zwanzig Minuten Fahrt. Laut Navi. Ich brauche doch meine Handtasche! Ausweise, Kreditkarten, Diabetikerpass, Geldbörse … und vieles mehr! Da kann ich nicht drauf verzichten!«

Schon kam Romy in den Raum, an ihrem Arm baumelte Giselas Handtasche, die sie ihr nun mit zwei Fingern entgegenstreckte. Gisela reagierte zu spät. Sie verfehlte die Henkel um Haaresbreite. Die Tasche fiel zu Boden und kippte auf die Seite. Ein Teil des Inhaltes fiel heraus. Hastig raffte Gisela alles wieder zusammen.

Lea machte einen langen Hals.

»Hab ich einen Hunger!«, sagte Gisela, plumpste gegenüber Lea auf die Bank und griff zur Karte. Dann wandte sie sich an Romy: »Bringen Sie mir bitte *Die letzte Wahl* und eine Cola light.« Sie sah zu Lea. »Isst du nichts?«

Lea schüttelte den Kopf. »Mir ist der Appetit vergangen.«

»*Das letzte Mahl*«, korrigierte Romy vorsichtig.

»Oh! Na ja … Nehme ich trotzdem. Ich liebe Spiegeleier und rohen Schinken. Henri hasste Spiegeleier. Er trank die Eier lieber roh. Er war ein Barbar!«

Lea wunderte sich darüber, dass Henri plötzlich Spiegeleier gehasst haben sollte und dass Gisela so schlecht von ihm sprach, sonst hatte sie nie etwas Schlechtes über ihn gesagt, nach seinem Tod sogar geradezu vergötternd von ihm gesprochen.

»Wo ist Öhrchen?«, fragte Lea. »Hast du ihn etwa abgegeben?«

»Öhrchen!«, rief Gisela. »Den habe ich glatt im Wagen vergessen. Mit Brille wär das nicht passiert. Ich muss nur erst einen Schluck trinken«, sagte sie, als die bestellte Cola vor sie gestellt wurde.

»Soll ich ihn für dich holen? Der kann doch nicht im Auto bleiben.«

Gisela reichte ihr den Autoschlüssel. »Wenn du das tun möchtest – vorausgesetzt, er geht mit. Versuchen kannst du es aber, wenn du auf deine Finger aufpasst. Ich bin mit Henris Wagen hier, dem schwarzen BMW, MG – HG, direkt vornean. Der Schlüssel wird ihn schon finden.«

Lea drückte draußen auf die Fernbedienung und achtete auf das gelbe Blinklicht. Ein dunkles Bellen erklang, dumpf, wie aus der Hölle. Die Riesenohren zitterten bei jedem *Wuff*. Öhrchen sprang gegen die Scheibe, flog auf die Sitzbank zurück, sprang wieder hoch. Sie musste sich in Acht nehmen, wenn sie die Tür aufmachte, damit er ihr nicht abhaute und vor ein Auto lief. Da sah sie die Leine im Fußraum des Beifahrersitzes liegen. Öhrchen tobte noch immer auf der Rückbank. Nur einen Spaltbreit öffnete sie die Autotür und klemmte sich dazwischen, die Beine eng zusammen ... so müsste es klappen. Sie bückte sich nach der Leine. Öhrchen sprang mit einem Satz über die Handbremse und schleckte ihr das Gesicht ab. Er bestand nicht nur aus Ohren, sondern auch aus Zunge. Zusammen mit der Leine zog Lea einen zerknüllten Brief hervor. Sie faltete ihn auseinander.

Ich, ... der eigentliche Name war durchgestrichen und ein »Henri« drübergeschrieben worden. Aha! Sie musste zweimal hinschauen! War der irrtümlich angegebene Name der Beweis, wer Henri umgebracht hatte? Wenn ja, war es ungeheuerlich! Ein paar Zeilen weiter erschien nur noch mehrmals das Wort »Henri« ...

Lea legte Öhrchen schnell an die offenbar neue Leine, die allerdings ein Fehlkauf war, da geeignet für Hunde ab einhundert Kilogramm. Sie las weiter: ... *habe* ...

»Da bist du ja!«, rief Friedo.

Lea zerknüllte den Brief wieder und steckte ihn schnell ein. Sie würde sich gleich eine Auszeit nehmen und ihn an einem stillen Ort lesen.

»Hab dich überall gesucht.« Friedo versuchte vorwurfsvoll zu klingen. Es gelang ihm nicht. »Dachte, du wärst nachgekommen. Wir wollten uns doch im *Augustiner* ... sag mal, was machst du da? Das ist doch nicht dein Wagen! Was macht Giselas Hund da drin?« Er riss die Beifahrertür ganz auf. Öhrchen sprang mit einem Satz heraus. Lea schrie, als sei der Winzling bereits von einem Auto erfasst worden, aber da hatte Friedo geistesgegenwärtig auf die Leine getreten und ihn gestoppt. Öhrchen bleckte die Zähne und bellte heiser.

Gemeinsam gingen sie ins Restaurant. »Das erklärt sich gleich von selbst«, sagte Lea.

Friedo erschrak, als er Gisela dort sitzen sah. Er sah fragend zu Lea, dann setzte er seine Trauermiene auf und begrüßte die Witwe.

Lea fand es übertrieben. »Nicht nötig«, sagte sie.

Öhrchen wurde zum Dobermann und zerrte an der Leine.

Gisela lachte zurück, als Friedo sie anlachte, doch dann sah sie an ihm vorbei. »Ah, wen haben wir denn da?«, tutete sie. »Das Öhrchen! Ja, da ist er ja! Ja, wo ist er denn?« Öhrchen wedelte mit dem ganzen Körper. Er verstellte sogar seine dunkle Stimme und fiepte vor Freude, wie ein Welpe. Gisela bückte sich und klinkte ihn in ihrem Ellenbogen ein. »Hat die Mama dich vergessen? Ohhhh, das arme Öhrchen! Das macht die Mama nie wieder.« Der Winzling versuchte sich aus dem Schwitzkasten zu befreien, hechelte mit der langen Zunge nach Luft.

Erst nachdem Gisela sich mit ihrem ach so armen Hündchen wieder auf die Bank gesetzt und ihm etwas rohen Schinken als Belohnung gegeben hatte, wunderte sie sich über Friedo. »Wie siehst du denn aus? Ist was passiert? Wieso seid ihr noch hier?, fragte sie ihn.

»Meinst du mein Outfit? So laufe ich immer herum.« Friedo nahm den Hut ab.

»Wir können uns nicht von Hillesheim trennen«, half Lea ihm schnell, was die zweite Frage anging. Hoffentlich erzählte Friedo Gisela nicht den wahren Grund, warum sie beide noch hier waren.

Als Romy in den Raum kam, nutzte Lea die Gelegenheit und verschwand eine Etage tiefer.

30. Amüsiert ihr euch?

Lea hatte genug gelesen. Der Brief war in einer schnörkeligen Schrift verfasst, die fast so aussah, als sei sie von einer Frau oder einem kreativen Menschen geschrieben worden. Ja, sicher! Sie wühlte in ihrer Tasche nach Giselas Handy, das sie, seit sie es gefunden hatten, immer mit sich führte, das aber in den Weiten ihres Gehirns und der Tasche untergegangen war. Sie fuhr es hoch. Die Fotos! Sie hatte am gestrigen Abend mit dem Daumen versehentlich weitere Fotos geöffnet und einen Schrei unterdrücken müssen, weil Gisela nicht nur Henris Abschiedsbrief fotografiert hatte, sondern noch etwas anderes. Etwas viel Wichtigeres! Das System startete. »Code eingeben!«

Mist! Warum hatte Lea sich die Pin-Nummer nicht aufgeschrieben, wenn sie schon das Handy entwendet hatte. Ärgerlich! Sehr ärgerlich!

Als sie zurück ins Restaurant kam, sah sie, wie Gisela und Friedo ihre Köpfe zusammensteckten und tuschelten. Nun lachten sie. Beide erschraken, weil sie Lea nicht hatten kommen hören.

»Amüsiert ihr euch?«, fragte Lea, so neutral wie möglich.

»Was soll das denn heißen?«, erwiderte Friedo scharf.

»Das, was es heißt. Nicht mehr und nicht weniger.«

Gisela drückte Friedo den Arm. »Lass gut sein! Sie hat es nicht so gemeint.«

»Wie, ich habe es nicht so gemeint? Was meinst du damit?«, fragte Lea.

»Na ja«, Gisela zögerte, »es war eine harmlose Frage, stimmt's, Lea? Ohne Hintergedanken, oder?«

»Welche Hintergedanken?« Lea kam sich zwar etwas albern vor, alles zu hinterfragen, aber manche Menschen demontierten sich selbst, wenn man nur lange genug nachhakte und sie dann reden ließ.

»Schluss jetzt!«, griff Friedo ein.

»Ach, Gisela«, sagte sie, »bevor du wieder nach Hause fährst ... ich frage mich die ganze Zeit ... wieso bist du heute mit Henris Wagen hierhergekommen? Dein roter Flitzer stand doch die ganze Zeit auf dem Parkplatz. Du hattest dich ja gestern von deinen Gefängniskollegen abholen lassen, weil du selbst nicht mehr in der Lage warst zu fahren. Hätten sie dich nicht wieder fahren können oder jemand anders dich hierherbringen können, damit du mit dem roten Wagen zurückfahren kannst?«

»Was soll das denn heißen?« Friedo war wohl aus irgendeinem Grund nicht mehr in der Lage, andere Sätze zu formulieren.

Lea ging nicht völlig darauf ein, hatte nur Gisela im Blick, schwächte jedoch mit einem »was ja auch logischer wäre« ab.

Gisela sah Lea groß an, als hätte sie es selbst noch nicht bedacht, dass sie nun zwei Fahrzeuge auf dem Parkplatz stehen hatte. Doch dann: »Friedo ist so freundlich und lässt den Wagen für mich überführen. Als alter Facebook-Freund hat er sich dazu bereit erklärt.«

»Wie schön!«, freute sich Lea. »Ihr kennt euch also schon länger?«

»Ja!«, sagte Gisela mit stolz geschwellter Brust. »Wir haben uns über deine Krimiseite kennengelernt. Ich las seinen Kommentar, dass er das Arrangement im *Krimihotel* gebucht hat, und hatte ihn einfach über *Private Nachricht* angeschrieben. Gefragt, ob er wisse, wie der genaue Ablauf ist. Kleiderordnung, Parkplatz und so.« Das »und so« hatte sie sehr süffisant gesagt.

»Warum habt ihr nicht am Blutrausch-Abend gesagt, dass ihr euch kennt, oder es auf der Wanderung erwähnt?«, fragte Lea.

»Um Himmels willen! Was meinst du, was Henri mit mir gemacht hätte?« Gisela bückte sich tief nach unten, streichelte vermutlich Öhrchen oder kratzte sich am Bein. Unterm Tisch winselte es.

Friedo blieb stumm, so als seien ihm Leas Fragen peinlich. Gisela aß unbekümmert weiter.

Lea knabberte noch am Gesagten. Sie fühlte sich betrogen. Von Friedo betrogen. Da hatte er ihr tage- und wochenlang nachgestellt, ihr Komplimente gemacht, sie angehimmelt und gefragt, ob sie seine Partnerin werden wollte, und dann war sie anscheinend nicht die Einzige, der er nachstellte. Dabei war sie schon fast so weit gewesen, schwach zu werden und es mit ihm zu versuchen. Weil sie gespürt hatte, dass er ein sehr tiefgründiger und feinfühliger Mensch war. Er könnte eine Bereicherung sein. Nein, nein, nicht wegen seiner Fast-Milliarden – die musste er erst einmal beweisen.

Ausgerechnet Gisela und womöglich noch 349 andere »Facebook-Freundinnen«! Nichts gegen Giselas Aussehen, aber zwischen Lea und ihr lagen Welten. Lea, siebenunddreißig Jahre, groß und schlank, dunkles langes Haar, grüne Augen, sportlich und daneben Gisela, fünfzig!, viel kleiner, viel dicker, viel grauer. Selbst ihre Augen waren grau. Sie hätte schon Oma sein können. Typ Hausmütterchen, dem Manne hörig, Leben gelebt – langweilig! Sicher, das war jetzt ungerecht. Aber, wer war denn gerecht zu ihr? Doch, halt! Sie hatte da einen Joker in der Tasche; wenn sie den auf den Tisch legte, war Gisela schachmatt.

Gisela hatte Öhrchen wieder auf den Schoß genommen. Nur die Ohren schauten über die Tischplatte, so als hätte er auf dem Boden etwas Interessantes entdeckt.

Lea klopfte schnell ihre Gedanken auf Richtigkeit ab. Okay.

Friedo sah hin und her. Mal zu Gisela, mal zu ihr.

Lea holte einen Zettel und einen Stift aus ihrer Handtasche. Sie säuselte: »Ehe ich es vergesse und bevor wir uns verabschieden, Gisela. Magst du mir deine Adresse aufschreiben? Ich möchte dir gerne mein Buch schicken. Als Erinnerung. Durch die ... Aufregungen habe ich euch nichts vorlesen können, und meine Bücher hatte ich vergessen. Das gilt auch für dich, Friedo. Wenn du ein signiertes Exemplar von mir möchtest, schreib einfach deine Adresse und den Signierwunsch darunter.« Lea reichte zuerst Gisela Stift und Block. Leas Verhalten und ihre Mimik konnten nur Psychologen interpretieren, die sich auf Körpersprache spezialisiert hatten.

Nachdem sich Gisela und Friedo auf dem Papier verewigt hatten, nahm Lea die Utensilien wieder in Empfang und holte den Brief hervor, den sie unter dem Autositz gefunden hatte. Sie verglich die Schriften, dann ließ sie die Katze aus dem Sack. »Schau mal, Gisela, was ich gefunden habe«, sagte sie und schob den zerknüllten Brief über den Tisch, den sie dabei wieder auseinanderstrich.

»Wo hast du das her?« Öhrchen ließ die Ohren hängen und junkte.

»Aus deinem roten Zweitwagen«, sagte Lea.

»Was fällt dir ein! Du hast das Postgeheimnis verletzt!«

»Der Brief lag zerknüllt unter dem Sitz. Ich habe ihn durch Zufall entdeckt, als ich die Hundeleine hervorgezogen habe.«

»Dann ist es Haus... Autofriedensbruch! Das gibt eine saftige Anzeige!« Sie klopfte kräftig auf Öhrchens Körper. Er klang hohl.

»Pass lieber auf, dass du den Winzling nicht verletzt!«, sagte Lea.

Gisela gab ihm die letzte Scheibe rohen Schinken als Schmerzensgeld.

»Bekommt er zwischendurch auch mal Hundefutter zu fressen?« Öhrchen wedelte bei dem Wort.

»Was geht es dich an?«, keifte Gisela zurück.

»Also, wie war das mit der Anzeige? Ausgerechnet du willst mich anzeigen?« Leas Stimme erreichte den gesundheitsschädlichen Grenzwert. »Kannst du dir nicht denken, was dann passiert, wenn du es machst? Hier!« Sie tippte auf den Brief, auf die Handschrift.

Gisela wurde rot. Nicht aus Verlegenheit, sondern vor Wut. Sie zischte: »Das ist nicht meine Handschrift!«

»Meine auch nicht!« Friedo spielte wieder mit.

»Habe ich auch nicht behauptet. Dennoch weiß ich, wer ihn geschrieben hat.«

»Sooo?«, fragte Gisela. »Haha, jetzt bin ich aber gespannt!«

Lea beugte sich zu ihr, flüsterte: »Dir wird gleich das Lachen vergehen!«

»Ach!«

»Ja!«

»So?«, fragte Friedo.

Vorsorglich steckte Lea die Rohfassung von Henris Abschiedsbrief wieder ein.

Gisela kramte in ihrer Handtasche und vergrub fast den Kopf darin. Öhrchen zwängte sich dazwischen. Es könnten ja Leckerlis darin versteckt sein. Immer hektischer gruben Giselas Hände, bis sie den Inhalt nach und nach auf den Tisch warf. Dinge, die man weder beschreiben noch sehen wollte.

Lea säuselte. »Suchst du was? Kann ich dir helfen?«

Friedo trank an seinem mittlerweile kalt gewordenen Cappuccino. Er schüttelte sich, sah dann aus dem Fenster.

Um ihn und seine Gefühlswelt konnte sich Lea nicht auch noch kümmern. Sie zog einen Gegenstand aus ihrer Jackentasche hervor, auf dem noch die werksseitige Schutzfolie klebte, und hielt ihn hoch. »Zufällig so etwas?«, fragte sie.

»Gib das sofort her!« Gisela schnappte danach.

»Psst! Nicht so laut!«, sagte Lea. »Kleinen Moment! Du bekommst es ja. Aber erst, wenn du mir die Pin gesagt hast.«

»Die geht dich einen Scheißdreck an!« Gisela schnellte ihren Arm nach vorne, diesmal etwas schneller und mit ausgefahrenen rot lackierten Krallen. Sie griff ins Leere.

»Pin!«, zischte Lea nur.

Gisela stellte sich taub, begann seelenruhig ihre Handtasche einzuräumen.

Friedo drehte sich wieder zu ihnen. »Mir ist das hier zu aufregend!«, sagte er. »Ich muss mich etwas hinlegen. Bin im *Augustiner*. Kommst du nach?«

»Wer?«, fragte Lea.

Als hätte man die Szene eingefroren, die Uhren angehalten oder würde an einer Facebook-Challenge teilnehmen, verharrten Lea und Gisela in ihren Positionen. Nur die funkelnden Blicke bewegten sich hin und her.

»Immer der, der fragt«, antwortete Friedo.

Lea qualmte der Kopf. Die Grundsatzdiskussion würde sie später führen. Zunächst musste sie sich Gisela vorknöpfen, aber dafür brauchte sie Friedo als Zeugen. »Du bleibst hier!«, bestimmte sie.

Friedo blieb.

31. Das Spiegelei

»Pin!«
Gisela schüttelte den Kopf. »Du kannst mich nicht zwingen. Eher lasse ich mir das Gehirn rausschneiden, aber selbst dann erfährst du die Pin nicht!«

»Es kostet mich einen müden Anruf!«, sagte Lea. »Aber ich möchte sie von dir wissen. Hast du etwas zu verheimlichen? Ein schlechtes Gewissen?«

»Nein, ich habe ein Handy, das ich zurückbekommen will! Es gehört mir! Das ist Diebstahl, Entführung persönlichen Eigentums, was du da machst.«

»Es ist ein Beweis!«, korrigierte Lea. »Der Beweis, wer den Abschiedsbrief geschrieben hat und mit wem du unter einer Decke steckst!«

»Das würde mich auch interessieren!«, sagte Friedo, der endlich mal wieder Stellung bezog. Er selbst schien unschuldig. Ihre schlimmsten Befürchtungen, er habe mit Gisela gemeinsame Sache gemacht oder womöglich ein Verhältnis mit ihr, waren geschmolzen wie Butter in der Mikrowelle. Gut, der Vergleich hinkte. Es blieb ihr keine Zeit für gut durchdachte Metaphern. Action war angesagt.

Lea rückte vom Tisch ab, damit Gisela es nicht doch noch in einem unbedachten Moment schaffte, sich quer über den Tisch zu werfen und ihr das Mobiltelefon zu entreißen.

»Also?«, fragte Lea.

»Also?«, fragte Friedo.

»Es ist nicht so, wie du denkst!«, sagte Gisela.

Lea schüttelte sich. »Bei dem Spruch läuft mir ein eiskalter Schauer über den Rücken. Der ist genauso abgedroschen – der Spruch. Also los! Pin!«

Gisela formte ihre Lippen zum Kussmund: »0000.«

»Gisela! Ich lasse mich nicht verarschen! Pin!«

Lea hatte zwar die Pin vergessen, aber die Zahl, die Gisela genannt hatte, war es sicher nicht. Die hätte sie sich merken können. Oder etwa nicht? Es war ja spät gewesen, und sie waren alle nicht mehr so richtig ... Lea vergrub das Handy tief in ihrer Tasche, sprang auf und entriss Gisela die Handtasche. Gut dass ihr wenigstens das auf die Schnelle eingefallen war. Im Futter des Kosmetikfaches las sie die Pin ab: *0000*.

Lea warf die Handtasche zurück auf die Bank und ging wieder auf ihren Posten. Sie fuhr das Handy hoch, wartete und gab die Nummer ein. Galerie ... Fotos ... da! Sie stöhnte auf. An diesen Anblick würde sie sich nie, nie, nie gewöhnen können.

»Siehst du das?«, fragte sie Gisela und hielt ihr das Display hin.

»Zeig mal!« Gisela hielt die Hand auf.

»Für wie blöd hältst du mich?«

»Och ... weiß nicht.«

Friedo verrenkte sich den Hals. Auch er konnte nichts erkennen.

»Ich mache mal eine Bildbeschreibung für euch«, sagte Lea, »dabei wird es dir, Gisela, sicherlich wieder in den Sinn kommen, was du fotografiert hast.«

Friedo kam noch ein Stück näher. Lea roch sein unverschämt gutes Herrenparfüm.

»Ich sehe was, was du nicht siehst!«, begann sie. »Okay! Wen haben wir denn da?« Sie wollte den Moment auskosten. Psychologische Taktik, oder wie man es nannte. »Da liegt ein toter Mann auf dem Bett. Henri heißt er …«

Gisela kniff die Lippen zusammen. Sonst hatte sie immer geheult, wenn sie seinen Namen gehört hatte.

Lea wusste, warum es diesmal anders war. Sie fuhr fort: »Circa ein Meter achtzig groß, grau-blonde kurze Haare, fusseliger Vollbart, Bauch – den sieht man jetzt im Liegen nicht so, große Nase – große Nasenlöcher, schmale Lippen, Kleidung konservativ, also der Feinripp, aber, und jetzt kommt's … er hat ein Tattoo am rechten Oberarm! Ein Tattoo! Er, der … mit Verlaub … spießige Beamte, der die Frauen verachtete, unterdrückte und eine Spaßbremse war …«

Gisela widersprach nicht.

»… er hatte sich ein Tattoo stechen lassen. Nicht irgendeines von irgendjemandem …«

Gisela kochte innerlich. Um den Mund herum war sie bereits Well done, Wangen und Nase noch Medium und die Denkerstirn Rare.

»Von Jean!«, warf Friedo ein.

»Genau!«, sagte Lea. »Weißt du noch, was es für ein Tattoo war?«

»Klar!«, sagte Friedo. »Das vergisst man so schnell nicht. Ein weiß-rotes Spiegelei!«

Gisela schüttelte den Kopf, obwohl es stimmte.

Lea war in Rage, wie eine amerikanische Staatsanwältin, die die zwölf Geschworenen überzeugen muss, dass die Angeklagte schuldig ist: »Ja, Friedo hat natürlich recht – und unter dem tätowierten Spiegelei steht, oder sagt man ›stand‹, die Bezeichnung dazu, damit man das zittrig gestochene Bild überhaupt erkennen kann.«

»Du meinst, da stand Spiegelei?«, fragte Friedo.

»Fast korrekt. Da stand *Spiegellei* – mit zwei L. Ein bitterer Rechtschreibfehler.«

Friedo winkte ab. »Das kann jedem passieren! Also, auf dem Papier wäre es nicht so schlimm. Als Tattoo, na ja …«

»Irrtum, Friedo, auf dem Papier ist es noch schlimmer. Ich erkläre auch, warum.«

Gisela blieb stumm. Sie kraulte Öhrchens Öhrchen. Aber man sah ihr an, dass sie sich auf die Zunge biss. Normalerweise hätte aus ihren Mundwinkeln Blut triefen müssen.

»Tja«, trumpfte Lea auf. »Auf dem Papier und besonders in einem Abschiedsbrief kann solch ein Rechtschreibfehler zum Verhängnis werden, kann man schon mal damit überführt werden.«

»Jean?«, fragte Friedo.

32. Ich bereue nichts!

»Richtig! Jean!«, sagte Lea und sah, dass Friedo die Antwort schockierte.

Gisela wurde weinerlich. »Schuld daran war die Pflanze! Hätten wir sie nicht gezeigt bekommen, und wäre es nicht so einfach gewesen und schnell und Henri nicht so ... und Marie ... und dann kam Jean, mit seinem Plan und ... und mehr sage ich nicht! Nicht ohne meinen Anwalt und nicht ohne Jean!«

Sie fuhr mit der Hand an ihren Hals und zog ganz in Gedanken aus der Bluse die Kette heraus, umschloss den halben Engelflügel mit der Faust und drückte ihn fest. Lea merkte auf. Die andere Hälfte hatte sie bei Jean gesehen. Da hatte er sich den Flügel noch mit Marie geteilt.

»Gut, wenn du es nicht erzählen willst, Gisela, dann mache ich es. Du kannst mich gerne verbessern, wenn etwas nicht stimmt«, sagte sie. Sie peilte kurz die Lage. Gisela saß auf der Bank an der Wand, Friedo am Fenster und sie selbst links am Kopfende des Tisches, hinter der Abtrennung mit der Bleiverglasung. Gisela konnte also nur aufstehen und gehen, wenn entweder Friedo oder sie aufstanden und sie durchließen. Mit Gewalt erzwingen würde Gisela das nicht. Nein, Lea hatte keine Angst vor ihr, außerdem war Friedo noch da. Angst vor Zuhörern oder Zuschauern mussten sie auch nicht haben. Um diese Zeit und bei dem schönen Wetter fand der Hauptbetrieb draußen im Biergarten statt, und einer von ihnen hatte immer die Tür im Blick.

»Also, halten wir mal fest: Jean hat für dich Henris Abschiedsbrief geschrieben. Niemand hätte die Schrift hinterfragt, denn du hättest sofort bestätigt, dass es Henris Handschrift ist. Du selbst wolltest den Brief nicht schreiben, weil deine Schrift klein und nach links gebeugt ist. Das wäre viel eher aufgefallen. Du wolltest auf Nummer sicher gehen. Du hattest aber Glück. Deine Aussage bezüglich des Abschiedsbriefes wurde sofort akzeptiert, denn alle waren heilfroh, den vermeintlichen Mörder von Marie gefunden zu haben.«

Friedo schaute ratlos zu Gisela. »Warum und wie hast du das gemacht?«

Die senkte den Kopf zu Öhrchen, der auf ihrem Schoß schlief und schnarchte.

»Erst einmal wie«, wiederholte Lea und gab Gisela etwas Zeit. »Na gut«, sagte sie, als Gisela schwieg, »dann sage ich es. Einige Dinge waren mir erst im Nachhinein aufgefallen. Nach unserer Krimiwanderung, ich kann es immer nur wiederholen, war die Giftpflanze völlig kahl gerupft. Nach Henris Peinlichkeit und dem Eklat sowie der Eifersuchtsszene zwischen Marie und Jean hatten sich mehrere Grüppchen gebildet.«

Gisela regte sich nicht. Nur ein dunkles Grollen war zu hören, wie bei einem bevorstehenden Vulkanausbruch.

Lea machte unbeirrt weiter. »Das erste Mal habt ihr euch – Jean und du – in der Blutrausch-Nacht ausführlich unterhalten, euch euer gegenseitiges Leid geklagt. Erinnerst du dich, Gisela?«

Diese nickte.

Lea fuhr fort. »Du kamst spät in der Nacht ins Kaminzimmer, hattest eine dicke Wange und konntest nicht schlafen. Ich vermutete zuerst, du hättest Zahnschmerzen ...«

Gisela schüttelte den Kopf.

»Von da an habt ihr – Jean und du – eure Köpfe ständig zusammengesteckt. Ja, ihr wart sogar direkt nach der Giftpflanzen-Entdeckung für kurze Zeit verschwunden.«

»Wie kommst du darauf?«, fragte Gisela.

Lea lachte. »Ganz einfach. Henri hatte mich gefragt, wo du bist. Da wollten wir gerade zum Brunnen gehen. Ich hatte mich nach dir umgesehen, und dabei war mir aufgefallen, dass Jean auch fehlte. Habe dem aber keine Bedeutung beigemessen. Ich sag's ja, manchmal bekommen bestimmte Begebenheiten erst später einen Sinn. Ich vermute mal, ihr hattet eine Lagebesprechung.«

Gisela rief nach Romy und bat um eine Flasche Wasser und einen Wodka. Friedo und Lea brauchten nichts.

»Die Entdeckung der Giftpflanze kam euch also sehr gelegen.« Lea war in ihren Ausführungen nicht mehr zu stoppen. »Ruckzuck stand der Plan. Der tödliche Plan. Jean hatte Henri im Schlepptau, die beiden waren zurück ins Hotel gegangen und in der Bierstube versackt, hatten also reichlich Alkohol getrunken. Jean konnte keine Zuhörer gebrauchen, da gefiel es ihm, dass Henri Tom wegschickte, als er sich dazugesellen wollte. Ich stand übrigens im Flur und habe es selbst gehört. Hätte

Henri es nicht gemacht, wäre Jean sicher eingeschritten. Kurz darauf überredete Jean Henri, sich ein Tattoo von ihm stechen zu lassen, als Zeichen der Veränderung, Besserung oder Mutprobe, was auch immer. Ziel war es, Henri auf Jeans Zimmer zu bekommen, weil er wusste, dass du, Gisela, dich so lange um Marie kümmerst. Angeblich warst du mit ihr shoppen.«

Friedo bekam den Mund nicht mehr zu.

»War ich auch!«, sagte Gisela.

»Warst du nicht!« Lea sah sie eindringlich an. »Weißt du, was ich schade finde?«

»Was?«

»Dass du uns dummdreist anlügst und uns dabei frech in die Augen schaust. Es dir scheinbar egal ist.«

»Keine Skrupel!« Friedo war fassungslos.

Gisela schob die Unterlippe nach vorne. »Ich bereue nichts! Es war nötig! Sonst wäre *ich* draufgegangen!« Sie verschränkte die Arme vor der Brust. Öhrchen wachte auf, sprang unter den Tisch, legte sich auf ihre Füße.

Lea schwor sich, erst die Polizei zu rufen, wenn sie Gisela alles entlockt hatte, denn bei der Polizei würde sie sofort dichtmachen. Friedo war ihr Zeuge, er konnte später alles bestätigen. Erst wollte sie wissen, wie es sich genau zugetragen hatte. Es gab leider einige weiße Stellen im unvollendeten Mörder-Gemälde.

»Gut«, sagte Lea, »wenn du nicht darüber reden willst, wie es sich zugetragen hat, dann sage ich dir mal, was geschehen ist. Du warst nicht shoppen! Du kamst zwar mit einer riesigen Einkaufstüte ins Kaminzimmer und hast theatralisch erzählt, dass Marie tot auf dem Parkplatz gefunden worden sei ...«

»Stimmte ja auch«, warf Gisela ein.

»Ja, sie lag da. Das war Fakt. Mehr auch nicht. Du sagtest, dass Marie dir ihre Einkaufstasche in die Hand gedrückt hatte, weil sie schnell mal wohin müsse. Danach sei sie nicht mehr wiedergekommen. Die Tasche, die du mitgebracht hattest, sollte also Maries Einkaufstasche mit ihren gekauften Klamotten sein.«

»Genau!« Gisela nahm einen Schluck Wodka, spülte den Mund damit und trank Wasser hinterher.

Lea lehnte sich zurück. »Nur, da kann irgendetwas nicht stimmen. Als du nach oben gingst, um nach Henri zu schauen, habe ich mir die Tüte, die noch immer neben der Couch stand, mal näher angesehen.«

»Was fällt dir ein!«

»Zunächst nur von außen. Weil ich wissen wollte, wo man hier so toll einkaufen kann. Die Nerven, weißt du? Frauen reagieren manchmal ganz eigenartig, wenn es um den Tod geht.«

»Musst du mir nicht erzählen!«, sagte Gisela.

»Tja, und was soll ich dir sagen, Friedo ...«, er sollte ihr nicht einschlafen, deshalb sprach sie ihn jetzt direkt an, »... die Tüte war von Hermès! Hermès in Hillesheim?«

Friedo lachte.

»Nichts gegen Hillesheim oder gegen Hermès«, sagte Lea. »Das eine schließt das andere wohl nicht aus, aber auf der Tüte stand groß *Düsseldorf* und der Straßenname der Niederlassung: *An der Kö*. Und da mich das neugierig machte und ich die Zeit überbrücken musste, habe ich einen kurzen Blick reingeworfen, als die anderen beschäftigt waren ... und was soll ich dir sagen ...«

»Unverschämt! Nein, du musst mir nichts sagen!«, unterbrach Gisela sie. »Ja, die Tüte ist aus meinem Koffer. Die habe ich immer dabei, wenn ich verreise, für meine Schmutzwäsche. Die lege ich immer fein zusammen und bewahre sie darin auf. Falls jemand die Tüte stehlen will, wird er keine Freude daran haben. Die Menschen sind ja so schlecht!«

»Kann man wohl sagen«, nahm Lea den Faden wieder auf. »Also, das mit dem Einkauf war vorgetäuscht und als Ablenkungsmanöver zu sehen.«

Gisela nickte. »Ja und nein. Ich war mit Marie in Gerolstein, bei Fressnapf, eine neue Leine kaufen, die alte war zu klein und dann ...«

»Dann?«, fragte Lea.

»Dann habe ich mir bei Aldi ein neues Handy mit Sim gekauft, weil ...« Sie verstummte.

Lea konnte sich denken warum. Das kam später an die Reihe. Sie bemühte sich, gelassen zu bleiben. »Okay, das ist ja im weitesten Sinne shoppen. Du hättest dir also die Mühe mit der Einkaufstasche gar nicht machen müssen.«

»Doch, es sollte so aussehen, als seien wir nicht mit dem Wagen gefahren, sondern im Ort geblieben.«

Lea konnte nicht so recht folgen. »Zur Sache!«, sagte sie. »Wann und wie wurde Marie das Gift verabreicht?«

»Du weißt doch sonst alles.« Gisela schmollte.

Lea platzte der Kragen. »Hör zu, Gisela! Das ist kein Krimiquiz!«

»Wäre ich doch nur nicht hierhergekommen!«, sagte Gisela. Es war das Einzige, was sie wirklich zu bereuen schien.

33. Das Versöhnungseis

»Zu spät!«, sagte Lea. »Aber gehen wir mal der Reihe nach.« Sie merkte, dass sie bei den Toten hin und her sprang. Sie durfte in diesem sensiblen Moment nicht den Überblick verlieren, musste die Gesprächsführung souverän meistern, um alles herauszuholen. Zu gerne wäre sie nun eine ausgebildete Polizeipsychologin oder eine Kommissarin, die so etwas gelernt hatte. So aber war ihre eigene Logik gefragt. Doch sich allein auf die Fakten zu berufen, wäre zu wenig gewesen. Sie musste ihre Fantasie bemühen und bluffen.

Friedo gähnte. Lea warf ihm einen bösen Blick zu. Er weitete die Augenlider, als habe er eine Tote gesehen.

»Okay«, sagte sie, »Marie …!«

Friedos Blick schnellte zur Tür. Er stöhnte auf und entspannte sich.

»Marie … war die erste Tote. Sie wurde auf dem Parkplatz gefunden. Vergiftet. Als ich heute Mittag hierherkam, hatte Romy mir gesagt, wie furchtbar das alles mit Marie und Henri sei. Marie habe sie zum Frühstück Rührei gebracht. Da sei sie noch quicklebendig und fröhlich gewesen. Henri habe sie auch noch kurz vor seinem Tod gesprochen. Er hatte einen Himbeer-Eisbecher bei ihr bestellt.«

»Ja, und?«, sagte Gisela.

»Himbeereis?«, fragte Friedo.

»Ja, Himbeereis. Himbeeren, die mit den feinen Körnern. Die, bei denen es nicht auffällt, wenn ein paar Körner mehr oder weniger darin sind. Die ...«

»Ist ja schon gut!«, rief Gisela und hielt sich den Kopf. Er war knallrot. Die Lava glühte.

Was jetzt kam, hatte Lea sich ausgedacht, aber sie hoffte, dass Gisela ihr zustimmte oder es bestenfalls korrigierte. »Ich gehe mal chronologisch vor: Henri hatte sich mit Jean zum Tätowieren verabredet – wie Jean auf der TeaTime selbst gesagt hatte – auf seinem und Maries Zimmer. *Magnum.* Jean wusste, wo die Frauen waren – beim ... Shoppen. Er war also mit Henri ungestört. Spätestens bis zur TeaTime musste alles erledigt sein. Das war zu schaffen.«

Gisela nickte.

»Jean hatte beim Tätowieren leichtes Spiel, obwohl er ziemlich nervös gewesen sein muss, weil das Spiegelei sehr zittrig gestochen aussah, wie man auf deinem Trophäenfoto sehen konnte, Gisela. Da war Jean vermutlich gedanklich schon bei Marie und ihrer letzten Stunde. Er tätowierte Henri schnell das Spiegelei, weil ...« Hier versagte Leas Fantasie.

Friedo rätselte auch: »Warum ausgerechnet ein Spiegelei?«

Gisela wischte sich mit dem Taschentuch über die Stirn. »Weil Henri Spiegeleier hasste. So oft haben wir uns darüber gestritten, wenn ich sie aß. Jedes Mal hat er sie mir vermiesen wollen. Deshalb hatte ich es bei Jean in Auftrag gegeben. Ich hatte ja nichts mehr zu verlieren. Das mit der dunklen Folie war Jeans Idee. Erst kurz vorher sollte Henri es sehen.«

»Moment«, sagte Lea, »beim letzten Mal hast du behauptet, es sei sein Lieblingsessen gewesen?«

»So? Sagte ich das?«, fragte Gisela zurück und grinste.

Nun bestellte Lea doch etwas zu essen. Auch, damit es nicht zu sehr auffiel, wenn sie hier nur saßen und erzählten. Sehr gerne hätte sie ein erfrischendes Himbeereis gegessen, aber dann wählte sie lieber einen Eisbecher mit Vanilleeis und Eierlikör. Eis ging immer. Friedo schloss sich an, ihn verlangte es aber nach Schokoeis. Gisela brauchte einen weiteren Wodka, Wasser hatte sie noch.

»Weiter«, sagte Lea, die erschöpft war und langsam heiser wurde. Der Eisbecher würde ihr hoffentlich guttun. »Henri hatte sein Tattoo. Jean redete ihm zu, dass er damit so viel gewagt hätte, dass er sich nun auch mit Marie versöhnen könne. Sie habe ja nur sein Bestes gewollt und konnte wirklich nichts für das Missgeschick mit der Unterhose. Wenn er ihr ein großes Himbeereis spendiere, würde sie dahinschmelzen.« Manchmal staunte Lea selbst über sich, dass ihr so schnell so viel einfiel. Es war fast so, als schriebe sie ihre nächste Kriminalgeschichte.

»Tja, und dann ...?«, fragte Gisela.

Zu früh gelobt, dachte Lea. Sie putzte sich die Nase, um Zeit zu gewinnen. »... dann brachte Henri tatsächlich Marie das Himbeereis.«

Gisela protestierte: »Nie! Nie im Leben hätte er das fertiggebracht!«

»Muss ja auch nicht so gewesen sein«, sagte Friedo. Der glücklicherweise dem langen Monolog von Lea gefolgt war. Er hatte eine andere Theorie: »Jean hatte Marie das Versöhnungseis gegeben und gesagt, es käme von Henri.«

Gisela bestätigte es durch ihr Schweigen.

»Wäre ihm zuzutrauen«, sagte Lea und wandte sich wieder an Gisela. »Warst du wirklich kurz vor Maries Tod mit ihr in Gerolstein?«, fragte sie.

»Ja, wie oft soll ich das noch sagen?« Sie hielt den Arm hoch und zeigte ein Stück der dicken fetten Leine, die sich neben ihr auf der Bank auftürmte. »Ich mag die Dinger mit der Rückholleine nicht, nicht bei diesem winzigen Öhrchen.«

»Darum geht es nicht«, erinnerte Lea, die ein plötzliches Lachen unterdrücken musste, weil sie das Bild vor Augen hatte, wie Öhrchen durch Knopfdruck ... Wer ist gefahren?«, lenkte sie ab.

»Marie! Wir hatten gerade in der Parkbucht am Hotel gehalten, da kam Jean mit dem Himbeereis an. Vorher hatte er mir eine SMS geschickt, dass ich *es* ins Eis mischen soll. Ich hatte Panik, wusste nicht, wie und wann ich das unauffällig hinbekommen konnte. Jean wusste es aber. Er kannte Maries Angewohnheit, nicht im Auto zu telefonieren.« Gisela verstummte.

Romy betrat wieder den Raum und servierte die Eisbecher und den Wodka. Sie sah in die Runde und sorgte sich: »Alles in Ordnung bei Ihnen? Soll ich das Fenster öffnen?«

Lea nickte.

Friedo erhob sich und rappelte am Fenstergriff.

Romy übernahm und ging wieder.

»Aha. Sie hatte also kurz am Eis probiert, und es wirkte so schnell, dass sie beim Aussteigen tot umkippte?«, fragte Lea.

»Nein, es war uns nicht bekannt, wie schnell es wirkt. Ich musste Zeit gewinnen. Sie sollte im Auto sitzen bleiben und das Eis essen. Jean war wieder gegangen, wie ich es mit ihm am Handy ausgemacht hatte.«

Lea sah Gisela tief in die Augen. Bevor sie ihre Einwände äußern konnte, kombinierte Friedo messerscharf: »… und sie wollte bei dem schönen Wetter das Eis nicht draußen auf der Bank essen und ist tatsächlich sitzen geblieben?«

»Stimmt!«, antwortete Gisela. »Ich habe gesagt, dass ich mit ihr über Henri und meine bevorstehende Trennung reden muss. Ich bat sie darum, im Auto sitzen zu bleiben. Ich bräuchte dringend jemanden, dem ich es unter vier Augen anvertrauen könne. Marie hatte Mitleid mit mir und blieb. Zwischendurch klingelte ihr Handy. Sie entschuldigte sich und stieg kurz aus dem Wagen, wegen der Strahlen beim Telefonieren, wie sie sagte. Ich bekam mit, dass sie mit Jean sprach. Nachdem sie wieder eingestiegen war, gab ich ihr den Becher zurück und bat sie, das Eis nicht schmelzen zu lassen. Sie löffelte ihn genussvoll aus.« Gisela stockte. Sie schluckte schwer und spülte den Mund mit einem Schluck Wasser um. Das Wodkaglas schob sie angewidert zurück.

Lea schickte ein innerliches Stoßgebet gen Himmel und gen Gisela. *Nicht aufhören! Bitte! Nicht aufhören!*

Gisela tat es sichtlich gut, sich wirklich alles von der Seele zu reden. Ihre Gesichtsfarbe war fast normal geworden, der Blutdruck anscheinend gesunken. »Jedenfalls wusste ich nicht mehr, was ich Marie noch erzählen sollte«, fuhr sie fort, »ich war bereits bei Henris Kindheit angekommen und habe sie mit meiner Kindheit vermischt. War ihr gar nicht aufgefallen. Dass er immer Kleidchen tragen musste, fand selbst ich bedenklich, doch dann sackte Marie lautlos zur Seite, gegen die Fahrertür. Einfach so. Zack bumm und weg. Eigentlich ein schöner Tod ...« Sie räusperte sich. Lea sah, dass sie Tränen in den Augen hatte. Nanu?

»Ich stieg aus«, flüsterte Gisela, »sah mich um, niemand da – und öffnete die Tür. Beinahe wäre sie mir auf die Füße gefallen.« Gisela lachte und heulte zugleich.

Lea schüttelte es. Friedo rückte zu ihr und legte ihr seinen Arm um den Rücken. Sie genoss es, die Wärme und den Halt zu spüren. Öhrchen kuschelte mit. Er schien Friedo zu mögen.

»Ich bereue nichts!«, wiederholte Lea Giselas Worte von eben.

Gisela putzte sich laut die Nase. »Das galt ja nur für Henri!«

Während Friedo seinen Eisbecher in der Zwischenzeit geleert hatte, stand Leas unangetastet vor ihr. Es war nur noch eine gelb-weiße breiige Flüssigkeit, die sie lieber nicht trinken wollte.

Gisela kam in Bewegung. Sie stand auf und sagte lieblich: »Lässt du mich bitte raus? Ich muss mal zur Toilette.«

»Das geht nicht!«, rief Lea, wusste aber auch, dass es weitreichende Konsequenzen haben könnte. »Ich komme mit!«, sagte sie. Friedo folgte. Alle drei – und Öhrchen – liefen im Flur an Romy vorbei, die ihnen nachdenklich hinterherschaute.

34. WC-Weisheiten

Im Keller trennten sich ihre Wege. Friedo bog links ab zu den Herrentoiletten. Die beiden Frauen und der Hund gingen weiter durch. Lea blieb vor den Toiletten stehen, damit ihr Gisela nicht entwischte. Als Pfand hatte sie Öhrchen samt Leine in die Hand gedrückt bekommen. Seine Ohren flogen hin und her, je nachdem, wer gerade redete.

Lea drehte sich zur Spiegelwand um. Meine Güte, wie sah sie denn aus? Dicke Augenränder, gequälter Gesichtsausdruck, fahle Haut, ein Pickel, kaum noch Make-up im Gesicht, Lippenstift sowieso nicht mehr.

»Bist du noch da?« Giselas Stimme klang gepresst.

»Ja, ich stehe hier und warte auf dich. Keine Sorge.« Immer wieder sah sie zur Tür, ob niemand kam. Das fehlte ihr noch. Außerdem wusste sie nicht, ob es erlaubt war, einen Hund mit auf die Toilette zu nehmen. Aber das war das geringste Problem.

»Lea?«

»Ja?«

»Willst du wissen, wie es mit Henri passiert ist?«

Lea trat aufgeregt von einem Bein auf das andere. Nichts lieber als das! Aber dafür brauchte sie einen Zeugen. Am besten Friedo. Niemand sonst. »Lass uns das im Restaurant besprechen«, schlug sie daher vor.

»Nein! Jetzt oder nie!«, bestimmte Gisela.

»Moment noch, Gisela! Warte! Ich schau nach, ob uns niemand belauschen kann.« Sie öffnete die Eingangstür und sah sich um, wo Friedo blieb. Hoffentlich hatte er auf sie gewartet und sich nicht schon wieder ins Restaurant gesetzt. Sie ging zur »Herren«-Tür und blickte kurz hinein. »Friedo! Friedo!!!«, rief sie leise.

Schritte. Jemand kam die Treppe herunter. Ein Mann! Friedo! Er fuchtelte mit den Armen. »Ich such …«

Mit einem Zeigefinger auf dem Mund bedeutete sie ihm, nichts zu sagen. Sie flüsterte: »Komm schnell!«, und zog ihn in die Damentoilette. Er hatte verstanden.

Lea stemmte sich mit dem Po von innen gegen die Tür, damit keiner hereinkommen konnte. »Jetzt, Gisela! Erzähl! Ich passe auf, dass wir nicht gestört werden.«

»Weißt du, das mit Henri war etwas ganz anderes!«

»Was war es? Womit habt ihr ihn …« Lea sah aufgeschreckt zu Friedo.

»Ich meine nicht das *Wie*. Ich meine, nicht so wie mit Marie, es war etwas anderes, ihn zu … also dafür zu sorgen, dass … das macht man nicht einfach so mit links. Das bedarf sehr vieler Überlegungen.«

»Du hattest also doch Skrupel?«

»Skrupel? Nein, keine Skrupel. Er hat mich bereits vor Jahren getötet – mit seiner Art, mit seiner Verachtung und Respektlosigkeit, mit dem Bevormunden und seinen Affären. Das Klassische halt.«

Lea wusste genau, was sie meinte. Sie hatte viel darüber geschrieben, und fast alles war von den Verlagen abgelehnt worden. Nicht nur, weil der Schluss noch fehlte, sondern weil es angeblich zu konstruiert und unrealistisch sei. Jetzt hatte sie den Beweis, dass es das stinknormale Leben war, in dem so etwas passieren konnte. Mann betrügt/schlägt/unterdrückt Frau und muss sterben – Frau betrügt/unterdrückt Mann und muss sterben. (Sicherlich gab es auch die gleichgeschlechtliche Variante.) Was natürlich nicht heißen sollte, dass es nur diese eine Lösung für die Probleme der Menschheit gab.

Und jetzt ... jetzt hatte sie die geständige Täterin auf dem Klo sitzen, hinter verschlossener Tür. Auch das dürfte sie nie so schreiben, wenn es kein Text für die Schublade oder den »Löschen«-Finger sein sollte. Und, ja, warum sollte eine Täterin nicht gegen Ende der Geschichte alles herausplappern, wenn sie es doch nicht mehr aushielt und alles aus ihr herausbrach?

»Bist du noch da?«, rief Gisela.

Jemand klopfte an die Eingangstür der Damentoilette. »Hallo? Hallo!«

Auch das noch!

Lea zeigte Friedo, dass er sich gegen die Tür lehnen sollte, damit sie näher an Giselas Toilettentür gehen konnte. »Psst, leise!«, sagte sie. »Wenn du nicht willst, dass wir hier gestört werden, dann komm entweder raus und wir reden oben weiter oder aber du flüsterst, gibst mir Stichworte und dann ... sehen wir weiter.«

Lea ging in die Hocke, streichelte Öhrchen, damit er nicht bellte, und legte ihr Ohr ans Türblatt. Sie hörte Gisela flüstern. »Gisela hier! Jean? Jean?« Sie wurde laut: »Was redest du da? Verdammt!« Sie schrie: »Jean! Das kannst du nicht machen! Du ... Du hast mich reingelegt!«

Es rumste. Etwas flog gegen die Tür.

Leas Herz stolperte.

»Ich zähle bis zehn!«, rief Lea, »dann kommst du raus, oder …«

Das Schloss drehte sich, die Tür sprang auf. Öhrchen wedelte mit der Leine. Gisela trat heraus. Die grauhaarige Frisur stand nach allen Seiten ab, als hätte sie sich die Haare gerauft. Sie jammerte. »Jean ist nicht da! Er hat mich im Stich gelassen! Ich dachte, er …!«

Lea hakte sie unter und ging mit ihr um die Ecke zur Eingangstür, wo Friedo stand. Nach gefühlten fünfzig Metern Leine folgte auch Öhrchen. Zum Glück registrierte Gisela nicht, dass Friedo alles mitgehört hatte. »Lass uns nach oben gehen«, riet er. »Bevor die Nächste klopft oder die Erste wiederkommt. Ich habe dir vorhin ein Zimmer gebucht – hier, im *Krimihotel*. Im *Hotel Augustiner Kloster* war keins mehr frei – Tagung –, und da du nicht zu …«

»Friedo! Das spielt jetzt keine Rolle!«, fuhr Lea ihm über den Mund. Gisela sollte sein Angebot nicht mitbekommen. Doch die hatte nur eins im Sinn. »Ich muss mich hinlegen!«

»Wo müssen wir hin?«, fragte Lea Friedo, der wie ein Spion die Eingangstür zu den Toiletten öffnete und nach allen Seiten sah. »Die Luft ist rein!«, sagte er nur. Sie gingen los.

Da kam Romy die Treppen herunter, blieb stehen, drehte ihren Kopf nach hinten und rief: »Sie können! Die *Damen*-Tür ist wieder offen.« »Alles in Ordnung?«, fragte sie Lea, Friedo und Gisela, die ihr mit dem Hund aus der Damentoilette entgegenkamen.

35. Hier spricht der Tätowierer!

Lea war Friedo dankbar, dass er die Sache mit dem Zimmer in die Hand genommen hatte. Er war vorhin also nur vorgegangen, als sie ihm den Koffer aus ihrem Wagen gegeben hatte und er damit verschwunden war ... Zwar hatte sie ihm im Eiscafé gesagt, dass sie so schnell nicht mehr im *Krimihotel* übernachten wolle, aber im Moment spielte es für sie keine Rolle mehr, wo sich das Zimmer befand. Hauptsache, sie hatte eines. Es hätte sogar in seiner Villa sein können. Neugierig war sie schon, wie er lebte. Aber das musste sie ihm nicht auf die Nase binden. Viel wichtiger war erst einmal, was sie erwartete, wenn Gisela auspackte – wenn sie auspackte.

»Wohin?«, fragte Lea, die immer gerne vorher wusste, wo es langging.

»Zimmer 20. *Der Hexer*!« Friedo hielt die Zimmermarke aus Messing in die Höhe, wie ein Kommissar, der sich auswies. Oben angekommen, schloss er die Tür auf und bat die Frauen herein. Er überreichte Lea den Schlüssel.

Gisela knallte ihre Tasche auf den Boden und ließ sich rücklings aufs Bett fallen. Sie stöhnte auf. Öhrchen forderte auch das Bett ein. Sie nahm ihm endlich seine lange Leine ab, hob ihn auf und legte ihn auf ihren Bauch, wo er sich genüsslich zusammenrollte. Friedo machte es sich auf dem verschnörkelten Stuhl vor dem Schreibtisch bequem und saß in unmittelbarer Nähe der Tür. Für Lea blieb das altrosafarbene Sofa an der Wand gegenüber dem Bett übrig oder aber die andere Hälfte des Doppelbettes. Aus ermittlungstechnischen Gründen bevorzugte sie Letzteres. Das erzeugte Nähe. »Also ...«, begann sie.

»Moment, ich brauche mal eine Minute für mich«, ächzte Gisela.

Die beiden anderen hatten nichts dagegen einzuwenden. Es ging ihnen genauso. Wäre Lea alleine gewesen, sie hätte sich an dem geschmackvoll eingerichteten Zimmer erfreut und die dunkelroten Übergardinen mit den goldfarbenen Ornamenten, den Kronleuchter an der Decke und die vielen Poster aus den Edgar-Wallace-Filmen bestaunt. Sicher hätte sie auch das besonders große Filmplakat vom Hexer an der grün gestrichenen Wand über dem Bett bewundert. Aber so sah sie nur den Kandelaber auf dem Tisch gegenüber und dachte nach, wie sie während des Gespräches am geschicktesten vorgehen sollte. Sie mochte nichts dem Zufall überlassen, denn das könnte böse enden.

»Geht's wieder?«, fragte sie Gisela.

Die schnappte sich das schwarze Nackenkissen und stützte ihren Kopf damit ab. Die Schuhe kickte sie von den Füßen und legte nun auch ihre Beine aufs Bett. »Er ist so ... so ... hinterhältig«, schimpfte Gisela. »So gemein!«

Ob Lea sie an ihre Tat an Henri erinnern sollte? Sie ließ es lieber bleiben. »Wer oder was?«, fragte sie stattdessen.

»Jean hat mich sitzen lassen. Mit allem!«

»Mit was konkret?« Lea lauerte. »Was hat er zum Beispiel am Telefon gesagt? Ich sage dir dann, ob es wirklich gemein war.« Hoffentlich vertrug Gisela in ihrem Zustand die Ironie.

»Hätte er wenigstens selbst den Hörer abgenommen, dann hätte ich ihm ordentlich die Meinung sagen können, aber so …«

»Oh, wer war denn dran?« Lea richtete sich auf.

»Der Anrufbeantworter! Das ist … das ist …« Sie wischte Öhrchen von ihrem Bauch, der sich kurz darüber aufregte, sich dann aber unter die Decke kuschelte und weiterschlief.

»… eine Unverschämtheit!«, ergänzte Lea.

»Das ist zu wenig!«, rief Gisela.

Lea lehnte den Kopf an die Wand und seufzte. Das folgende Leiern in ihrer Stimme sollte Gleichgültigkeit vortäuschen. »Was hat der AB gesagt?«, fragte sie.

»Willst du es wirklich hören?«

»Klar!« Lea war es selbst ein Rätsel, wo sie ihre Geduld hernahm.

»Bitteschön!« Gisela zog ihr Discounter-Handy hervor, tippte und spielte es laut ab:

Hallo! Hier spricht der Tätowierer! Der Laden ist dicht. Bin irgendwo im Ausland. Suche zwecklos. At Gisela: Lass mich da raus. Du weißt, was sonst passiert. Hasta la vista!

»Interpol muss ihn suchen!«, sagte Friedo. »Großfahndung!«, ergänzte er.

Lea grinste: »Wo denn? Wo soll man da ansetzen? Eine weltweite Fahndung bis nach Honolulu, Island und zurück?«

Gisela umklammerte ihr Handy, warf es in der nächsten Sekunde gegen die Wand. Es prallte ab und kam ein Stück weit zurück, fiel auf den Tisch, als habe es immer dort gelegen. Dieses Telefon musste Lea sich auch besorgen.

»Okay, ich hab verloren!« Gisela hob die Hände, als ergebe sie sich. »Ruf den Kommissar! Es ist aus.«

»Wieso?«, fragte Friedo. »Vielleicht gibt es einen Anhaltspunkt, in welchem Land er am liebsten ist. *Hasta la vista*, ist das nicht Spanisch? Moment, nein, der Schwarzenegger hat es immer gesagt. Das ist ein amerikanischer Slang.«

»Blödsinn!«, antwortete Gisela. »Jean soll bleiben, wo er ist. »Warum habe ich mich nur von ihm animieren lassen? Was habe ich getan? Er hatte die Idee! Ich habe mich verleiten lassen, sie umzusetzen. Er hat mich für seine Zwecke ausgenutzt, und ich dumme Kuh habe es noch nicht einmal gemerkt! Aber nach Maries Tod konnte ich nicht mehr zurück. Dabei hatte sein Plan so einfach geklungen. So einfach! Und das mir, die ich tagtäglich mit Verbrechern zu tun habe! Ich hätte es erkennen müssen! Ihn erkennen müssen!« Gisela weinte weder noch sah sie besonders verzweifelt aus, nur maßlos enttäuscht, verletzt und wütend, was eine hochexplosive Mischung war.

Lea wusste, jetzt war der Zeitpunkt gekommen, einzugreifen, bevor sie sich ständig wiederholte. Es bedurfte nur eines einzigen Wortes, um sie in ihrem Selbstmitleid zu stoppen und die Geschichte voranzutreiben. Ein einziges Wort würde genügen: »Erzähl!«

»Wir hatten einen ursprünglichen Plan und einen Plan B, falls etwas danebengehen sollte. Welchen wollt ihr zuerst hören?«

»Den ursprünglichen!«, sagte Friedo.

»Plan B!«, sagte Lea, die lieber gleich zur Sache kam.

Gisela stutzte. »Einen dritten Plan hatten wir nicht.«

Lea ließ sich wieder nach hinten fallen. »Okay, dann fang von vorne an. Gibt es hier eigentlich eine Minibar?«

Friedo stand auf und durchwühlte die Schränke. »Ja, im Bad. Kranwasser.«

»Ich auch!«, rief Gisela.

Nach ausgiebigen Schlucken aus einem gemeinsamen sauberen Zahnputzglas ging es weiter.

Gisela seufzte: »Du hattest recht, Lea. Als du sagtest, dass Jean und ich nicht sofort mit den anderen zum Brunnen gegangen sind. Jean hatte mich zur Seite genommen und gesagt, es sei die Gelegenheit für mich und ihn.«

»Oh, là, là!«, sagte Friedo. »Der ging aber ran!«

Lea zischte. »Pssst! Lass sie weiterreden.«

»Wir waren also zurückgeblieben und gingen zur Giftpflanze, an der bereits ein paar Blätter fehlten.«

Friedo wurde rot und senkte den Kopf.

»Keine Ahnung, wer noch schneller war als wir. Hinter dem Kirschlorbeer konnte man sich gut verstecken. Zur Not sogar von der anderen Seite hindurchgreifen und die Pflanze unerkannt rupfen.«

»Weiter!«, sagte Lea.

»Wir bedienten uns. Ich sollte die Blätter an mich nehmen. Das sei unauffälliger, meinte er. Der Schuft! Dass Henri für mich ein Sargnagel war, wusste Jean von unserem Gespräch im Kaminzimmer, am Abend davor. Da hatte er mir auch von Marie erzählt und von ihren Eskapaden, was andere Männer anging. Er hatte sie mal in einem seiner Tattoo-Zimmer erwischt, wie sie den attraktiven Six-Pack-Ohnmächtigen wieder ins Leben zurückholte, und bei ihren Physiotherapiestunden ließ sie sich auch schon mal selbst etwas einrenken. Natürlich nur von Männern, obwohl es ihn nicht gewundert hätte, wenn sie auch Frauen zugetan wäre. Nachdem er gesehen habe, wie sie Lea an dem Abend massiert hatte.«

Lea nahm Giselas Arm, weil sie darüber vielleicht ihr Gewissen erreichen konnte. Sie redete bewusst langsam: »Aber – das alles – ist doch kein – Grund, – jemanden zu – töten!«

»Doch!«, rief Gisela und kniff die Augen zusammen. »Marie musste sterben, weil Jean wegen seiner Eifersucht in Behandlung war, die Therapie aber abgebrochen hatte, nach dem Vorfall mit Adonis im Tattoo-Studio. Er riet ihr, wegen der Sexsucht in Therapie zu gehen, was sie rigoros ablehnte, weil es zu schön sei, diese Gefühle zu haben. Die ließe sie sich nicht nehmen. Er fühlte sich minderwertig. Er reichte ihr nicht. Seine Liebe zu ihr war es nicht wert, ihre Sexsucht aufzugeben! Er hatte sich von allem getrennt, sogar seine Liebe zur Rockmusik aufgegeben, hatte deutschen Schlager gehört, nur wegen ihr. Deswegen wären beinahe seine Tattoo-Kunden ferngeblieben, hatte er mir gesagt. Er wollte nicht noch mehr verlieren. Deshalb sollte sie einen Denkzettel bekommen. Mal spüren, wie schnell das lustvolle Leben vorbei sein kann.«

»Nur einen Denkzettel?«, hakte Lea nach. »Marie ist tot!«

»Das ist ja das Schlimme!«

36. Die bittere Pille

Es geschah etwas Unglaubliches, seitdem sie sich hier im *Der-Hexer-Zimmer* eingeschlossen hatten: Gisela ließ zwei Tränen kullern.

»*Ich* sollte ihr den Denkzettel verpassen, weil es zu auffällig gewesen wäre, wenn *er* es gemacht hätte. Ich war so naiv, es zu glauben, und habe zugestimmt, aber die Bedingung wiederholt, dass *er* sich dann um Henri kümmern muss. Geht klar, hatte er nur gesagt.« Gisela zog die Oberlippe nach oben wie ein Hund die Lefzen.

»Zurück zu Marie«, sagte Lea. »Du hast ihr also zu viel gegeben. Aus Versehen?«

»Ja, doch! Ich wusste nicht, wie das Zeug wirkt. Das hatte Anton bei seinem Vortrag nicht dazu gesagt. Nur, dass es von Alter und Körperbau abhängt. Da Marie zwar klein, aber gut durchtrainiert war, habe ich ihr etwas mehr gegeben. Sie vertrug ja auch einiges an Alkohol. Daran habe ich es auch festgemacht.«

»Das war Natascha, die viel vertrug«, sagte Lea.

»Ups. Warum sagst du mir das erst jetzt?«

»Weil ich nicht wusste … und wenn ich es gewusst hätte, ach, es ist sowieso zu spät.«

»Ja, leider.« Gisela schüttelte bedauernd den Kopf. »Dabei hätte mir weniger Gift für Marie besser gepasst.

Dachte schon, es bleibt nicht mehr genügend für Henri. Das wäre fatal gewesen, wenn er das überlebt hätte! Das hätte ich nicht überlebt.«

»Und wie habt ihr es nun bei Henri gemacht?« Am liebsten hätte Lea es nicht hören mögen. Vor ihr saß eine grauhaarige, harmlos aussehende Schwerverbrecherin, die zwei Menschenleben auf dem Gewissen hatte, und das mit nur ein paar Körnern. Die Natur hatte es ihr leicht gemacht. Oder war es der schlechte Charakter? Oder die Not? Waren das wirklich Verzweiflungstaten?

»Henri musste sterben, weil er unerträglich geworden war«, sagte Gisela zum wiederholten Mal. Ihr Gesichtsausdruck veränderte sich gewaltig. Zeigte sie eben noch Niedergeschlagenheit, so kam nun die Wut wieder hoch, allein bei dem Gedanken an seine Person. »Er war so selbstverliebt! Er hasste die Frauen, hielt sie alle nur für doofe Bückstücke, die dem Manne zu dienen haben. Entschuldige den Ausdruck. Er ist nicht von mir. Diese Respektlosigkeit allen anderen Menschen gegenüber. Lea, du hast es selbst erlebt! Dabei war er selbst so klein, so winzig, so …«

»Warum hast du ihn nicht verlassen? Koffer packen und ab. Ein neues Leben beginnen. Woanders hinziehen, ein neues Gefängnis … ich meine, eine neue Arbeitsstelle suchen.«

Giselas Lachen klang wie zerberstendes Eiskristall. »Ich? Ich sollte raus aus *unserem* Haus? Das ich mit aufgebaut habe? An dem ich hänge? Das sollte ich freiwillig verlassen, damit er wie die Made im Speck lebt? Sobald ich eine neue Stelle gefunden hätte … und so Leute wie ich, werden gesucht, darauf kannst du Gift … ich meine, in einer JVA finde ich immer Arbeit. Aber dann hätte *er* sich sofort krankschreiben lassen und aufgehört zu arbeiten, damit *ich* ihn finanzieren kann. Hat er selbst mal gesagt. Das ist nicht bloß meine Vermutung.«

Friedo gähnte. Was finanzielle Dinge anging, schien er tatsächlich ausgesorgt zu haben. Das Thema langweilte ihn.

»Und was macht man, wenn die Existenz, das Haus auf dem Spiel stehen? Wegen einer einzigen Person?«, fragte Gisela.

Lea antwortete kleinlaut: »Man bringt sie um?«

»Man bleibt bei ihr und schluckt die bittere Pille, erträgt alle Risiken und Nebenwirkungen, bis der Zusammenbruch kommt und man selbst vergiftet ist, oder man ... verstehst du das nicht, Lea? Gift war für mich die einzige Rettung! Die Erlösung!«

Es war für Lea unverständlich, wie sie es fertiggebracht hatte, zu nicken, aber es war geschehen. Sie hatte Gisela zugestimmt. Lea musste sich nicht nur ernsthaft Sorgen um Gisela, sondern auch um sich machen. Diese Reaktion wollte sie nicht einfach mit Übermüdung erklären.

Friedo hielt die Augen geschlossen. Ging er in sich?

»Wie hast du es gemacht? Worin hast du diesmal die Körner versteckt?«

»In der Tattoofarbe.«

»*Du* hast Henri tätowiert? Ihm die Körner unter die Haut geschossen, mit Jeans Maschine?«

»Nein, Jean hat es gemacht!«, sagte Gisela, als sei es das Selbstverständlichste der Welt.

»Moment mal! Sagtest du nicht ...«

»Ja, richtig. Beim ersten Versuch hat Jean es gemacht. Angeblich, muss ich jetzt sagen, denn daran zweifle ich mittlerweile.« Gisela ruckelte das Kissen zurecht, rutschte auf dem Bett wieder ein Stück nach oben.

»Ihr habt mehrere Versuche gebraucht?«

»Wenn man Jean glauben will«, war Giselas Einwand mit erhobenem Zeigefinger. »Darf man aber nicht! Jetzt weißt du, warum ich mich so erschrocken hatte und beinahe Öhrchen fallen ließ, weil Henri plötzlich an der TeaTime-Tafel saß.«

Öhrchen knurrte unter der Decke hervor, als habe er es verstanden. »Ist ja gut, Schätzchen. Ist ja alles vorbei.« Sie griff unter die Decke, zog die Hand aber blitzschnell wieder zurück. »Mach das nicht noch mal!«, drohte sie. »Wo war ich stehen geblieben? Na ja, jedenfalls erklärte Jean mir später, dass das gemörserte Gift nicht gewirkt habe, und meinte, es müsse an der Farbe gelegen haben. Wenn du mich fragst, hat er es gar nicht erst versucht, weil er wusste, dass *ich* es dann in die Hand nehme.«

»Du hast es in die Hand genommen!«, sagte Lea.

Gisela blieb stumm.

»Wie?«

Anstatt zu antworten, stand Gisela auf und ging ins Bad. Öhrchen sprang aus dem Bett und folgte ihr. Diesmal musste Lea nicht befürchten, dass Gisela flüchtete. Sie hatte von hier aus alles im Blick, und Friedo saß ja an der Eingangs… »Friedo!!!«, rief Lea. Ruckartig öffnete er die Augen. »Du sollst zuhören!«, mahnte sie ihn.

»Ist alles vorbei?«, fragte er.

»Bald«, sagte Lea. »Bald, Friedo.«

37. Zu spät!

Gisela kam zurück aus dem Bad. Sie warf Öhrchen aufs Bett, der sich sofort wieder einkuschelte. Sie hatte ihre Jacke ausgezogen und stand nur in Top und Rock im Raum. Sie war zwar keine Elfe, aber auch kein Elefant. Irgendwas dazwischen, mit leichtem Hang zum Übergewicht. »Entschuldigt. Ich musste mir mal dringend mehr Luft verschaffen. Es ist so schwül hier drin. Können wir kurz das Fenster öffnen?«

»Klar!«, sagte Lea. »Kein Problem.« Sie ging an Gisela vorbei und rempelte sie aus Versehen an, weil sie nicht damit gerechnet hatte, dass Gisela stur stehen blieb.

»Sorry!«, sagte Lea und wollte ihr über den Oberarm streichen, doch da hatte Gisela blitzschnell die Hand draufgehalten.

»Oh! Zeig doch mal!«, sagte Lea und zog ihr zwei Finger beiseite. »Was hast du denn da für ein schönes Tattoo?«

Gisela nahm die Hand langsam runter. Lea las: *I regrett nohing!*

»Jean hat es mir gestochen. Kennst du jemanden, der ein Cover Up macht?«

»Und jetzt?«, fragte Friedo. »Müssen wir nicht die Polizei rufen? Wer macht es von uns?«

»Ich …«, begann Gisela, »ich brauche noch etwas Zeit. Bitte! Ich stelle mich! Lasst es mich kurz zu Ende erzählen, wie alles gekommen ist. Vielleicht können wir uns gemeinsam eine andere Geschichte ausdenken, damit ich … oder ihr seid meine Zeugen. Ja, sicher! Ihr müsst meine Zeugen sein! Ihr müsst mir helfen! So bekomme ich eine Chance auf Freispruch …« Sie sah zu Lea und Friedo. »Strafmilderung?«, fragte sie – kompromissbereit. Sie setzte sich auf die altrosafarbene Zweiercouch und schlug ihre kurzen Beine übereinander, versuchte es zumindest.

»Bitte was?« Lea glaubte, sich verhört zu haben. »Das kannst du nicht wirklich verlangen, dass wir etwas aussagen, was wir nicht gesehen haben.«

»Warum nicht? Ihr würdet mir damit einen großen, sehr großen Gefallen tun, und was meint ihr, wie wohl sonst Falschaussagen zustande kommen?«

Manchmal glaubte Lea, dass Gisela nicht alle Tassen im Schrank hatte – oder nicht alle Bücher im Regal, wenn man beim Schriftstellerischen blieb. Ach ja … sie seufzte und fragte sich zum wiederholten Male, weswegen sie eigentlich nach Hillesheim gekommen war? Genau!

Gisela lächelte zum ersten Mal seit Langem wieder: »Ich wusste, ihr würdet mir helfen!«, sagte sie.

Da hatte sie aber etwas gründlich missverstanden, wenn sie Leas Seufzen auf diese Art interpretierte. Friedo hatte auch etwas in den falschen Hals bekommen. »Lea!«, mahnte er sie. »Das willst du wirklich machen?«

»Nein, mache ich nicht! Keinesfalls! Aber wir hören dir weiter zu, Gisela. Komm zum Ende! Wir haben nicht ewig Zeit!«

»Ich sage nichts mehr!«, rief Gisela. Sie verschränkte die Arme, trotzig wie ein Kind. »Welchen Sinn macht es noch? Keinen!«

Friedo atmete auf. »Prima! Ich rufe den Kommissar an. Wer hat seine Nummer?«

Beide schüttelten den Kopf.

»Das geht auch über die 112«, meinte Lea und ließ Gisela nicht aus den Augen. Die bekundete ihren Unmut durch Schweigen und einen boshaften Gesichtsausdruck.

»Okay!« Friedo zückte sein Handy und stellte es an. Er schimpfte: »Das dauert wieder! Ich brauche dringend ein neues. Manchmal ist man aber auch zu geizig. Wahrscheinlich nur, weil man sich aufregen will. Endlich!« Sofort war Krach im Raum. Zehnmal ertönte derselbe Klingelton. Zehn verpasste Anrufe. Zwei große Ohren kamen unter der Bettdecke hervor, verschwanden dann aber wieder. »Ich werde immer noch gestalkt!«, sagte Friedo, wie jemand, der: »Ich habe Hunger« sagt.

Lea schlug die Hände über dem Kopf zusammen. »Das ist ein anderer Problemkreis. Darum kann ich mich nicht auch noch kümmern.«

Friedo hatte bereits 11… eingegeben, als Gisela laut rief: »Halt! Warte! Ich sage euch, wie es weiterging.«

Friedo interessierte es nicht. Er klickte hier und wischte da …

»Halt, Friedo! Nicht anrufen!«, rief Lea.

»Verstanden!«, kam es beschäftigt zurück.

»Wo war ich stehen geblieben?« Gisela nahm das Glas mit dem Wasser und trank einen Schluck.

Lea half ihr auf die Sprünge. Sie fasste zusammen: »Henri sollte tot sein und war es doch nicht.«

»Henri! Genau. Selbst über das Sterben setzte er sich noch hinweg.«

»Spaßbremse«, nuschelte Lea.

»Bitte?«

»Schon gut. Weiter.«

»Das darf nicht wahr sein!«, rief Friedo in den Raum. Doch niemand hörte ihm zu.

»Ich zog also meine Shownummer mit Marie ab«, sagte Gisela.

Lea hätte sich ein bisschen mehr Empathie dabei gewünscht. Bereute sie es nun, Marie vergiftet zu haben oder nicht? Wenn nein, warum nicht?

»Henri war alles, aber nicht dumm, und so wusste er natürlich, dass man ihn auch vernehmen und schlimmstenfalls verdächtigen würde. Nicht nur Jean hatte sich fürchterlich mit Marie gestritten, sondern er auch, wie ihr ja mitbekommen habt. Cholerisch, wie Henri manchmal sein konnte, befürchtete er auszurasten, wenn der Kommissar ihn befragte, und deshalb musste er dringend auf sein Zimmer, sich beruhigen und nachdenken.«

»Woher weißt du das, was er in dem Moment dachte?«, fragte Lea.

Sie lachte höhnisch. »Weil ich ihn in- und auswendig kenne und wir lange genug verheiratet sind … waren. Oder sind wir es immer noch?«

»Nur auf dem Papier«, sagte Lea. »Aber eigentlich bist du jetzt eine Wit… Gisela! Lenk nicht ab!«

»Ich hätte es mir denken können!«, warf Friedo ein.

Die Frauen nickten fälschlicherweise.

»Als der Kommissar sagte, ich solle nach meinem Mann schauen und ihn herunterholen, war das für mich die Gelegenheit, Nägel mit Köpfen zu machen. Den Abschiedsbrief hatte Jean ja, nach mehreren Anläufen, schon geschrieben. Wenigstens das hatte er gemacht. Der Brief lag also bereit und kam mir sehr gelegen. Ich hoffte, dass, wenn die Polizei wirklich dahinterkommen sollte, dass Henri vergiftet worden ist – wovon ich erst einmal nicht ausging – sie herausbekommen würde, wer den Abschiedsbrief tatsächlich geschrieben hat, nämlich Jean.«

»Ah so!«, sagte Friedo abwesend.

»Aha!«, meinte Lea.

»Ich ging also nach oben und öffnete mit meinem Zweitschlüssel die Tür. Glücklicherweise hatte er seinen nicht von innen stecken lassen. Ich weiß nicht, ob es trotzdem funktioniert hätte. Egal. Jedenfalls schloss ich die Tür auf, und da lag Henri in seinem durchgeschwitzten Feinripp auf dem Bett – kreidebleich und zittrig. Ich genoss seinen Anblick.«

Lea sah sie entsetzt an.

»Nein, es tut mir nicht leid, dass ich das sagen muss! Viel Zeit blieb mir leider nicht dafür, ihn nur anzuschauen. Ich musste handeln! Also nahm ich meinen Müsliriegel zur Hand, von dem ich immer einen in meiner Handtasche, auf dem Nachttisch oder, wenn ich verreise, auch im Koffer liegen habe. Wer einmal unterzuckert war, geschwitzt und gezittert hat, der weiß, wovon ich rede. Das möchte man kein zweites Mal erleben. Henri mochte es auch nicht. Er riss mir den Riegel aus der Hand und verschlang den Kör…ner…riegel …«, sie zog mit einem Finger das Augenlid etwas herunter, »… regelrecht und ging in den ewigen Himmel der Jähzornigen ein. Ich legte schnell den Abschiedsbrief dazu. Fertig war das Gesamtbild! Wusstet ihr, dass Müsliriegel über einundvierzig Gramm Zucker haben? Deshalb klebt er so, halten die Körner zusammen. Gut, dass mir das rechtzeitig eingefallen war.«

»Ich hab's!«, rief Friedo, der immer noch auf sein Handy stierte. Die Frauen nahmen keine Notiz von ihm.

»Scheiß Pflanze!«, sagte Lea. »Wie viele braucht man jetzt wirklich dafür … für … also, du weißt schon.«

»Eigentlich nicht viele. Für Henri habe ich etwas mehr als für Marie genommen. Da wollte ich auf Nummer sicher gehen. Dreizehn Stück waren es.«

»Wie viele Samenkörner befinden sich auf einem Blatt?«

»Ich habe sie nicht gezählt«, sagte Gisela, »vielleicht einhundert.«

»Sag mal, wie viele Blätter oder Körner hast du denn noch?«

Giselas Auskunftsfreudigkeit legte sich schlagartig. Sie verstummte.

»Gib sie mir!«, forderte Lea. »Bevor noch mehr daran glauben müssen.« Sie streckte die Hand aus.

»Habe ich nicht hier. Sind in meinem Koffer.«

»Her damit!«, sagte Lea. »Das nehme ich dir nicht ab, dass du sie nicht mit dir herumträgst!«

Gisela griff in ihren BH und holte das Plastiktütchen mit dem roten Zippverschluss hervor. Es war zu einem Viertel mit den winzigen Samenkügelchen gefüllt. Sie hielt es in die Höhe und schaukelte damit hin und her.

»Ist schon genial, was man damit alles anstellen kann. Es gibt einem das Gefühl von Macht. Ich hätte nie gedacht, dass ich mal so denken würde, aber …«

»Gisela! Gib es mir!«

Gisela öffnete geschickt das Tütchen und drückte es mit zwei Fingern weit auseinander.

Lea sprang auf.

Da hatte Gisela bereits viele Körner auf ihre Hand geschüttet, wobei ein paar zu Boden rieselten. Sie öffnete langsam den Mund, und mit Schwung ...

... schlug Lea ihr die Hand weg. Die Körner flogen durch die Gegend.

38. Alle Mann aufs Bett!

Lea griff zu ihrem Handy und rief den Kommissar an, Gisela griff in aller Seelenruhe zur Fernsehzeitung und schaute sich die Bilder an.

Die giftigen Samenkörner lagen weit verstreut auf Tisch und Teppichboden.

»Aufs Bett! Alle Mann aufs Bett! Aber passt auf den Hund auf!«, rief Lea.

Friedo ließ es sich nicht zweimal sagen. Gisela folgte ihm sofort. Leas Herz stampfte wie der Dieselmotor eines Containerschiffes, als habe sie selbst eine Dosis Giftkörner abbekommen. Den letzten Gedanken verwarf sie sehr schnell, sonst würde sie die nächste Minute nicht überleben. Sie setzte sich auf den Stuhl mit dem Rücken zum Eingangsbereich, wo eben noch Friedo gesessen hatte.

Friedo und Gisela, auf dem Bett liegend, starrten sie mit aufgerissenen Augen an. Lea fühlte sich nicht nur schlecht, sondern auch wie die Hauptdarstellerin eines Thrillers, hinter der der Mörder mit erhobenem Messer stand.

Sie hätte sich besser umdrehen sollen, dann wäre der Schreck nicht so groß gewesen und sie hätte mitbekommen, wie jemand zaghaft geklopft und die Tür geöffnet hatte. Der Mann im Trenchcoat rief: »Was ist denn hier los?«

Aber so ... sackte sie in sich zusammen.

Als Lea erwachte, fand sie sich auf dem *Hexer*-Bett wieder. Friedo schaute ihr tief in die Augen. Ihre Stirn fühlte sich nass und kalt an. Sie schüttelte sich, nahm das Handtuch herunter und lächelte verkrampft. »Was ist passiert?«, fragte sie, bäumte sich im selben Moment auf. »Wo ist ... Gisela? Gisela! Wir müssen sie schnappen. Die Polizei! Sie muss ... wo ist das Tütchen, das ich ihr abgenommen habe? Darin waren noch Körner!«

»Psssst!«, machte Friedo und strich ihr mit eiskalten Händen zärtlich über die Wangen. »Der Kommissar hat das Tütchen an sich genommen und Gisela mitgenommen. Sie ist in Sicherheit. Also, ich meine, sie kommt in sichere Verwahrung und darf ihre Geschichte bei der Vernehmung noch einmal erzählen.«

Lea nickte, entspannte sich für eine Sekunde, um dann erneut hochzuschnellen: »Das Gift auf dem Boden ...!«

»Wird noch erledigt«, sagte Friedo. »Ruh dich schnell aus. Ich meine: Lass dir Zeit! Verdammt, nein! Komm, wir fahren zu mir! Du kannst heute Nacht bei mir schlafen.«

Lea setzte sich auf. Es wurde ihr wieder schwindelig. Ob sie jemals wieder klar denken konnte?

Da raschelte die Bettdecke. Zwei große Ohren kamen zum Vorschein und dann der kleine Körper. Er legte das Köpfchen schief und wischte mit einer Pfote über die müden Augen. Gisela schien er nicht zu vermissen, sondern kuschelte sich an Lea.

»Huch, den haben wir ja völlig vergessen! Wir müssen ihn mitnehmen!« Sie beugte sich zu ihm herunter. Öhrchen leckte über ihre Wange, als wolle er sich dafür bedanken.

39. Du musst nichts befürchten!

Lag es an der Gewissheit, dass die wahre Mörderin nun gefasst worden war und sie, Lea, ihren Teil dazu beigetragen hatte – oder daran, dass Friedo sich so rührend um sie kümmerte oder dass Öhrchen auf ihrem Schoß lag? Sie spürte jedenfalls, dass es ihr von Minute zu Minute besser ging.

Es dauerte nicht lange, da bogen sie in ein stockfinsteres Waldstück ab. Nur die Scheinwerfer zeigten den Weg.

Friedo redete beruhigend auf sie ein. »Keine Angst!«, sagte er. »Ich bin kein Triebtäter, der sein Opfer in den dunklen Wald lockt, um es zu zerstückeln und sein Blut zu trinken. Werde dich hier auch nicht vergra...«

»Friedo!!! Kannst du mal damit aufhören?

Er grunzte wohlig, riss das Steuer herum, bog scharf rechts in einen engen Feldweg ab und gab Gas. Sie wurden hin und her geschaukelt. Lea hielt sich an den Lehnen fest. Links und rechts peitschten die Zweige der eng stehenden Büsche Schrammen auf das Wagenblech.

Nein, sie hatte keine Angst. Nicht mit diesem schlafenden Wachhund auf dem Schoß.

Friedo trat auf die Bremse. Er zupfte eine Fernbedienung von der Sonnenblende und drückte darauf. Da standen sie auch schon vor dem über zwei Meter hohen eisernen Tor, dessen wahre Schmiedekunst sie vor lauter Security-Schildern kaum erkannte.

Es öffnete sich langsam aber gewaltig.

Sie fuhren die lange Auffahrt hoch und hielten vor dem weißen Prachtbau aus der Gründerzeit. Es wunderte Lea, dass solch ein Kasten ausgerechnet hier in dieser Gegend stand – mitten in der Eifel, in der sie eher Bauernhäuser vermutet hätte. Viel Zeit darüber nachzudenken blieb ihr nicht. Friedo riss die Wagentür auf, nahm Leine und Hund entgegen und hielt Lea seine Hand zum Aussteigen hin.

Sie sehnte sich nach einer heißen Dusche und frischer Kleidung, damit sie wieder ein anderer Mensch wurde. Ach, wie egoistisch sie war. Hundefutter! Sie brauchte dringend Hundefutter für Öhrchen, damit er nicht völlig vom Fleisch fiel und nur noch aus Ohren bestand.

Sie schritten, wie nach einer Hochzeitsreise, auf das Haus zu. Es hatte etwas Feierliches und Zukunftsweisendes. Oder bildete sie sich das in ihrer Erschöpfung nur ein?

Nachdem mindestens drei Sicherheitsschlösser geöffnet und eine Zahlenkombination eingegeben worden waren, öffnete sich die überbreite massive Holztür. In der Empfangshalle nahm Öhrchen Witterung auf und riss sich von der Leine. Nicht ganz, Friedo hatte ihn rechtzeitig davon befreit.

Friedo wollte Lea direkt in ihr Gästezimmer mit Bad führen. Aber sie musste das alles erst einmal auf sich einwirken lassen, was sie hier sah. Sie blickte auf weißen Marmorboden, schwere dunkelrote Teppiche, Kristallleuchten, stehend und hängend, hochglanzpolierte Mahagonischränke und Vitrinen – alles mit Gold verziert oder abgesetzt – und eine Ledercouch, auf der ein ganzer Harem Platz gehabt hätte. Kurzum: Sie war fasziniert, wie protzig er eingerichtet war, vielleicht einen Touch zu feminin.

»Stör dich nicht daran!«, sagte er. »Das kommt alles weg! Es ist die Einrichtung meiner Ex, die in ihrem Größenwahn nicht zu überbieten war.«

Lea bekam den Mund nicht mehr zu. »Nein«, sagte sie.

Nachdem sie den ersten Schock überwunden hatte, musste sie etwas Wichtiges klären: »Ich brauche wie gesagt dringend Hundefutter für Öhrchen. Der arme Kerl hat heute bestimmt noch nichts Gescheites gefressen. Hast du irgendetwas im Haus, was man ihm anbieten könnte … etwas einigermaßen Hundegerechtes?«

Friedo nickte. Er ging mit ihr in den Ballsaal von Küche. Auch hier war alles sauber, fast steril. Er öffnete den hohen Schrank ohne Griffe, indem er einfach auf das polierte Weiß tippte. Er war von oben bis unten mit Fünf-Sterne-Hundefutter in allen Geschmacksrichtungen gefüllt. »Was meinst du, was er am liebsten mag?«, fragte Friedo.

Lea lachte, aber das Lachen blieb ihr im Halse stecken. »Wieso wusstest du … du konntest doch nicht wissen, dass ich … so viel frisst kein Hund, schon gar nicht Öhrchen! Friedo! Was ist hier los?«

Er kam näher und umarmte sie. Wie immer war es der falsche Moment. Lea stieß ihn weg. »Ich will sofort eine Erklärung!«

Friedo steckte sich zwei Finger in den Mund und pfiff. Mit dunklem Gebell kamen fünf Hunde angelaufen. Die zehn riesigen Ohren wackelten bei jedem Schritt. Nur einer rutschte beim Laufen immer wieder aus, weil er den Boden noch nicht kannte. Flink setzte er sich zu den anderen vier Öhrchen und machte Männchen.

Rudelintelligenz.

»Aber ... aber ... du hast die Hunde doch nicht die ganze Zeit alleine ge...« Lea erschrak. Ein attraktiver, gut durchtrainierter Mann um die dreißig, dunkle Haare, dunkler Teint, im feinsten Zwirn, kam geräuschlos zur Tür herein. »Guten Abend!«, sagte er freundlich. Lächelte aber nicht, sondern blieb höflich distanziert. Seine Augen schauten irgendwohin. Er hätte auch ein Roboter sein können. »Haben Sie noch einen Wunsch?«, fragte er.

»Gab es irgendwelche Vorkommnisse, während ich weg war?«, erkundigte sich Friedo. »Sind die ... Öhrchen ... schon gefüttert worden?«

»Alles bestens«, antwortete der Mann pflichtgemäß. »Ja, ich habe ihnen eben etwas gegeben. Auch, wenn es nicht danach aussieht. Das Telefon stand nicht still während Ihrer Abwesenheit. Ihr Anrufbeantworter müsste abgehört werden. Die letzten Telefonate konnte er nicht mehr aufnehmen.«

»Danke, ich kümmere mich später darum.«

»Haben Sie noch einen Wunsch?«

Vermutlich wartete er darauf, dass er endlich nach Hause gehen durfte, oder wohnte er auch in dieser Villa? Im Butler-Zimmer?

»Ja«, antwortete Friedo, ganz der Hausherr. »Bitte lassen Sie Wasser in die Wanne im Gästezimmer ein. Meine ...«

Lea sah ihn groß an.

»… und streuen Sie die Blütenblätter aus der Pariser Parfümerie aufs Wasser. Das gibt einen angenehmen Duft.«

»Sehr wohl!«

»Danach können Sie nach Hause fahren. Sagen Sie vorher kurz Bescheid.«

»Gerne.« Mit einem Nicken verschwand er, wie er gekommen war. Lautlos.

Lea fühlte sich in einen klassischen Hitchcock- oder Edgar-Wallace-Film versetzt. Da wurden die Butler auch immer nach Hause geschickt, damit sie den Mord nicht mitbekamen. Oder verwechselte sie das mit einem Pornofilm, von dem sie allerdings nur einmal einen sehr schlechten gesehen hatte – er spielte in einem alten Herrenhaus. Nachdem der Butler verschwunden war, ließ der Hausherr seinen Hausmantel fallen und hatte nichts darunter und dann … wurde das unschuldige Mädchen, das sich in Sicherheit wog, plötzlich …

Friedo sah in ihr erschrockenes Gesicht.

»Du musst nichts befürchten!«, sagte er und streichelte über ihre Wange. »Es geschieht nichts, was du nicht willst.«

Das beunruhigte Lea noch mehr.

40. Das große Kribbeln

Lea betrat das Gästezimmer. Sie hatte nichts anderes erwartet – vielleicht ein Himmelbett anstatt eines übergroßen Boxspringbettes mit rot gestepptem Leder-Kopfteil und vielleicht ein abgeschlossenes Bad anstatt einer frei stehenden Badewanne mitten im Raum. Jammern auf höchstem Niveau.

Tief sog sie den Duft der großen Blütenblätter ein, die bunt auf dem Wasser schwammen und so ihr Duftaroma entfalteten. Sie genoss die wohlige Wärme der hohen Luftfeuchtigkeit. Das hatte etwas Aphrodisierendes.

»Gefällt es dir?«, fragte Friedo, der sich in der Zwischenzeit etwas Bequemeres angezogen hatte. Für ein Tennisspiel mit der jungen Queen wäre es angemessen gewesen. Er stand hinter ihr und hielt die Hände auf seinem Rücken, als sei er mit Handschellen gefesselt.

Sie nahm seine übertriebene Zurückhaltung grinsend zur Kenntnis. »Wunderschön! Empfängst du hier viele Gäste?«

»Nein. Meine Ex hatte immer viele Gäste – wenn ich nicht da war.«

»Oha!«

»Genau!«

»Wann ist denn die Scheidung durch?«, fragte Lea.

»Das zieht sich. Sie will erst an mein Geld. Nicht dass ich nicht genügend hätte, aber sie will mich fertigmachen. Will mir Dinge anhängen, die ich nicht gemacht habe, mich hinter Gitter bringen.«

»Du kannst dir die besten Anwälte leisten!«

»Die auch wiederum an mein Geld wollen. Außerdem hat sie mit denen, die ich kenne und die ich gerne beauftragt hätte, bereits geschla... was ich hinterher erfahren habe ... Lass uns von etwas anderem reden.«

»Wie willst du dein Problem lösen?«, fragte Lea.

»Ich werde es lösen, egal wie. Schon bald.«

Lea sah sich ängstlich um. »Wo ist eigentlich Öhrchen?« Nein, sie war keine gute Hundemama, bei dem winzigen Hund gestaltete es sich aber auch schwierig. Kein Wunder, wenn man ihn andauernd übersah oder vergaß.

»Der fühlt sich in meinem Rudel wohl. Lass ihn ruhig unter seinesgleichen sein.«

»Warum hast du nichts von deinen Hunden erzählt?«, fiel Lea auf.

»Es sind nicht meine, sondern die von meiner Ex. Aber selbst die Hunde wollten lieber hierbleiben. Einer hat sie sogar gebissen, als sie an seiner Leine gezerrt hat. Hunde haben – im Gegensatz zu uns Menschen – ein sicheres Gespür dafür, wer es gut mit ihnen meint. Sie hat sie dann einfach hiergelassen.«

»Oh je«, sagte Lea. »Hauptsache, sie fühlen sich wohl bei dir. Öhrchen macht es jedenfalls. Immer herumgeschubst zu werden, ist selbst für einen Hund nicht einfach.«

»Das stimmt! Übrigens, selbst für die Hunde möchte sie Geld haben.«

»Ich verstehe nicht, wie jemand so geldgierig sein kann. Sicher, ganz ohne Geld geht es auch nicht. Ich wäre beruhigter, wenn ich vom Schreiben leben könnte, aber das können die wenigsten Autoren. Das ist ein ewiger Kampf ums finanzielle Überleben.«

»Hast du noch mal nach dem Ranking deines Buches geschaut?«

»Friedo! Wann denn? Du weißt doch, was in den letzten Stunden, nein, Tagen, alles los war!«

»Aber nach dem Bad könntest du nachsehen. Einfach nur so, damit du auf andere Gedanken kommst und dich wieder auf deine Karriere konzentrierst.« Er lächelte wohlwollend. »Ich lasse dich nun in Ruhe baden, sonst wird das Wasser kalt. Das wäre sehr schade.«

Lea gähnte. »Am liebsten möchte ich danach sofort ins Bett gehen, wenn du nichts dagegen hast. Mein Redebedarf ist für die nächsten Monate gedeckt.«

Er tippte sich auf die Brust. »Ich? Etwas dagegen haben? Ich wäre der Letzte!«

»Alleine!«, stellte Lea klar. »Morgen sehen wir dann weiter.«

Er zögerte. »Ja, bis morgen. Schlaf nicht in der Wanne ein! Da ist schon so mancher drin umgekommen!«

Lea zog sich aus und warf die Sachen auf den Boden. Die musste sie nachher luftdicht verpacken. Sie legte ihr Handy auf den Ablagetisch neben der Wanne mit den goldfarbenen Armaturen – oder waren sie tatsächlich aus Gold? – und stieg vorsichtig in die edel geschwungene Keramik. Dabei hielt sie sich am Wannenrand in einer Griffmulde fest. Plötzlich wirbelte das Wasser winzige Luftbläschen nach oben. Die Blütenblätter tanzten auf der Wasseroberfläche. Lea tauchte in das angenehm warme Wasser ab. Es prickelte überall.

Das war Lebensqualität! Sie schloss die Augen und versuchte, von etwas Schönem zu träumen. Nur, von wem oder was sollte sie träumen?

Von Friedo? Zu früh!

Von ihrer Karriere? Zu weit weg!

Sie scheute sich davor, nach den Verkaufszahlen des Romans zu sehen, hatte keine Lust auf die Rankings von Print und eBook des großen Online-Anbieters. Sie wollte sich nicht terrorisieren lassen von der schnelllebigen Zeit, der Jagd nach den besten Plätzen, der Illusion, das Buch könnte unter mindestens 24.000 deutschen Neuerscheinungen des Jahres auch nur den Hauch einer Chance haben, ein Bestseller zu werden. Manchmal war es deprimierend, manchmal sagte sie nur: »Na und!«

Die Entspannung im Bad wollte sich nicht einstellen. Im Gegenteil. Das Wasser belebte sie, aber auf eine unangenehme Art und Weise. Ihr wurde heiß, sehr heiß! Sie stellte die Whirlpool-Funktion aus und sah zu, wie sich die Blüten und das Wasser wieder beruhigten. Zum Teil hatte es sich von den Rosenblättern rötlich verfärbt. Mit beiden Händen hob sie ein paar Blüten hoch und roch daran. Das konnte unmöglich der natürliche Duft sein. Da hatte die Chemie ordentlich nachgeholfen. Sie ließ die Hände wieder ins Wasser gleiten und fischte nun nach einigen rosa Blüten. An ihrem Daumen klebte ein besonders kleines Blatt – ein grünes.

Lea schüttelte panisch ihre Hand, versuchte, das Blatt am Wannenrand abzustreifen. Es drehte sich dabei.

Keine Samenkügelchen zu sehen. Hatten sie sich etwa durch die Chemie und das heiße Wasser aufgelöst?

Lea sprang auf. Wasser schwappte über den Rand.

Am ganzen Körper kribbelte es. Sie bekam Kopfschmerzen – Stiche – die Augen brannten – die Hände zitterten – das Herz raste. Lea sah auf die Unterarme. Sie waren mit vielen roten Punkten übersät, so groß wie Stecknadelköpfe. Aber nicht nur dort, sondern auch auf ihren Beinen, den Bauch, den Brüsten. Dusche! Sie brauchte eine Dusche, musste sich dringend abbrausen, damit sie keinen tödlichen Schock erlitt. Oder stand sie kurz davor? Ihr wurde schlecht und schwindelig zugleich. Hatte dieser Butler ihr etwa …? Im Auftrag von Friedo? Vor ihren Augen flimmerte es. Sie halluzinierte. Heringe! Rote Heringe! Überall!

Lea schlang sich das Saunatuch um den geröteten Körper und lief los. »Friedo! Friedooo!!! Ein Arzt! Ich brauche einen Arzt!«

Friedo kam mit dem klingelnden Handy in der Hand angelaufen. Er warf es auf den Boden und fing Lea in letzter Sekunde auf.

Sie lag in seinen Armen und röchelte: »Warum, Friedo? Warum nur … hast du … das Giftblatt …? Ich dachte … du liebst mich. Gelogen?« Sie bäumte sich auf. »Hast du etwa auch …? Sag es mir! Ich muss es wissen … bevor ich …!«

»Nein! Verdammt noch mal! Reiß dich zusammen!« Er schlug ihr mit der flachen Hand ins Gesicht, aber nur, um sie zur Besinnung zu bringen. »Das war kein Giftblatt!, hörst du? Es sind nur Rosenblüten! Vielleicht hat sich ein Rosenblatt dazwischen …«

Tränen kullerten. »Aber meine Haut! Sieh dir meine Haut an!« Sie zog entkräftet den Bademantel auseinander.

Nun zitterte Friedo am ganzen Körper. »Komm duschen!«, sagte er. »Klares kaltes Wasser hilft! Ich gebe dir eine Allergiesalbe. Wenn es danach nicht besser wird, fahre ich dich ins Krankenhaus.«

41. Der unheimliche Anrufer

Lea und Friedo mussten nicht ins Krankenhaus fahren. Nachdem sie die Badeessenz ordentlich abgeduscht hatte, begleitete er sie wieder ins Gästezimmer. Noch immer klebte das grüne Blatt am Badewannenrand. Auch Lea sah nun, wie harmlos es war. Die Schachtel mit den Rosenblütenblättern auf dem Beistelltisch daneben gab Auskunft darüber, dass es zu eventuellen Hautreizungen kommen könnte, wenn man gegen Parfüm allergisch sei. Lesen bildet, dachte Lea. Zusammen mit der Überreaktion der Psyche ... kein Wunder.

Friedo entschuldigte sich, sagte, er wolle nur kurz etwas aus der Küche holen.

Lea staunte, als er zurückkam: »Einen Mörser? Was willst du denn damit?«

Er setzte sich zu ihr aufs Bett. »Das wirst du gleich sehen.« Er griff in seine Hosentasche und überreichte ihr ein goldenes Medaillon.

»Friedo! Das kann ich nicht annehmen! Ich habe mich noch nicht entschieden, ob ich mit dir ...« Sie zog den Bademantel enger.

»Mach es auf!« Er räusperte sich. »Mache es *bitte* auf!«

Lea ging mit ihrem langen Fingernagel zwischen die beiden Hälften und klappte eine Seite auf. »Aber ...«

»Ich will es nicht mehr!«, sagte er. »Bitte lasse es uns gemeinsam vernichten.«

Er holte ein Feuerzeug heraus und stellte den Mörser vor Lea auf die Matratze. Die Zeremonie begann. Lea fingerte vorsichtig das Blatt aus dem Medaillon und legte es in das Marmorgefäß. Unter dem Druck des Stößels zerbröselte das bereits getrocknete Giftblatt schnell. Die Samenkörner bildeten alsbald ein winziges Häufchen weißliches Pulver, das ausgezeichnet brannte, ja fast verpuffte. So als verpufften alle Illusionen, damit wirklich Probleme lösen zu können, mit ihm.

Friedo stellte den Mörser beiseite. Lea schloss den Deckel des Goldmedaillons und gab es Friedo zurück. Er nahm es an, aber nur, um ihr die Kette um den Hals zu hängen. »Das Medaillon ist für dich!«, sagte er. »Als Erinnerung!«

Sie sahen sich lange in die Augen. Es war dieser unwiderstehliche Blick, der Lea mit ihrem Gesicht näher rücken ließ. Ihre Lippen berührten sich sanft. Zärtlich legte er seine Arme um sie und glitt langsam mit ihr auf die Bettdecke ... doch dann ...

»Mist!«, fluchte Friedo. Er griff zum Handy, nahm das Gespräch an. »Jetzt ist ein für alle Mal Schluss!«, rief er in den Hörer. »Komm her, wenn du was von mir willst, und sag es mir direkt in die Augen! Aber hör auf, mich andauernd anzurufen! Nein! Habe ich nicht und werde ich auch nicht!« Friedo drückte auf das Lautsprechersymbol, damit Lea mithören sollte.

»... dann erzähle ich, dass du ... Ich werde die Polizei darüber informieren, was du mir gesagt hast. Als wir alleine waren ... dass du mit dem Giftblatt deine Ex umbringen willst und ...«

Die Stimme kannte Lea nur zu gut. Sie sah Friedo an.

»Das kannst du ruhig! Das war im Scherz!«, sagte Friedo, »da lebten doch noch alle. Sonst hätte ich es gewiss nicht gesagt. Das mit meiner Ex hat sich auch erledigt.«

»Du hast sie schon …?«

»Nein! Ich werde die Ehe auf natürliche Art und Weise beenden. Ich bin auch kein Prinz! Das habe ich nur im Scherz gesagt.«

»Aber … aber! Du kannst mir das Geld für die Steuer also nicht geben?«

»Nein! Kann ich nicht!« Nun wurde Friedo laut. »Das hätte ich nie von dir gedacht, Carmen, dass du so hinterhältig bist und mich erpresst!«

»Hinterhältig? Erpressen?«, kreischte sie. »Wie kommst du darauf? Ich wollte nur ein Menschenleben retten! Das Giftblatt hast du aber, das habe ich gesehen, wie du es ins Medaillon gesteckt hast. Also, Geld oder Polizei.«

»Polizei!«, sagte Friedo, »wenn du nicht sofort Ruhe gibst. Ich habe kein Giftblatt. Lea kann es bezeugen.«

»Ja, kann ich«, rief Lea in den Raum. »Ich habe auch alles mitgehört. An deiner Stelle würde ich es mir noch mal überlegen, ob du weitermachst.«

Stille.

Carmen hatte die Zeit wohl nur zum Luftholen benötigt: »Ha, du bist ja nur scharf auf sein Geld, jetzt hast du es gehört, dass er keins hat.«

»Wenn du meinst, Carmen. Aber es gibt noch so etwas wie Freundschaft und … Liebe.«

»Gib endlich Ruh!«, sagte Friedo zu Carmen und drückte das Gespräch weg. »Was hast du da gesagt?«, fragte er Lea. »Kannst du das noch mal wiederholen?«

Sie lächelte ihn an. »Es gibt noch so etwas wie Liebe«, antwortete sie.

Friedo nahm sie in den Arm. Sie machten dort weiter, wo sie aufgehört hatten.

42. Die Wiederholungstäterin

Auf dem Weg durch Hillesheim dachte Lea an letztes Jahr zurück, als sie genau diese Straße entlanggefahren war, die direkt auf das *Krimihotel* zuführte. Diesmal wurde sie gefahren, in einem weißen 220er Mercedes Benz. Friedo hatte ihr seinen Wagen geschenkt.

Angekommen. Lea schnappte sich ihre Kellybag und ging vor zum Hintereingang. Um den Rest musste sie sich nicht kümmern. Was würde sie erwarten, wenn sie gleich auf ihre Gäste traf? Vor ein paar Wochen hatte ihr die Veranstaltungsleiterin mitgeteilt, dass sie diesmal den Krimisalon vorbereiten würden, weil es sehr viele Anmeldungen gebe, und fragte, ob sie einen Monat später ein zweites Wochenende geben könne, da auch die Teilnehmerzahl dieser Warteliste bald erschöpft sei.

Ja, seit letztem Jahr – und seit ihrem letzten Krimiwochenende – hatte sich sehr viel getan, womit sie nie im Leben gerechnet hätte.

Erinnerungen wurden wach, als sie ins noch leere Kaminzimmer sah. Hier hatte der Blutrausch stattgefunden, und hier hatten sie ...

Der Aufzug öffnete sich mit einem ›Pling‹. Heraus kamen zwei Frauen, die sich freuten, als sie Lea erblickten.

Die Kleinere von ihnen begrüßte sie mit einem lauten: »Ah, Sie sind doch die Autorin! Meine Freundin und ich haben die letzten beiden Plätze ergattert und sind so froh darüber! Dürfen wir ein Selfie mit Ihnen machen?«

»Selbstverständlich!«, sagte Lea. Sie konnte gar nicht mehr zählen, wie oft sie das letzte halbe Jahr für ein Selfie in die Kamera gelächelt hatte. Die moderne Autogrammkarte, das ging schnell und schonte das Handgelenk.

»Danke!«, sagten die Frauen. Nun ergriff die andere das Wort: »Lesen Sie heute aus Ihrem Buch *Mord im Krimihotel* vor? Das ist großartig, was Sie sich da ausgedacht haben. Oder gibt es ein neues?«

Lea bedankte sich artig und verschwieg lieber, dass die Geschichte im *Krimihotel* nicht so weit hergeholt war, wie die Dame vielleicht dachte. Sie wollte den Frauen keine Angst machen. »Bis heute Abend zum Blutrausch!«, rief sie ihnen hinterher, doch das hörten sie nicht mehr, weil ihre Handys wichtiger waren.

Noch im Flur, vor der Vitrine mit den Kippkannen stehend, sah Lea Romy aus der Küche kommen. Wie immer hatte sie einen flotten Schritt drauf. Als sie Lea sah, wurde sie noch schneller und strahlte sie an. »Guten Tag, Frau Schein! Da sind Sie ja wieder! Herzlich willkommen in unserem *Krimihotel*! Ich wünsche Ihnen einen angenehmen Aufenthalt.« Sie kniff ein Auge zu. »Alles in Ordnung bei Ihnen?«, schob sie schnell noch hinterher.

Lea nahm sie in den Arm und drückte sie. »Ja, alles bestens. Bei Ihnen auch? Ich meine, auch hier, im *Krimihotel*?«

Romy flüsterte: »Ja, wir haben sofort alles wiederhergerichtet und das Zimmer renoviert. Für Firmen oder Gesellschaften gibt es jetzt sogar einen *Escape Room,* in den unsere Gäste eingeschlossen werden können. Sie kommen nur raus, wenn sie eine Reihe von Rätseln gelöst haben. Das erfreut sich großer Beliebtheit.«

Lea lachte. »Och, das gab's letztes Jahr auch schon – als ich da war.« Endlich war sie wieder in der Lage, Späße darüber zu machen. Die Zeit heilte tatsächlich alle Wunden.

»Haben Sie schon Ihren Schlüssel abgeholt?«, fragte Romy.

»Ja, diesmal nehme ich die *Chicago-Suite*. Ich brauche Platz, für mich und meine Begleitung.«

»Ah.« Romy war wie immer diskret. Sie hätte bestimmt gerne nachgefragt. Lea half ihr auf die Sprünge. »Mein Mann Friedo ist leider verhindert, obwohl er gerne mitgekommen wäre. Die Geschäfte gehen vor. Dafür habe ich diesmal meinen Fitnesstrainer mitgebracht. Er kennt sich übrigens auch mit Kampfsport aus. Man weiß ja nie.«

Romy erstarrte.

»Keine Sorge. Das Wochenende wird bestimmt harmlos. Ich glaube nicht, dass es solch eine mörderische Gesellschaft wie beim letzten Mal noch einmal geben wird.«

»Na ja …«, sagte Romy. »Übrigens, der Blutrausch findet heute Abend im Krimisalon statt.«

Der Koch rief sie. Romy entschuldigte sich schnell.

Am Blutrausch-Abend hatte Lea sich in ihren neuen Designer-Hosenanzug geworfen, der wie ein Smoking aussah, aber eigentlich war er ein schwarzer Jumpsuit. Er hatte sie so an Emma Peel erinnert, nur dass *ihr* John Steed heute nicht mit Schirm und Melone dabei war. Schade. Sehr schade.

Sie probierte das Headset aus. Legte ihre Unterlagen und das Buch auf den Lesungstisch. Ein vorerst letzter Blick auf das Handy. Friedo wünschte ihr viel Erfolg. Er amüsierte sich in Dubai und hatte eine Verhandlungspause, versprach ihr, etwas Goldenes mitzubringen. Sie schrieben sich Liebesschwüre. Einmal mehr war Lea froh, sich damals nicht von seinem Geld geblendet haben zu lassen und das Gold seines Herzens erkannt zu haben.

Dank eines Promi-Anwaltes, mit dem seine Ex noch nichts zu tun gehabt hatte, war er damals im Fall Amelie freigesprochen worden. Friedo hatte Amelies Familie angeboten, ihnen eine hohe fünfstellige Summe zukommen lassen, die sie jedoch ablehnten. In ihren Augen blieb er zeitlebens der Schuldige. Natürlich war ihm bewusst, dass man kein schlechtes Gewissen der Welt mit Geld beruhigen konnte. Das musste er ganz alleine mit sich ausmachen.

Gisela hingegen hatte ihre gerechte Strafe bekommen und saß im Frauengefängnis ein. Früher hatte sie die Kriminellen eingeschlossen, nun war sie selbst unter Verschluss gekommen. In einem langen Brief schilderte sie, wie wohl sie sich in der JVA fühle und dass sie viele Freundinnen gefunden habe. Sie arbeite zeitweise in der Küche und habe viel dazu gelernt, besonders über die Vielfalt der Wildkräuter. Öhrchen hatte sie vergessen.

Auch von Natascha hatte Lea Post bekommen.

Das war es, was Lea noch dringend ändern sollte. Die private Adresse auf ihrer Website musste schnellstens durch die der Agentur ersetzt werden. Womöglich folgten sonst auf die Briefe irgendwann Besuche. Nicht von Gisela oder Natascha, da hatte sie die nächsten Jahre nichts zu befürchten, aber von verliebten oder stürmischen Fans.

Natascha hatte ihren Bruder tatsächlich aus dem Gefängnis freibekommen, aber erst nachdem sie sich gestellt und den genauen Sachverhalt geschildert hatte. Nach und nach wollte sie ihre Geschichte in Tagebuchform aufschreiben und zum Dank Lea schicken. Das sei sie ihr schuldig, schrieb sie. Ob das wirklich der alleinige Grund war?

Lea seufzte. Sie sah auf die Uhr. Oh je. In Gedanken vertieft, hatte sie nicht mitbekommen, dass der Großteil der Gäste bereits Platz genommen hatte. Gebannte, staunende, erwartungsfrohe Gesichter, Stimmengewirr, Handyknipsen. Diesmal würde sie auf die Vorstellungsrunde der Gäste verzichten. Dafür waren es zu viele.

Romy begrüßte wie immer die Gäste und die *Autorin zum Anfassen*, hob diesmal besonders hervor, dass es ihnen gelungen sei, die Bestsellerautorin Lea Schein hierherzubekommen, was bei ihrem überfüllten Terminkalender nicht so einfach gewesen sei …

Nettigkeiten wurden ausgetauscht, dann übernahm Lea.

Sie hörte sich selbst reden und fragte sich zwischendurch, ob es nicht zu arrogant rüberkam, wenn sie von ihren Erfolgen sprach. Aber die hatte sie nun mal. Ihr erster Roman war binnen kurzer Zeit mit den Verkaufszahlen in die Höhe geschossen. Lange hatte sie es sich nicht erklären können, warum das so war. Das Manuskript war zunächst von den Verlagen abgelehnt worden. Als sie es dann selbst veröffentlicht hatte, dauerte es keine drei Monate, bis ein Verlag es haben wollte und sie damit auf der *Spiegel-Bestsellerliste* stand. Der Roman wurde in zweiunddreißig Sprachen übersetzt und in mindestens genau so vielen namhaften Zeitungen erwähnt. Sie hatte Radio und Fernseh-Interviews dazu gegeben. Das Telefon stand nicht still.

Zuerst hatte Lea Friedo verdächtigt, nachdem sie in seinem Keller eine Regalwand voll mit ihren Romanen gefunden hatte. Sie verbot ihm strengstens, mit dem Aufkauf der Bücher weiterzumachen, auch wenn er sie zu Werbezwecken an seine Kunden weiterverschenkte. Doch er erklärte ihr, dass der riesige Erfolg nur indirekt durch ihn gekommen sei und sagte auch warum. Das leuchtete Lea ein. Das mit Friedo und den Büchern erzählte sie natürlich nicht ihrem Publikum.

»Wahnsinn!«, rief eine circa Fünfundzwanzigjährige. »Was Sie alles geschafft haben. Ich habe auch ein Buch geschrieben ...«

»Ein Manuskript«, korrigierte Lea und ärgerte sich im selben Moment über sich selbst, denn das klang überheblich. »Schön!«, fügte sie schnell hinzu. »Haben Sie schon einen Verlag dafür?«

»Nein, leider noch nicht. Ich habe sehr viele ...« Sie sah sich um und wurde rot, »... Absagen bekommen.«

Einige Gäste grinsten.

Lea hatte Mitleid mit ihr und lächelte sie an. Auch wenn Leas biologische Uhr abgelaufen war und sie selbst keine Kinder mehr mit Friedo haben wollte, so hatte sie sich fest vorgenommen, dem Schriftsteller-Nachwuchs in die Welt zu verhelfen. Schon bald würde sie einen Verlag für Debüt-Autorinnen und -Autoren gründen und sich wie eine Mutter um sie kümmern. »Kommen Sie doch bitte anschließend mal zu mir, damit wir in Ruhe darüber reden können«, sagte sie zu der jungen Frau.

Deren Gesicht erhellte sich.

Von zwei Männern am letzten Tisch bekam Lea sogar Beifall. Irgendetwas an ihnen kam Lea vertraut vor. Während der Kräftige ein glatt rasiertes markantes Gesicht hatte, sah sie im Smarteren neben ihm einen dichten, aber gepflegten dunkelblonden Vollbart. Die beiden hielten Händchen.

Jetzt wusste Lea, wer sie waren.

Nachdem sie ausnahmsweise schon am ersten Abend, dem Blutrausch-Abend, ein paar Kapitel ihres Romans vorgelesen hatte – schließlich spielte er ja im *Krimihotel* und handelte auch vom Blutrausch-Abend – läutete sie die Fragerunde ein.

Der ältere Mann, der ihr bereits im Flur einen Schrecken eingejagt hatte, meldete sich. Seine Ähnlichkeit mit Henri war frappierend. Er zog die Mundwinkel nach unten, was Lea Neid und Missgunst signalisierte. »Womit erklären Sie sich Ihren großen Erfolg?«, stichelte er und weiter: »Man ahnt nichts Böses, schlägt die Zeitung auf und sieht Ihr Foto. Man stellt den Fernseher an und sieht Sie in einer Talkshow. Täuscht das nicht nur den

Erfolg vor? Können Sie wirklich dauerhaft vom Schreiben leben? Sind Sie eigentlich verheiratet?« Seine grauhaarige Frau stieß ihm in die Rippen.

»Lass das!«, zischte der Nörgler.

Lea schluckte schwer. »Ja, ich bin verheiratet. Er ist Chef einer Werbeagentur. Es macht mir aber nichts aus, ihn finanziell zu unterstützen, und dass ich lebe, sehen Sie ja.«

Anhaltender Applaus für ihr Geflunker. Feierabend für jetzt. Lea verabschiedete sich bei ihren Gästen und sagte, sie freue sich auf das anschließende Wiedersehen beim Drei-Gang-Menü.

Lea ging zu Anton und Tom, zog aber vorher das Headset ab. Sie beschlossen, kurz in ihre *Chicago-Suite* zu gehen, dorthin, wo die einbetonierten Schuhe vor der Wand standen. Erst als sie in ihrem Zimmer angekommen waren, fiel sie den beiden um den Hals. »Was macht ihr denn hier? Setzt euch.«

»Wir wissen doch, dass dein Krimiwochenende immer ganz besonders kriminell ist«, sagte Anton und ließ sich aufs Bett fallen. Es wippte.

»Wer hat uns denn die Pflanze gezeigt?«, brachte Lea es mehr oder weniger scherzhaft in Erinnerung.

»Ich habe daraus gelernt!«, meinte Anton. »Ich arbeite jetzt für eine Umweltorganisation und setze mich weltweit für Giftpflanzen ein.«

»Für oder gegen?«

»Für. Wusstest du, dass Giftpflanzen lebenswichtig sein können?«

»Ach!« Lea sah ihm in die Augen. Hatte er was genommen?

»Aber das ist eine andere Geschichte«, sagte er. »Vielleicht kommen wir auf der morgigen Krimitour noch dazu.«

Lea sah ihn erschrocken an. »Bloß nicht!« Sie wandte sich an Tom. »Und was machst du so, Tom? Hast du von Anton den Bart bekommen?« Die Überraschung, dass die beiden hier waren, ließ sie plötzlich albern werden.

»Es war Zeit für Veränderungen«, antwortete er. Seine Anzugsstoffhose und das Sakko mit dem gepunkteten Einstecktuch saßen perfekt. »Ich bin jetzt Wedding-Planer. Schade, dass du schon verheiratet bist. Aber wer weiß …«

»Keine Chance!«, winkte Lea ab.

»Hast du von den anderen mal was gehört?«, fragte Anton.

Lea erzählte ihnen, wie es mit Gisela, Natascha und Carmen weitergegangen war. »Was aus Jean geworden ist, weiß ich nicht«, sagte sie. »Er soll sich ins Ausland abgesetzt haben, nachdem er Gisela verleitet hatte … ihr wisst schon.«

Tom musste sich setzen. »Ich weiß, wo Jean ist! Wir waren neulich auf Mallorca, und da lag eine Sonnenanbeterin neben mir, die hatte tatsächlich ein Spiegelei auf ihrem Arm tätowiert. Darunter stand *Spiegellei* mit zwei L.«

Nachtrag

Romy, Michaela, Maria und ihre Kolleginnen vom Service-Team gibt es wirklich. Auch die Veranstaltungsleiterin Sarah Staehler ist real.

Die Krimiführerinnen Klara Fall alias Dorita Molter-Frensch, Dane Spur alias Brunhilde Rings und Hella Blick alias Petra Denter erfreuen sich großer Beliebtheit, wenn sie ihre Gäste an die Original-Schauplätze der Eifeler Krimiautoren führen. Unterwegs stellen sie oftmals mit schwarzem Humor knifflige und mörderisch gute Aufgaben ›Rund um den Krimi‹. Die anschließende kriminelle Auszeichnung wird sehr gerne von den Gästen angenommen.

Die drei Powerfrauen bieten nicht nur eine Krimiführung durch Hillesheim an, sondern legen sich auch mit dem Krimibus mächtig in die Kurve, wandern zielsicher zu den mordsidyllischen Schauplätzen im Eifelland und spüren die Verbrechen im Grünen auf. Nachzulesen im Alibi-Planer, der in der Touristikinformation und in den Hotels ausliegt, oder unter: *www.eifel-gast.de* und *www.krimiland-eifel.de*

Ach so ... Lea hat viel Nachwuchs in die Schriftstellerwelt gesetzt, von denen einige auch *Autoren zum Anfassen* wurden. Die Namen finden Sie auf der Veranstaltungsseite des Krimihotels unter *www.krimihotel.de*

Übrigens: Habe ich bewusst nicht den Namen der Giftpflanze erwähnt und sie nicht näher beschrieben – auch nicht die genaue Wirkungsweise des Giftes –, denn ich wollte verhindern, dass diese kleine zarte, aber hochgiftige Pflanze eines Tages womöglich »ausstirbt«, weil sie immer wieder bis auf die Stängel abgerupft wird.

Epilog

Als *Autorin zum Anfassen* bin ich regelmäßig im *Krimihotel* in Hillesheim zu Gast. Die Idee des Autoren-Arrangements hat mich von Anfang an begeistert. Wo sonst haben Krimibegeisterte die Möglichkeit, mit ihrer Wunschautorin, ihrem Wunschautor, ein Wochenende in einem kriminalmuseumsreifen Hotel zu verbringen? Beim Frühstück und bei der Krimiführung durch den Ort können Fragen ›Rund ums Schreiben‹ gestellt werden. Die Krimilesungen finden zur Five o'Clock TeaTime und an zwei Menü-Abenden statt.

Auch für die Autorinnen und Autoren ist es ein besonderes Erlebnis, ein ganzes Wochenende mit ihrem Publikum zusammen sein zu können.

Die Idee, einen Kriminalroman über solch ein Krimiwochenende im *Krimihotel* zu schreiben, kam mir jedoch erst sehr viel später. Ohne Klara Fall alias Dorita Molter-Frensch, eine der Hillesheimer Krimiführerinnen, wäre der Roman sicher nicht entstanden, wenn sie nicht beiläufig während der Wanderung gefragt hätte, ob ich keine Lust hätte, mal einen Eifelkrimi zu schreiben. Ich war mäßig begeistert, weil ich erst kürzlich als Schauplatz Spiekeroog für meinen Roman und meine

Serienfigur ausgewählt hatte und dort noch ein wenig bleiben wollte.

Zum Abschluss der Krimiführung betrat ich dann mit ihr und meinen dreißig Gästen das *Café Sherlock* von Monika und Ralf Kramp. Ich weiß es noch wie gestern. Wir saßen an diesem heißen Tag, bei gefühlten vierzig Grad, in der oberen Etage und mussten die letzte Aufgabe für unsere Auszeichnung lösen. Gemeinsam sollten wir einen Hillesheim-Krimi erfinden und dafür mehrere Gruppen bilden. Damit es einfacher wurde – haha –, zogen wir Zettel mit Stichworten, drei an der Zahl.

Eine geballte Fantasie – oder lag es an der Hitze und es waren Halluzinationen? – wurde freigesetzt. Selbst aus dem Begriff *Spiegelei* entstand ruckzuck der Spiegelei-Mörder, wurde meine Serienfigur von Spiekeroog nach Hillesheim geschickt und gemeinsam mit dem Mörder, einem Friseur, der ... aber das ist eine andere Geschichte – bis auf das Spiegelei.

Bei meiner abendlichen Menülesung war der Spiegelei-Mörder immer noch im Gespräch. Wir hatten unsere Späße darüber gemacht. Kurzum, ich war glücklich, auf so wunderbare, aufgeschlossene und vor allen Dingen kreative Gäste gestoßen zu sein.

Aber, es hätte auch anders kommen können – zum Beispiel hätte ein Gast nach dem anderen ›verschwinden‹ können ... Die Idee zu einem Krimihotel-Krimi ward geboren.

Spannende Unterhaltung und viel Vergnügen wünscht Ihnen

Ihre Ingrid Schmitz

Danksagung

Danke an Dorita Molter-Frensch alias Klara Fall, die mich fragte, ob ich keine Lust hätte, einen Eifelkrimi zu schreiben. Sonst wäre ich nie auf den Gedanken gekommen. Ein herzliches Dankeschön geht auch an ihre Kolleginnen der Krimiführungen, an Petra Denter alias Hella Blick und Brunhilde Ring alias Dane Spur. Ihr habt mich wieder auf den richtigen Weg gebracht, was die Krimiführungen angeht.

Vielen Dank an meine dreißig Gäste, die im August 2016 mein Arrangement gebucht haben. Ihr wart klasse und habt mich sehr inspiriert. Besonders der Erfinderin des Spiegelei-Mörders danke ich und natürlich Petra, die am Lesungsabend unerschrocken und spontan die Rolle der Pia aus meiner Plüschtiergeschichte vorgetragen hat.

Danke, liebe Romy, Michaela und Maria, dass ich euch namentlich im Roman erwähnen durfte. Es macht immer wieder Spaß, bei euch zu sein. Das gilt natürlich auch für das gesamte Service-Team – und ein Gruß an die Küche.

Vielen Dank an den Hotelchef Herrn Zillig und Frau Sarah Staehler, von der Veranstaltungsleitung, die ich für das Projekt begeistern konnte.

Herzlichen Dank an Helga Schmitz. Du bist der Ruhepol an meiner Seite, wenn ich mal mit dir unterwegs bin. Seit Spiekeroog und Hillesheim weiß ich es sehr zu schätzen.

Natürlich wäre dieses Buch nie entstanden, wenn »mein« Verleger Ralf Kramp nicht mitgezogen hätte. Tausendundeinen Dank für das Urvertrauen.

Ein großer und wichtiger Dank geht auch an Nicola Härms und Hans-Udo Meyer für das umsichtige und weitsichtige Lektorat. Es hat Spaß gemacht.

Sabine Hockertz danke ich für den Satz und das hervorragende Cover.

Danken möchte ich auch meinen vielen Facebook-Freunden, die mir bei der Suche nach einem passenden Hundenamen geholfen haben. Insgesamt bekam ich 148 schräge Namensvorschläge. Gewonnen haben »Taxi« von Gabi und »Öhrchen« von Petra, Regina und Monika. Ein signiertes Freiexemplar von mir ist euch sicher.

Ralf Kramp

ABENDLIED

Taschenbuch, ca. 300 Seiten
ISBN 978-3-95441-357-7
10,95 EURO

**Herbie Feldmann ist wieder da –
und wie immer ist er nicht allein!**

Neuer Job, neues Glück – da der in die Jahre gekommene Eifeler Schlagersänger Teddy Marco sich für eine Weile von seiner Fahrerlaubnis verabschieden muss, bietet Herbie Feldmann sich kurzerhand als Chauffeur an. Dummerweise steht ihm gerade kein anderer fahrbarer Untersatz zur Verfügung als ein schrottreifes altes Wohnmobil. Das allerdings stört den abgehalfterten Showstar nicht im Mindesten, denn er hat nicht nur keinen Führerschein mehr und kein Auto, sondern darüber hinaus auch keine Bleibe.

Unter der Begleitung von unablässigem Gitarrengeschrammel kurven die beiden also durch die Eifel, von Auftritt zu Auftritt, von Schützenfest zu Dorfkirmes – sehr zum Amüsement von Herbies ständigem Begleiter Julius, der immer dann bei bester Laune ist, wenn Herbie leidet. Dass Teddy Marco ein dunkles Geheimnis hütet, dämmert Herbie erst nach einem Auftritt im Outlet-Center von Bad Münstereifel. In einem der zahlreichen Schaufenster bietet sich den Passanten am Morgen ein bizarres Bild: Zwischen kühlen Schaufensterpuppen sitzt eine ebenso kalte Leiche.

»Ein neuer Fall wird hier mit leichter Hand vorgetragen. Die übliche Portion schwarzer Humor fehlt auch nicht. Der Fabulierkunst des Großmeisters Ralf Kramp sei es gedankt, dass sich eine Menge skurriler Figuren vor unserem geistigen Auge materialisieren. Für Fans ohnehin ein Muss ...« (Heidelberg aktuell zu »Totentänzer«)

Von der Autorin bisher bei *KBV* erschienen:

Suche Trödel, finde Leiche

Ingrid Schmitz, geb. 1955 in Düsseldorf, ist gelernte Speditionskauffrau und arbeitete bei einer kanadischen Reederei und im sowjetischen Außenhandel. Seit 2000 ist sie hauptberufliche Autorin und hat mittlerweile an die 60 Kurzkrimis und mehrere Kriminalromane veröffentlicht. Ihre Serienheldin in bislang fünf Romanen ist die private Ermittlerin Mia Magaloff.

Ingrid Schmitz gibt regelmäßig Krimianthologien heraus, bei KBV zuletzt *Suche Trödel, finde Leiche* und ist Mitglied bei »Mörderische Schwestern«, im »Syndikat« und bei der »International Association of Crime Writers«.

Ingrid Schmitz
Mord im Krimihotel

Originalausgabe
© 2017 KBV Verlags- und Mediengesellschaft mbH, Hillesheim
www.kbv-verlag.de
E-Mail: info@kbv-verlag.de
Telefon: 0 65 93 - 998 96-0
Fax: 0 65 93 - 998 96-20
Umschlaggestaltung: Sabine Hockertz
Umschlagfoto: © Krimihotel Hillesheim
Lektorat: Nicola Härms, Rheinbach
Druck: CPI books, Ebner & Spiegel GmbH, Ulm
Printed in Germany
ISBN 978-3-95441-385-0

Ingrid Schmitz

MORD IM KRIMIHOTEL